www.ingramcontent.com/pod-product-compliance
Ingram Content Group UK Ltd.
Pitfield, Milton Keynes, MK11 3LW, UK
UKHW010629300826
14795UKWH00015B/444

عودة الغائب

عودة الغائب

رواية

منذر القباني

الدار العربية للعلوم ناشرون ش.م.ل
Arab Scientific Publishers, Inc. S.A.L

بِسْمِ ٱللَّهِ ٱلرَّحْمَٰنِ ٱلرَّحِيمِ

الطبعة الأولى: 2008 م - 1429 هـ

الطبعة الحادية عشر: 2020 م - 1442 هـ

ردمك 978-9953-87-346-6

إصدار

الدار العربية للعلوم ناشرون م م ح

مركز الأعمال، مدينة الشارقة للنشر

المنطقة الحرة، الشارقة

الإمارات العربية المتحدة

جوال: 585597200 971+ - داخلي: 0585597200

هاتف: 786233 - 785108 - 785107 (1-961+)

البريد الإلكتروني: asp@asp.com.lb

الموقع على شبكة الإنترنت: http://www.asp.com.lb

تصميم الغلاف: **سامح الخلف**

أود أن أتــوجه بالشكر لكل من شارك في مسابقة رواية عودة الغائب، وعلى رأسهم الأستاذ مولاي أرشيد ولد أحمدو من موريتانيا الذي استطاع أن يصل بخياله إلى **مدينة حَدَّاد!**

عام 1909

كان الهدوء يعم وادي نهر الكلب في ذلك اليوم الصحو، الصافية سماؤه، حتى إنه كان باستطاعة نجم الدين غول أن يسمع صوت خرير المياه المنبعث من الينابيع، التي مر بها على بعد مئات الأمتار... لم تكن الفريسة هذه المرة بالسهلة، فبالرغم من أن مقدرة نجم الدين غول في التتبع كانت تزداد مع كل صيد، إلا أن خصم اليوم كان أذكى من سابقيه - ولكن ذكاء الفريسة، مهما بلغ، فلن يفيدها اليوم - فالخبرة المتراكمة التي اكتسبها نجم الدين، عبر سنوات القنص السابقة جعلته في أقدر حالاته، حتى إنه أصبح يستعين بالريح الخافت، الذي يكاد يحرك أوراق شجر الصنوبر، الذي يفترش الغابة، في تتبع رائحة فريسته.

أخذ نجم الدين يحرك جسمه اللّين، الذي تجاوز الأربعين عاما، بهدوء وتأن، حتى لا يلفت الانتباه لنفسه، فسنوات القتال في الجيش العثماني أكسبته القدرة على السيطرة التامة على كل عضلات جسده، مستغلا إياها في الوصول الى هدفه، إن كان قتل العدو، أو الهروب من شدة نيرانه، ولكن ذلك الزمان قد ولّى وراح، فالحرب اليوم مع فريسة لا تمتلك سوى الهرب، إن استطاعت... أخذ يتحرك أكثر نحو الهدف الذي بدا له في الأفق، وضع بندقيته في وضع التصويب، الفوهة كانت في اتجاه الظبية البيضاء، التي لم يسعفها هذه المرة إحساسها الغريزي بالخطر المحدق، وفي لحظة انطلق صوت البندقية، وأصبحت الظبية ذكرى حيوان جاب هذه الغابة، أو هكذا لوهلة ظن الصياد...

لم يذكر نجم الدين متى كانت آخر مرة فلتت منه فريسة، فمثله لا يمكــن أن يحــدث هذا معه، ولكنه اليوم قد حدث، فلتت منه، لكي تكون فريسة غيره؛ فالذي أطلق النار لم يكن هو!

مــن الذي سبقه إلى فريسته؟ أخذ يتساءل، وهو يتجه نحو جسد الظبــية، ولكن شيئا ما جعله يتمهل، فكأن سكون المكان كان يحذره مــن عــدو خفي لا يراه، ولكن بدأ يشتم رائحته. اختبأ وراء إحدى أشــجار الــصنوبر، وأخذ ينظر خلسة نحو الفريسة التي أصيبت في فخــذها، كــأن قانــصها أرادها حيّة، فلم يصيبها في مقتل، كما هي العادة.

إقتــرب ثلاثة رجال من الفريسة الملقاة على أرض الغابة، وقد استــسلمت لقدرها المحتوم، فلم تبد أية مقاومة، وفي حركة سريعة، دون تفكيــر تم ربط أطراف الظبية في قطعة خشب، قد أعدت لهذا الغرض، ثم حملت.

راقــب نجــم الدين الحدث، وهو يتساءل عن معنى ما يجري، فالــرجال الــثلاثة حــتما هــم ليسوا من سكان المنطقة، أو القرى المجاورة، فهو لم يرهم من قبل، فزيهم كان غريبا أشبه بزي احتفال الكــرنفال فــي المدن الأوروبية التي زارها من قبل. كان ذلك الزي أبعــد مــا يكــون عــن زي يُرتدى من أجل الصيد. تتبع نجم الدين الرجال، وهم يحملون الظبية، دون أن يشعروا به، وبعد مسافة نصف مــيل وصــلوا إلى طريق يسده تل من التلال التي تملأ غابة جعيتا. ذهــب أحــد الرجال إلى ركن من التل كان يكسوه أعشاب وأشجار يافعــة. نظــر حــوله ثــم عندما شعر بالاطمئنان، أزاح الأعشاب والأغــصان ليكشف عن فتحة مغارة دخل منها هو وزملاؤه حاملين فريستهم معهم، ثم اعيدت الاعشاب والاغصان إلى سابق عهدها. كل ذلــك كان على مرأى من نجم الدين غول الذي ظل ساكنا يراقب ما يحدث كأنه يراقب صيدا جديدا يوشك أن يطبق عليه.

تتبع نجم الدين الرجال الثلاثة داخل المغارة التي لم يكن على علم بوجودها بالرغم من معرفته الجيدة للغابة التي اعتاد الاصطياد فيها منذ خمسة أعوام، عندما قرر ترك مسقط رأسه إستانبول، والاستقرار بضاحية من ضواحي بيروت على مسافة أميال بسيطة من غابة جعيتا. دخل المغارة خلسة بعد دقائق من دخول الأغراب. لم يشاهد نجم الدين في حياته مغارة كهذه من حيث الروعة أو الجمال حيث كانت الجوانب والأسقف مليئة بالمنقوشات الطبيعية المكونة من صواعد ونوازل كلسية. كاد لوهلة أن ينسى سبب دخوله للمكان ولكن سرعان ما تذكر عندما سمع أصوات بدت احتفالية قادمة من الداخل. شيئا فشيئا أخذ نجم الدين يقترب من الأصوات، مختبئا وراء زوايا المغارة حتى لا يفتضح أمره. بدأ يتذكر ما كان يتردد على لسان بعض أطفال الضيعة عن الأغراب الذين كانوا يظهرون فجأة في الغابة في مثل هذا الوقت من العام. ظنها مجرد حكايات أطفال يبحثون عن اللهو ولفت الأنظار إليهم. لم يعر هو، أو أي شخص يعرفه، الاهتمام بما كان يردده هؤلاء الأطفال، ولكن الأمر قد اختلف الآن... ولكن من هم هؤلاء الأغراب؟ وماذا يفعلون في هذه المغارة التي لم يرها أو يسمع بها من قبل؟ بدت الأسئلة تراوده وهو يقترب أكثر من الأصوات التي أخذ يتضح له مصدرها على مسافة ليست ببعيدة، ولكنها كانت كافية لتفصله عن الجمع الذي إتخذ من المكان مقرا لتجمعهم.

ما شاهده نجم الدين في الدقائق التي مضت، دون أن يشعر بها، كان فوق استيعابه، ففي حياته ما كان ليتخيل أنه سيشاهد أو يسمع ما كان يدور أمامه. لم تكن الغرابة فقط في الرداء الأسود الممزوج باللونين الأحمر والفضي الذي كان يغطي أجسام الحضور ورؤوسهم، كاشفا فقط عن وجوههم، ولكن الأغرب كان الجو الاحتفالي للعشرين رجلا الذين كانوا مصفوفين في دائرة حول

كبيـــرهم الـــذي طعن الظبية في صدرها، وهو يتمتم الأهازيج بلغة تعــرف علـــيها نجم الدين على الفور، بالرغم من أنه لم يسمعها منذ زمن بعيد عندما كان قائد حامية منطقة نصيبين؛ وعلى قدر ما كانت اللغة التي كان يتحدث بها كبير الجماعة مصدر دهشة لنجم الدين، إلا أن مـــا قـــيل كان مصدر الفزع الحقيقي. فبعد تقديم الظبية، كقربان لمجـــسم دائـــري كان ينبعث منه ضوء الشعلات التي كانت تضيء ســـاحة الاحتفال، أخذ كبير الجماعة يشكر إلههم على الإنتصار الذي تحقـــق مؤخـــرا، ثـــم بدأ يذكر للحضور ماالذي سيكون في المراحل القادمـــة. كل ذلك كان على مسمع من نجم الدين الذي كان في ذهول شـــديد لـــم يخـــرجه منه إلا صوت الطلقة النارية التي كادت تصيب رأسه!

فجأة توقف الاحتفال، وفي ثانية أو أقل، توجهت جميع الأنظار إلـــى المكان الذي كان مختبئا خلفه الغريب الذي إستطاع أن يخترق المكـــان الـــذي على مدار تاريخهم لم يخترقه أحد من قبل. تلاحقت الطلقـــات خلـــف نجم الدين الذي أدرك أن وقت الفرار قد آن، فأخذ يـــركض نحـــو مخرج المغارة كما لم يركض من قبل، مستجمعا كل قواه لتفادي تراشق الرصاص الذي كان يلاحقه.

لـــم يكـــذب الـــذي قال بأن الإنسان عندما يكون على مشارف المـــوت، يمـــر عليه شريط سنوات حياته في ثوان، فهذا ما كان يراه نجـــم الدين وهو يجري نحو المكان الذي ربط فيه فرسه في أطراف الغابة. كان يسمع صوت دقات قلبه المتسارعة التي كانت تتسابق مع الـــزمن لكـــي تمـــد جسد صاحبها بكل ما يحتاجه من دماء من أجل البقاء. إستمر على هذا الحال حتى اخترقت طلقة جسده، مما اضطره إلى التواري فورا خلف إحدى أشجار الصنوبر؛ وفي سرعة متناهية، دون أدنـــى تفكير، أخذ حفنة من البارود الذي كان معه، فوضعه في داخـــل الجرح الذي كان تنزف منه الدماء، في جنبه الأيسر، ثم أخذ

قطعتـــي حجر من الأرض، فأشعل بالشرارة التي نتجت عن قدحهما بـــبعض البارود المحشو في جرحه، كاويا إياه، مما تسبب في وقف النـــزيف، معطيا لنفسه بذلك بضع ساعات إضافية لكي يحاول إنقاذ نفسه. نظر نجم الدين من وراء الشجرة ثم إنطلق، عندما إطمأن، نحو فرسه الذي لم يعد يبعد كثيرا عن مكانه.

هـــب الحـــصان وعلى ظهره صاحبه وقد أخذ يسابق الريح الـــذي بدأ ينشط بعد غفلته. نظر الصياد الجريح خلفه ليرى ما قد حـــل بغرمائه فوجد ثلاثتهم على مسافة ليست ببعيدة منه يلاحقونه على أحصنتهم. شعر في الأثناء أن الجرح قد بدأ ينزف من جديد. الـــوقت لـــم يعد في صالحه. كان لا بد له أن يصل إلى داره لكي يـــدون مـــا قـــد رأى وما قد سمع؛ فلا بد لغيره أن يعرف ما قد عرف!

توقـــف الحـــصان عند مدخل البيت القابع في أطراف الضيعة. تمنـــى نجـــم الـــدين في تلك اللحظة لو أنه يسكن وسط الناس حتى يـــسعفوه فيتمكن من تنبيههم مما يحوم حولهم من أمر مريب. تذكر كـــيف كـــان في الماضي يتمنى أن يأتي الزمن الذي يستطيع فيه أن يعـــيش بمفرده بين أحضان الطبيعة هو وفرسه وبندقية الصيد، بعيدا عـــن صخب الناس؛ ثم تذكر مقولة قالها له في يوم من الأيام صديقه خليل الوزان عندما أخبره بتلك الأمنية:

- "احذر مما تتمناه، لأنه قد يتحقق!"

دخـــل نجم الدين البيت، وذهب فورا، وهو يجر جسده الذي بدأ يتـــثاقل، إلـــى حجرة النوم. جلس عند مكتبه في زاوية الحجرة وأخذ بعـــض الأوراق ثم بدأ يكتب بعد أن طل طلة من الشباك وأدرك أن غـــرماءه قـــد إقتـــربوا. لـــم يعد أمامه وقت طويل، وقد بدأ يشعر بالـــضعف، والإعياء الشديد. خشي أن تنخار قواه قبل أن يدون، ولو جزءا مما شاهد، وسمع.

وصل الرجال الثلاثة إلى مدخل البيت. نظر أحدهم إلى رفيقيه مبتسما بعد أن لاحظ قطرات الدم على عتبة الباب. أخذوا يتتبعون قطرات الدم التي دلتهم إلى الحجرة التي كان يقبع فيها ذلك الدخيل الذي استطاع أن يفعل ما لم يستطع غيره عبر قرون من الزمان. لن يجديه الآن ما قد شاهد أو ما قد سمع، إذ لن يعيش حتى يخبر أحدا، فهاهم الآن يحرصون على أن يكونوا آخر من يرى ذلك التعس حيا.

استلقى نجم الدين على سريره، بعد أن فرغ من تقطير القرطاس بالحبر السائل الممزوج بقطرات عرقه المتصبب. شعر بأن الأجل قد دنا ولم يبق له على هذه الأرض سوى ثوان معدودة. شاهد الرجال الثلاثة وهم يدخلون الحجرة بحذر، وفوهات بنادقهم مصوبة نحوه. تمعن هذه المرة النظر في وجوههم. كان يرى في نظرات أعينهم الموت، وفي ملامح وجوههم قسوة غير مبالية. لم يتمالك نجم الدين غول في تلك اللحظة سوى الابتسام وهو يتأمل حاله الذي أمسى عليه، وكيف أن القدر قد سخر من الجميع، وقلب الحال؛ ليجعل من الصياد صيدا!

عام 2006

مـن أجمـل اللحظات هي تلك التي يرى فيها الإنسان ما ظل طـوال حياته يحلم بالوصول له، أو الحصول عليه، وقد أصبح قاب قوسـين أو أدنـى مـنه. هكذا كان يشعر جمال جداوي، وهو ينتظر اللحظـة التـي يُـستدعى فيها إلى صالة أفراح السيدات، لكي يزَف بجـوار عروسـه التي ما أحب أحدا في حياته كما أحبها. فمنذ أول لحظة وقعت فيها عيناه عليها في مرسى "البرتو بانوس" بمدينة مربيا الإسـبانية، وقد شعر بأنها هي نصفه الثاني الذي ظل يبحث عنه في كـل فتاة تعرف عليها. رآها في إحدى الليالي وهي تخرج من مطعم "لاميـرا" برفقة صديقاتها. تسمر مكانه وهو ينظر إلى أجمل فتاة في "البـرتو بانـوس" وهـي تسير بخطوات هادئة ومتأنية، مليئة بالثقة، وكأنهـا كانت تشعر بنظرة إعجاب كل من تصادفه أثناء سيرها على رصـيف الميـناء المكتظ بالخليجيين في هذا الوقت من العام. تذكر جمـال كـيف أنه استطاع في أقل من ساعة بمساعدة شبكة علاقاته وعلاقات أصدقائه أن يعرف من تكون تلك الفتاة؛ فمن حسن حظه أن مـربيا مدينة صغيرة، والعوائل الخليجية التي تأتيها كل عام، تكاد لا تختلف.

- "اسمها دلال رحال." أخبرته خلود أخت صديقه سعيد.
- "دلال رحال، ماذا تكون لرجل الأعمال المعروف سمير رحال؟"
- "هي ابنته من زوجته الأولى."

شـعر جمال في تلك اللحظة بأن الحظ يبتسم له؛ فبجانب كونها سعودية، فهي أيضا من سكان جدة.

- "ولكـــنها تعـــيش مـــع خالتها زينب ساهر التي تمتلك سلسلة محلات الساهر للأزياء." أكملت خلود.

فـــي أقل من ساعة استطاع أن يعرف جمال الكثير عن دلال، وفـــي الـــساعة التالـــية كانـــت الاتصالات والمفاوضات تدور حول الطـــريقة المثلـــى للقاء الأول، حتى إستقر الرأي على أن يكون ذلك اللقـــاء المـــرتقب في حفل عشاء سيقام على يخت الصديق المشترك فاضل بارمح في الليلة التالية.

تذكـــر جمال ذلك اللقاء الساحر، والحديث العابر الذي دار بينه وبين دلال؛ لم يصدق أنه مضى عليه عام:

- "هل لديكِ صديق؟"

-"ماذا؟!"

-"فقـــط أردت أن أعلم إن كنت مرتبطة أم لا؛ فإن لم يكن لديكِ صديق، فأنا في الخدمة."

-"أنت وقح!"

- "أنـــا لـــست وقحـــا ولكنـــي أحب الوضوح في تعاملي مع الآخـــرين، وبصراحة أنا أعجبت بك منذ اللحظة التي رأيتك فيها... هل تقبلين بأن نكون أصدقاء؟"

ابتـــسمت دلال لجرأة ذلك الشاب الذي لمحته البارحة ولم تعره الكثيـــر من الإهتمام، ثم هاهي تلتقي به الليلة في هذا الحفل بطريقة كان من الواضح أنها مدبرة.

-"لا بأس، سوف أضم اسمك إلى قائمة الراغبين."

قالـــت دلال جملـــتها ثم انصرفت، دون أن تنظر خلفها، فظن جمال لحظتها أن ذلك اللقاء كان هو الأول والأخير؛ لكن ظنه لم يكن فـــي محلـــه، فـــبعد عـــدة أسابيع، عندما عاد إلى جدة، هو ومعظم المصطافين، قبيل بدء المدارس والجامعات، تلقى صك الإنتصار في صيغة رسالة نصية على هاتفه الجوال:

أرجو ألا تكون قد مللت الانتظار.

كلمني إن كنت لا تزال من الراغبين.

دلال

لــم يــدرك جمال سبب هذا التغير المفاجئ، والحق يقال إنه لم يشغل باله كثيرا بالأسباب والعلل، ففي النهاية قد حصل على ما كان يريد، صداقة أجمل فتاة في جدة!

اســتمرت العلاقة، وأخذت تتوطد إلى أن شعر برغبة ملحة في الارتــباط بهــا، علــى الرغم من اعتراض الأهل وبعض الأصدقاء المقربين، وعلى رأسهم سعيد.

- "لــو كــنت أعلم بأنك سوف تقدم على مثل هذه الحماقة لما جعلت خلود ترتب لك لقاءها في مربيا."

- "ســعيد... هــذه حياتي وأنا حر في الارتباط مع من أراها مناسبة."

- "ولكــنها ليــست مناســبة، ألا ترى ذلك؟... مثلها لا يصلح للزواج، صدقني، ثم يا أخي، يكفيك سببا سمعة خالتها في جدة!"

- "أنــا لي بها هي، ولا يهمني سمعة خالتها في شيء. ما يهم هو أني أرغبها؛ أما ماعدا ذلك، فلا يعنيني."

-"كــيف لا يعنيك؟ هل أنت واع لما تقول يا جمال! اسمع كلام صديقك، ودعك منها؛ ثم بصراحة أنا لا أعتقد أنها تحبك، وهذا ليس فقط رأيي، ولكنه رأي خلود أيضا."

- "انت فقط تغار مني لأني استطعت أن احصل على أجمل فتاة في جدة!"

- "جمــال! عــم تــتحدث؟ هل هذا رأيك في بعد كل سنوات الصداقة؟! على العموم أنا آسف. افعل ما تريد، وحقك علي."

إصــرار جمــال علــى الارتباط بدلال جعل الأهل والأصدقاء يرضــخون لــرغبته، ومــع مرور الوقت بدأت تهدأ الاعتراضات،

وتتحول إلى شيء من الرضا للسعادة التي بدت واضحة على جمال؛ وعلــى العكـس من مخاوف والديه من أن يؤثر هذا الارتباط على دراســته، وهــو فــي السنة النهائية من كلية الطب، أثبت جمال أن ارتباطه بدلال كان حافزا له على التفوق. وإستطاعت هي بذكائها أن تكسب في صفها، في وقت قصير، معظم أصدقائه وأقربائه.

ذهب العريس إلى قاعة السيدات في قصر والد العروس، وزفا فــي حفل كلف عدة ملايين، ظلت جدة تتحدث عنه شهورا، حضره أعــيان جــدة، وأحياه لفيف من أشهر مطربي العالم العربي، جلبوا بطائــرة خاصة من أجل هذه المناسبة السعيدة؛ فزواج الابنة الوحيدة لــرجل الأعمال المعروف سمير رحال لا يمكن أن يمر هكذا، دون "شنة ورنة"، بل لا بد له أن يتفوق على كل ما سبقه من أعراس بنات معارفه من أعيان البلد!

- "هــل تأكــد الحجز إلى إمريكا؟" كان أول ما قالته دلال عند دخولها مع جمال إلى جناح شهر العسل بالفندق.

- "نعم، وعبر لندن كما رغبت."

- "هايل، سأخبر أبي حتى يأمر سكرتيرته في لندن لتعد لنا شقة "بيزواتــر"، وأيضا لكي تستقبلنا في المطار." قالت دلال، ثم بابتسامة ماكرة أكملت، وهي تقبل عريسها... "سيكون شهر عسل لن تنساه."

كانت الترتيبات في لندن على أكمل وجه، وشقة "بيزواتر" التي تطــل علــى حديقة الهيدبارك كانت أروع مما تخيل جمال. بدا على دلال ســعادة كبيــرة منذ لحظة وصولها إلى لندن، وقد وصلت هذه الــسعادة إلى ذروتها، حين دخلت الشقة، وأخذت تنظر عبر نوافذها الكبيــرة إلــى الهايد بارك الذي كان مكتظا بالناس من كافة الأعمار والأجناس.

- "لم أشاهدك في هذه الحالة من السعادة منذ أن تعرفت عليك." قال جمال، وهو يعانق عروسه.

- "لقد قضيت هنا أجمل ذكريات الطفولة، قبل أن تنفصل أمي عن أبي."

- "أعـــدك بأن المستقبل سوف يكون أجمل بكثير من الماضي، وستكون أيامنا كلها ذكريات جميلة."

- "أتمنـــى ذلـــك." قالت دلال متأملة ما قاله جمال. كانت تريد التعليق، ولكن ما إن تفرقت الشفتان حتى عدلت عن الكلام، واكتفت بالنظر مرة أخرى من النافذة نحو الحديقة الغناء.

- "ما رأيك في أن نتمشى قليلا في الهايدبارك، الجو رائع."

- "فكــرة جميلة ولكن لم لا نؤجلها إلى الغد." قالت دلال بنبرة مترددة.

- "هــيا بنا،الطقس في لندن غير مضمون؛ ففي أية لحظة قد يأتي الغيم والمطر." أصر جمال، ثم سحب خلفه دلال إلى الهايد بارك.

كانــت الحديقة ممتلئة بالناس، وبعض الكلاب الأليفة التي كانت تلعــب مع أصحابها. ابتسم جمال وهو يشير إلى كلب دوبرمان غير مقــصوص الــذيل والأذنين، على خلاف ما جرت عليه العادة لهذه الفــصائل مـــن الكــلاب، وقــد كان يقفز بشكل لم ير مثله من قبل وصــاحبه يرمـــي له في الهواء صحن "الفريزبي". لكن سرعان ما اخــتفت الإبتــسامة عــندما توقــف الكلب عن لعبه ثم أخذ بالاتجاه نحوهما. في تلك اللحظة شعر جمال بالخوف من أن يكون الكلب قد عــزم على مهاجمتهما، وقد سمع الكثير عن شراسة هذه الفصيلة من الكــلاب، ولكــن سرعان ما تبددت مخاوفه، عندما نادى شاب أشقر يكبر جمال ببضع سنين كلبه.

- "يــا إلهي! حسبت أن الكلب سيهجم علينا، فلا أدري ما الذي جعله يتجه نحونا هكذا." قال جمال بصوت مرتجف.

- "لا تشغل بالك، كلاب الدوبرمان شرسة بطبعها، ولكنها تطيع صاحبها."

- "يبدو أنك تعرفين الكثير عن الكلاب، لم أكن أعرف ذلك عنك." قال جمال، غامزا لعروسه.

- "عندما كنت صغيرة كان عندي واحد مثله." قالت دلال، ثم أدارت وجهها إلى عربة مرطبات في جانب من الحديقة..." ما رأيك في شيء بارد على ذوقك من تلك العربة؟"

- "لا بأس."

- "اذهب أنت، وأنا سأحجز هذا المكان الجميل تحت الشجرة."

تحرك جمال نحو العربة التي كانت مكتظة بالكبار والصغار؛ بعد إنتظار خمس دقائق، إستطاع أن يشتري المرطبات ثم بدأ بالإتجاه نحو الشجرة الكبيرة التي ترك خلفها دلال، ولكنه سرعان ما أخذ يدرك، مع كل خطوة كان يخطوها، أن تلك الشجرة لم تكن تخبئ عروسه...

- "أين ذهبت؟" أخذ يتساءل عند وصوله، وهو ينظر ذات اليمين وذات الشمال، دون أن يرى أي أثر لدلال...

بدأت دقات القلب تتسارع، والعرق يتصبب، والأنفاس تتزايد، كلما أدار جمال رأسه. أخذ يجري في اتجاهات مختلفة، وهو ينادي دلال بأعلى صوته إلى حد أنه لفت انتباه المتنزهين، فأقبل بعضهم عليه من أجل المساعدة، ظنا منهم أنه قد فقد طفله.

- "عفوا... هل رأيتم امراة متوسطة الطول قمحية، ذات شعر أسود طويل، كانت ترتدي جينز أزرق وتي شيرت أحمر؟"

استمر جمال في بحثه وسؤاله قرابة الساعة، دون فائدة تذكر، ثم قرر الذهاب إلى أحد أفراد شرطة الحديقة من أجل المساعدة...

- "هل جرى بينكما خلاف؟" سأل الشرطي

- "لا طبعا، فقط ذهبت لكي أحضر المرطبات، ثم عندما عدت لم أجدها!"

- "هل تحمل هاتفا جوالا؟"

- "حاولت الاتصال به ولكني وجدته مغلقا."

- "ربمــا ذهبت إلى الشقة، أو ربما قابلت صديقة لها، فسارت معها... أنت تعرف، النساء عليهن بعض الأحيان تصرفات غريبة... نــصيحتي لك بأن تذهب إلى شقتك الآن، وإن لم تجدها هناك حاول الاتــصال علــى هاتفها الجوال مرة أخرى، لعلها نسيته مغلقا، وقد تفتحه في أية لحظة."

أخذ جمال بنصيحة الشرطي، وذهب إلى الشقة، آملا أن يجد فيها دلال... لعلهــا شعرت بوعكة، فقررت العودة؛ أو ربما سبقته إلى الشقة لكي تحضر له مفاجأة ما، فدلال تحب دائما مفاجأة الآخرين... أخذ يفكر فــي عدة احتمالات قد تفسر له سبب إختفائها المفاجئ، ومع كل احتمال يستعرضه كان الأمل عنده يزداد، إلى أن وصل إلى أعتاب باب الشقة؛ كانــت هذه بالنسبة له لحظة من لحظات الحسم. أخرج من جيبه نسخة المفتاح التي إعطتها إياه قبل خروجهما، ثم هم بفتح الباب. كانت الثواني تمــر وكأنهــا دقائــق والدقائق تمر وكأنها ساعات... هل سيجدها في الــداخل؟ هــل ستجري عليه رامية نفسها بين أحضانه؟ هل سيكتشف مفاجــأة ســارة رتبتها في الشقة دون علمه؟ لم لا؟ ألم تخبره بأن لديها الكثيــر من الأصدقاء هنا في لندن، وأنها في يوم ما ستعرفه عليهم. قد يكون هذا هو اليوم... يوم الحفل المفاجئ!

دخــل جمال إلى الشقة، والمفاجأة الوحيدة التي وجدها هي عدم وجــود دلال. أخــرج علــى الفور جواله، وحاول الاتصال بها مرة أخــرى، ولكن دون جدوى، فجوالها لا يمكن الاتصال به. بدأ القلق يملــؤه مــرة أخرى، وأكثر من ذي قبل، فماذا عساه أن يفعل؟ بمن يتــصل؟ بوالدها؟ بأمها؟ أو ربما بخالتها؟ ولكنه فجأة تذكر سكرتيرة أبــيها التي استقبلتهما في المطار. كان اسمها هدى، وقد أعطته رقم جــوالها، لكي يتصل بها إن نقص عنهما أي شيء، وها هو قد نقص شيء... نقصت دلال!

مـــرت عدة ساعات منذ اختفاء دلال، وجمال وهدى السكرتيرة فـــي حيرة من أمرهما، يتباحثان اسوأ الاحتمالات إلى أن دق جرس الباب، فهبّا نحوه؛ فلعلها تكون...

- "عفـــوا ســـيد جمـــال على الإزعاج، ولكني وجدت شيئا في الحديقـــة أردتـــك أن تطلع عليه." كان الشرطي نفسه الذي حدثه في الهايدبارك، ولكن هذه المرة كان يحمل في يده اليسرى شنطة نسائية، سرعان ما تعرف عليها.

- "هذه شنطة دلال... أين عثرت عليها؟"

- "وجدتها على الجانب الآخر من البحيرة، في زاوية معزولة."

تعـــرف الشرطي على صاحبة الشنطة من رخصة القيادة التي كانت في داخلها، والتي كانت تحتوي على عنوان الشقة.

- "هل كانت زوجتك تحمل نقودا؟"

- "نعـــم، فهي دائما تحمل معها نقودا بجانب بطاقة الائتمان... ولكـــن لمـــاذا السؤال؟" استفسر جمال، وقد بدأ يدرك الإجابة قبل أن تأتيه من الشرطي.

- "مع الأسف لم أجد لا النقود ولا بطاقة الائتمان في الشنطة... سيد جمال، أخشى أن تكون زوجتك قد تعرضت لحادثة خطف!"

- "حادثة ماذا؟!"

شـــعر جمال في تلك اللحظة كما لو أن الأرض كانت تهتز من تحته. حادثة خطف في وسط مكان عام، وفي وضح النهار!..." ولكن كـــيف؟" لـــوهلة ظن أن هذه الأحداث قد لا تكون إلا مجرد كابوس مزعج سيفيق منه في أية لحظة، ولكن سرعان ما أدرك أن ما يعيشه هو واقع أليم ينبغي التعامل معه، سواء فهمه أو لم يفهمه!

* * *

هــز الــريح الخافــت القادم من فوق أمواج البحر الأبيض المتوسط ستارة الكابينة الفاخرة في سفينة الرويال كاريبيان، فوجد ضــوء القمــر مجالا، لكي ينبعث إلى داخل الكابينة ليكشف عن إمــراة خمسينية ملقاة على السرير، وعلى وجهها رُسمت ابتسامة ســعادة ونشوة. لم تكن دانيال لتتصور بأنها بعد الوصول إلى هذا الــسن، ستجد نفسها تخوض مغامرة عاطفية أشبه بمغامرات أيام الــصبا لتشعرها بأنها مازالت مرغوبة كأنثى، بالرغم من تعديها العقــد الخــامس بعدة أعوام. كانت سنواتها الأخيرة مليئة بالرتابة والملــل؛ حتــى زوجهــا الصحفي الشهير لم تعد تشعر معه بتلك اللــوعة التي كان وجوده في حياتها يحدثه لها. كانت دانيال تشعر بأنهــا تفتقد إلى شيء ما لم يغنها عنه رغد العيش، وعلو المكانة الإجتماعية. لم تدرك ما هو ذلك الشيء الغائب المفقود حتى قابلت جاك فاسترجعت معه ملذات الشباب ولهوه، حتى أصبحت لا تريد مــن الحــياة، سوى أن تكون بين أحضان عشيقها الوسيم، مفتول العــضلات، صــاحب القامــة الطويلة، والذي كان يصغرها بعدة أعوام! نسيت زوجها ونسيت أصدقاءها، بل نسيت حياتها السابقة؛ كــل ذلــك أصبح خلــف ظهرها الآن، فهي مع جاك في رحلة رومانسية مع بحور العشق والغرام، وآهات الملذات!

أخــذ الــريح المتوسطي الخافت المنبعث من نافذة الكابينة يداعب رقــبة دانيال، وهي مستلقية على الفراش، وقد تقلبت نحو عشيقها، لكي تباغته بقبلة.

– "جــاك.. أين ذهبت؟" سألت بصوت خافت، وهي تنظر إلى مكانه الخاوي على الفراش..." يا لك من شقي." قالت مبتسمة، بعدما شــعرت بــيده الــناعمة تلتف حول رقبتها من الجهة الأخرى. لكن سرعان ما بدأت تتحول تلك الابتسامة إلى صرخة فزع، شاعرة بكفي جاك وهما يطبقان على عنقها، لتعصر منها الحياة!

- "جـاك... مـاذا تفعـل؟!" حاولـت الصراخ، ولكن كل ما استطاعت أن تُخرجه كان صوتا متحشرجا لا يكاد يُسمَع...

لم تنتظر دانيال الإجابة، وقد تحولت مشاعرها في تلك اللحظة مـن العـشق والهـيام إلى الرغبة الملحة في البقاء على قيد الحياة، فأخـذت تحـاول بكل ما كانت تمتلكه من قوة أن تخلص نفسها من قبـضته القـوية، ولكـن دون جـدوى؛ فيداه اللتان كانتا في يوم ما تـشعرانها بـرجفة النشوة، كلما لامستا جسدها النحيل، ها هما ذان تحاولا إزهاق روح ذات الجسد...

كـادت دانـيال أن تستسلم لقدرها المحتوم، لولا أنها لمحت شيئا على الأرض بالقرب من يدها اليمنى، فأمسكته، وبكل ما تبقى لهـا من قوة قذفت به نحو جاك. فجأة شعرت دانيال بتدفق الهواء إلـى رئتـيها، بعـد أن خفت القبضة التي كادت أن تنهي حياتها، وتمكـنت في تلك اللحظة أن تفلت من يدي الرجل الذي تركت كل شـيء من أجله، والذي كانت تظن أنه سيهبها حياة جديدة، مليئة بالإثارة والمتعة، الحياة التي كانت تفتقدها مع زوجها، والتي ظلت تحلم بها!

انطلقـت دانيال نحو باب الكبينة، ولكن سرعان ما تسمرت في مكانها، عندما اختلست نظرة أخيرة نحو العشيق القاتل...

قـام جاك من فوق السرير، وقد شعر بوخزة في عنقه ضايقته، وكحـال الإنسان عندما يشعر بضيق، أو ألم، أخذ يمد يده لكي يزيل مـصدر الألم، حتى ولو كان هو ما يبقيه على قيد الحياة! أزال جاك الشيء الذي قذفت به دانيال نحوه، الذي استقر في الجانب الأيسر من عـنقه، ونظر إليه فإذا هو حذاء نسائي ذو كعب حاد، فلم يتمالك في تلـك اللحظة سوى أن يبتسم باستهزاء من ذلك السلاح النسائي الذي عطلـه عـن المهمـة التي كان يجب أن ينهيها الليلة قبل أن ترسو السفينة في ميناء الإسكندرية...

"غريب أمر تلك المرأة، لماذا لم تفتح باب الكبينة وتنفذ بجلدها؟" أخذ يفكر، وهو يستعد للإنقضاء مرة أخيرة على دانيال، ولكن ما كاد يتحـــرك، حتى شعر بسائل دافئ لزج يغمر ذراعه الأيسر؛ في ذات الـــوقت نظـــر إلى الأرض نحو قدميه، وإذا بقطرات من الدم تنهمر فوق حذائه. في تلك اللحظة أدرك جاك الجواب على سؤاله، ثم سقط على الأرض...

لـــوهلة ظـــنت دانيال أنها تعيش في كابوس ستفيق منه في أية لحظة، فالذي كان يحدث لا يمكن أن يكون له أي تفسير آخر! ولكن لـــسبب مـــا، كـــان لا يريد هذا الكابوس أن ينتهي..." ما هذا الذي حـــدث؟! ولمـــاذا أراد جـــاك قتلي؟!" تساءلت، وهي تنظر إلى جسد عشيقها المرمي على الأرض، المحاط ببحيرة من الدماء. فجأة، وكما لـــو أنها قد استوعبت للتو ما قد حدث، فتحت الباب، وأخذت تجري، وهي تصرخ في الأسياب متجهة نحو ظهر السفينة!

– "سيدتي... سيدتي... أرجوك اهدئي!... أخبريني ما المشكلة؟" أخـــذ المـــلاح الشاب الذي كان متواجدا على ظهر السفينة يهدئ من روع المرأة التي كانت تجري أمامه بقميص النوم، وقد انتابتها موجة من البكاء الهستيري.

– "حاول... حاول قت... قتلي... فقتلته" أخذت تصرخ دانيال، وهي تتذكر الأحداث التي جرت لها منذ قليل.

–"سيدتي عمّ تتحدثين؟... اهدئي وأخبريني ما الذي حدث." قال المـــلاح الـــشاب، وهو يحاول تهدئة دانيال التي مازالت تبكي بشكل جنونـــي..." لا تخافي لن يؤذيك أحد. أنت في مأمن الآن. حاولي أن تهدئي."

–"جاك... جاك... حاول قتلي... لا أدري... لماذا جاك؟"

ظـــن الملاح الشاب أن المسألة قد تكون مجرد خلاف نشأ بين المـــرأة وبعلهـــا، فمع السهر وكثرة الكحول قد تنشب الخلافات بين

الزوجين؛ فهذه ليست أول مرة يشهد فيها مثل هذه الخلافات، وبالطبع لن تكون آخر مرة.

-"من هو جاك الذي تتحدثين عنه؟ زوجك؟ هل تشاجرتم؟"

هزت دانيال رأسها بالنفي، إجابة على سؤال الملاح.

-"أخبريني إذاً ماهو اسمك، وفي أية كابينة أنت نزيلة."

بعد لحظات قليلة بدأت دانيال تتماسك بعض الشيء، وأخذت تستوعب، أكثر، هول الأحداث التي مرت بها قبل أن تلتقي بالملاح الشاب الذي بدأت تشعر بشيء من الاطمئنان معه.

- "اسمي دانيال جولد؛ كابينة رقم ثلاثة وثلاثين."

طلب الملاح من قائد الأمن بالسفينة عبر جهازه اللاسلكي أن يتفقد الكابينة. بعدها بدأت دانيال تقص له ما قد حدث، ثم أخذت تبكي مرة أخرى فورما انتهت.

- "لم أقصد قتله... ولكنه حاول خنقي، لا أدري لماذا."

- "إهدئي سيدتي. أنت متوترة؛ فلربما كان هذا مجرد كابوس، فما الذي يجعل رفيقك يحاول قتلك؟"

- "أقول لك لم أكن أحلم، لقد حاول جاك قتلي، أتفهم؟! لقد وضع كفيه حول عنقي، وكدت أموت، لولا أني طعنته في رقبته!"

أخذت دانيال ترتجف مرة أخرى، وهي تتذكر منظر جثة عشيقها على الأرض، والدماء تسيل منه، ملطخة الأرضية الرخام.

-"على العموم قائد أمن السفينة في طريقه الآن إلى الكابينة لكي يتفقدها."

مرت لحظات، ثم جاء صوت قائد الأمن عبر جهاز اللاسلكي، طالبا من الملاح أن يحضر إلى الكابينة، ومعه دانيال. لم يشأ أن يعطي أية تفاصيل، فقط طلب منهما الحضور، فظنت حينئذ دانيال أنه وجد القتيل، كما وصفت، وأنه أرادها أن تأتي، لكي تتعرف على الجثة، كما كانت تشاهد في الأفلام...

الأفـــلام... أخذت تفكر، فهاهي حياتها تتحول إلى فيلم عبثي لا تفهمه، فهل يعقل أن يتحول الرجل الرقيق الذي تركت كل شيء من أجلـــه إلـــى وحش كاسر؟ أين ذهب العشق والهيام الذي وجدت قلبه مليئا بهما؟ من أين جاء ذلك الشر الذي رأته في نظرات عينيه أثناء مـــا كـــان يحاول كتم أنفاسها دون أدنى تردد؟ لا يمكن أن يكون هو ذاتـــه الرجل الذي شاركته الفراش في الأشهر الأخيرة، والذي تركت زوجها من أجله!

اقتـــربت دانـــيال مـــن كابينتها رقم 33، وأخذت تهيء نفسها لمشاهدة جثة جاك الملقاة على الأرض. فجأة بدأت تفكر في الفضيحة المدويـــة التي ستمتلئ بها صفحات الجرائد: **زوجة الصحفي الشهير تقـــتل عـــشيقها في رحلة بحرية.** كيف سيكون وقع هذا الخبر على أهلهـــا، وأصـــدقائها؟ ثم بدأت تفكر في مستقبلها... هل ستسجن؟ قد تـــتهم بأنهـــا دبرت لقتله!..." لا بد وأنه قد سئم من إمرأة متزوجة، تكبـــره ســـنا، فـــأراد تركها من أجل فتاة أصغر كما فعلت هي مع زوجها، فلم تستطع التحمل فقتلته"..." يا لها من امرأة خبيثة حطمت قلب زوجها، ثم قضت على حياة شاب وسيم في مقتبل العمر"... لا بـــد وأن تعاقـــب!"..." السجن!"..." لا، بل الإعدام!"... أخذت الهـــواجس تـــزداد في رأس دانيال مع كل خطوة كانت تقربها من باب الكبينة رقم 33!

25...27... 31...33!

مـــا أن وصـــلت، حتى وجدت قائد الأمن في منتصف الكابينة ينظر إليها، مبتسما:

-"هذه هي كابينتك، أليس كذلك؟

- "نعـــم هي، ولكن... ولكن أين جثة جاك؟!... الأرض كانت ملطخـــة بالدماء!" صرخت دانيال وهي تنظر حولها في المكان نفسه الذي تركته منذ دقائق على حال غير الذي تراه أمامها الآن!

- "سـيدة دانيال... الكابينة، كما ترين لا يوجد فيها قتيل، ولا يوجد فيها دماء، فربما تكونين قد أكثرت في الشراب، فهُيئ لك..." لم يكمل الملاح جملته، حتى قاطعته دانيال.

- "ألـم تفهم ما قلته لك؟! لم أكن أتخيل ما حدث، ولم أكثر في الشراب!... لقد حاول جاك قتلي، فطعنته في عنقه!"

- "وبماذا طعنتيه؟ هل كنت تحملين معك سكينا؟" سأل قائد الأمن.

- "لا... بل طعنته ب... بكعب حذاء السهرة."

لـم يـتمالكا الملاح، وقائد الأمن نفسهما، فخرجت منهما قهقهة، سـرعان مـا حاولا مداراتها؛ تحرك بعدها قائد الأمن قليلا إلى طرف الكابينة، فأمال ظهره، ممسكا بفردتي حذاء نسائي ملقتين على الأرض.

- "هل هذا هو الحذاء؟"

نظـرت دانـيال إلى فردتي الحذاء الذي استخدمت إحداهما في طعن جاك، وأمسكت بهما، وأخذت تتفحصهما جيدا، فلم تجد على أي منهما قطرة دم!

- "نعـم هـو الحذاء، ولكن..." لم تدرك ماذا تقول، ولكن فجأة خطـر علـى بالهـا أمـر... "أين جاك؟ إذا كان ما قد جرى مجرد تهيؤات، فإذاً أين جاك؟"

- "سـيدة دانيال، لا بد وأنه في البار، أو في الكازينو، فالسفينة كما تعلمين كبيرة، وقد يكون في أي مكان."

انتهى الحوار على هذا الحد، وانصرف الرجلان تاركين دانيال مـع ذهولها..."هل يعقل أن كل ما قد جرى كان مجرد تهيؤات؟!" لم تقتنع هي بهذا التفسير، فما جرى كان واقعا عاشته بكل تفاصيله، ولم يكن من نسج الخيال...

بـدأت تشعر دانيال في تلك اللحظة بالرعب مجددا، وقد خطر أمر جديد على بالها... ماذا لو أن جاك لم يمت؟! فهل من الممكن أن يكون قد قام، وبسرعة فائقة أزال كل آثار العدوان؟!

لم ترغب دانيال في البقاء بمفردها حتى الصباح، فقررت الذهاب إلى البار- الذي لم يكن ممتلئا في ذلك الوقت من الليل. نظرت حولها جيدا لكي تطمئن نفسها بأن جاك ليس موجودا في المكان، ثم ذهبت إلى أريكة خالية، في إحدى زوايا البار، فاستلقت عليها... نظرت إلى التلفاز، وعلى الفور أطلقت صرخة أفاقت السكارى؛ فقد كانت صورة زوجها تملأ الشاشة، ومن تحتها الخبر العاجل:

العثور على الصحفي الشهير موشي جولد في منزله مشنوقا!

عام 2009

1

عيد بأيـــة حـــال عدت يـــا عيد بما مضى أم لأمر فيك تجديد

ثلاثة أعياد قد مضت، ومع مرور كل عيد كان يتلاشى الأمل فـــي العثور على دلال، أو ما تبقى منها، وتزداد رغبة جمال في الابتعاد، فجدة أصبحت بشواطئها، وشوارعها، وأسواقها تشكل له مـــصدر ذكريات، وبالرغم من كون هذه الذكريات جميلة، إلا أنها كانـــت دائمـــا تقوده إلى لحظة خطف دلال في لندن، وما تلاه من شـــعور مرير بالإخفاق، وعدم قدرته على حماية عروسه، والوفاء بالوعد الذي قطعه قبل خطفها بلحظات بأن تكون كل أيامها المقبلة ذكريات جميلة. لقد أخفق، بل أسوأ... لقد فشل فشلا ذريعا، وكان ذلك الشعور يعصر أحشاءه، ويمتص من روحه الحياة، لدرجة لم يعد يستطيع أن يتحمل العيش في بلد، كلما سار في طرقاته يشعر، وكأنما المـــارون ينظرون إليه بعين الاحتقار، غامزين، لامزين؛ أولـــيس هو الرجل الذي فقد عروسه في شهر العسل، ولم يستطع فعل أي شيء!

كـــان لابـــد مـــن الرحيل، وقد جاءته الفرصة، عندما قُبِل في مستشفى بوسطن للتخصص في مجال الأشعة...

- "يـــا بخـــتك يا عم، حد طايل أمريكا، وبوسطن كمان!" تذكر جمال تعليق صديقه سعيد، عندما علم بالخبر.

- "نعم، أخيرا بدأت الحياة تبتسم لي من جديد."

كـــان جمال مشتاقا لصعود الطائرة التي ستقله إلى أمريكا، فكم كـــان إرتـــياحه عندما نادى الملاح جميع الركاب إلى الصعود... بدأ يـــشعر مـــع كل خطوة يخطوها نحو الطائرة أن حياة جديدة تنتظره هـــناك، على الجانب الغربي من المحيط الأطلسي. كانت هدية العيد بالنـــسبة لجمـــال هـــذا العـــام مخـــتلفة عن كل سابقيها في الأعوام الماضية... كانت هدية العيد هذا العام بالنسبة له، هي حياة جديدة في بلاد الأحلام!

2

في ثالث أيام العيد، وأثناء قدوم بعض المعتمرين للمدينة المنورة بغرض الزيارة، كان يدور في إحدى بساتين قباء اجتماع طارئ لقادة العروة الوثقى، وعلى خلاف الاجتماعات السابقة، كان الجدال بين القادة هذه المرة على أشده!

- "الاستعانة بنعيم الوزان خطأ كبير؛ لا ينبغي لنا أن نكون على أي اتصال به. أقول لكم هذا الرجل لا يمكن السيطرة عليه، فهو لا يتبع الإرشادات ولا يحترم كبراءه. لقد قطعنا صلتنا به منذ عام، وينبغي لنا أن نُبقي الوضع كما هو." كان جاسم الفراج مصرا على رأيه، وهو يحاول إقناع عدد قليل من قادة الجماعة، الذين اقترحوا التعاون مع نعيم الوزان، بالعدول عن رأيهم.

- "جاسم، لا أريد لخلافك القديم مع نعيم أن يكون هو مصدر هذا الرأي، وانظر إلى المسألة بموضوعية بحتة. لقد حاولنا على مدار ثلاثة أعوام فهم مضمون خطاب نجم الدين غول الذي أتانا به الدكتور عبد القادر بنوزّاني- رحمة الله عليه- ولكن دون جدوى، وأعتقد أنه من الحكمة أن نستعين بمن قد يستطيع حل اللغز، وخاصة أنه سبق وقد كانت له تجربة ناجحة في حادث شبيه، منذ ثلاثة أعوام." قال أمين عام قادة الجماعة، الذي فاجأ جاسم بقبوله مبدأ التعاون مع نعيم.

- "دكتور إسماعيل... ما حدث مع نعيم على أثر وفاة الدكتور عبد القادر، منذ ثلاثة أعوام لا علاقة له ألبتة مع ما تقترحه أنت اليوم، فلماذا نكشف عن أوراقنا الخاصة لرجل لم يعد منا؟... ثم إنك رأيت بنفسك كيف كان على تصادم مستمر معنا، منذ انضمامه إلى

الجماعـــة، ممـــا اضطرنا لفصله، والآن تريدنا أن نذهب لكي نطلب المعـــونة من شخص لم يكن كفئا للاستمرار في العروة الوثقى؟!" ما إن فرغ جاسم حتى، بدأت تعلو أصوات أغلب الحضور، مؤيدة ما قد قيل على عكس الدكتور إسماعيل الذي ظل صامتا يفكر قليلا، ثم أدار وجهه نحو الرجل الوحيد الذي كان يكبره سنا في القاعة.

- "وأنت يا شيخ عمر، ما رأيك فيما قاله جاسم؟"

ســاد الــصمت المكان على إثر توجيه الحديث إلى الشيخ عمر الحـسيني والــذي ظل صامتا لبضع ثوان، بعد توجيه سؤال إليه من قــبل أمــين عــام قادة العروة الوثقى، وكأنه يفكر فيما يقول قبل أن يتحدث.

- "مــنذ آلاف السنين، سُئل موسى- عليه السلام- عمن يكون أكثــر الناس علما، فأجاب بأنه هو أكثر الناس علما؛ وكيف لا يكون كــذلك، وهو نبي الله، ومن أولي العزم من الرسل، وقد حدثه الله في طــور ســينين؟ وهو الذي أنزل عليه التوراة. من هنا ظن موسى - علــيه السلام- أنه لا يمكن أن يكون على هذه الأرض من يبلغ علمه أو حتى يقترب، فأمره الله أن يذهب لكي يقابل رجلا لم يسمع به من قبل أحد، فذهب عليه السلام والتقى بعبد فقير من عباد الله الصالحين، وقد أوتي من العلم ما لم يدركه موسى -عليه السلام- النبي المرسل! حــاول موســى -عليه السلام- أن يتعلم من العبد الصالح، ولكنه لم يستطع عليه صبرا، فأدرك أنه مهما بلغ شأن إنسان، فهو يبقى بشرا لا يــستطيع أن يحيط بكل علم الله، وقد يعطي الله من العلم لعبد من عباده، ما ليس عند من هو أعلى منه شأنا."

صمت الجميع، وهم يتأملون ما قاله الشيخ عمر الحسيني ما عدا جاسم الفراج الذي لم يعجبه ما سمع، فقال بنبرة تهكم:

- "أنــا لا أفهــم ما علاقة قصة سيدنا موسى بالخضر عليهما السلام، بما نحن نتحدث عنه الآن!"

- "يبدو أن الشيخ عمر يريد تشبيه نعيم الوزان بسيدنا الخضر!" أضاف أحد القادة.

ضحك البعض وتمعضت وجوه البعض الآخر.

- "لا... نعيم ليس بالخضر كما أنّا لسنا بموسى عليه السلام. ولكني أخشى أن نكون قد أُفتِتنا بما وصلنا إليه من مكانة، وحسبنا أننا نمتلك مفاتيح كل شيء." صمت الشيخ عمر قليلا ثم نظر إلى جاسم، موجها إليه الحديث..." عندما أسس الشيخ جمال الدين الأفغاني حركة العروة الوثقى لم تكن مقصورة على أناس دون أناس أو طائفة دون الأخرى. كان الهدف هو خدمة الأمة الإسلامية من أجل الرقي بها، وإفاقتها من سباتها العميق، ولكن يبدو أننا اليوم قد نسينا هذا الأمر... أخي جاسم، نعيم الوزان لديه ملكة لم أشاهدها في أي رجل آخر غير الدكتور عبد القادر بنوّزاني -رحمة الله عليه- وأعتقد أن الأحداث التي جرت له منذ ثلاثة أعوام، وطريقة توصله لنا، ولصراعنا مع حكومة الظل لهو أكبر دليل على ذلك، فأنا على يقين بأن نعيم هو الأقدر على التوصل إلى فهم مضمون خطاب نجم الدين غول."

ما إن انتهى الشيخ عمر من كلامه، حتى علت الأصوات في الخيمة وقد أصبحت أغلبها مؤيدة لرأيه، مما جعل الدكتور إسماعيل يبادر بالقول:

-"حسنا، بعد إذن القادة سوف أبدأ بترتيب الإتصال مع نعيم الوزان. هو كما تعلمون لا يزال يسكن في العاصمة الماليزية كوالالمبور، حيث يترأس شركة الباحث للاستثمار... أما الموضوع الثاني في أجندة العمل، فهو..."

استمر الإجتماع نحو ساعة أخرى، ثم بعد الانتهاء أخذ الجميع بمغادرة القاعة إلا الدكتور إسماعيل، وجاسم الذي ظل في مكانه، حتى اطمأن إلى خلو المكان، ثم نظر إلى صديقه نظرة ثاقبة جعلت الدكتور إسماعيل يشعر على الفور بأن مسألة نعيم لم تحسم لدى جاسم بعد.

- "إسماعيل، نحن أصدقاء منذ عقود من الزمان، بل أستطيع القول بأني أفهمك أكثر مما تفهم نفسك أنت؛ أخبرني بصدق ما الذي تخفيه؟"

كان السؤال مباشرا وجاء بشكل لم يتوقعه الدكتور إسماعيل، مما تسبب في إرباكه بعض الشيء.

- "عفوا!... ماذا تقصد؟... فأنا لا أخبئ أي شيء."

- "بل تخبئ! ويبدو أن هذا الأمر الذي تخبئه شديد الخطورة، مما جعلك توافق على الإستعانة بنعيم الوزان، بالرغم من كونك أنت السبب الرئيس في إخراجه من العروة الوثقى منذ عام!"

- "عمّ تتحدث؟ هل نسيت أنك أنت الذي..." بدأ الدكتور إسماعيل بالرد، ولكن سرعان ما قوطع من قبل جاسم:

- "لا تحسبن أني لم أكن على دراية بمحادثاتك السرية التي أجريتها، من وراء ظهر الشيخ عمر، مع باقي القادة. لقد كنت أنت المحرك الأساسي في طرد نعيم، ولو أني كنت أنا الشخص الظاهر في المسألة، بحكم أنه كان يتبع لإشرافي المباشر؛ ومع ذلك لم أمانع ما فعلته، لأنني مثلك كنت ضد تواجد شخص لم ينشأ نشأة الجماعة في وسطنا، مهما كانت مكانة جده ومهما كان نبوغه، فالخطر الذي كان سيأتينا من عدم انصياعه للأوامر، وتمرده الدائم على المألوف في طريقة عملنا، كان أكبر من أي فائدة يمكن أن تجنى منه... إسماعيل، هناك أمر ما هو الذي جعلك تتغير مائة وثمانين درجة نحو نعيم! أريد أن أعرف ما هو؟!"

بدأت معالم قلق تظهر على وجه الدكتور إسماعيل الذي لم يستطع النظر إلى صديقه، دون أن تفضح عيناه ما كان يخبئه، ونجح في إخفائه عن باقي قادة جماعة العروة الوثقى. لم يكن أمامه في تلك اللحظة سوى البوح لجاسم بالحقيقة، أو على الأقل بجزء منها.

- "أريدك أن تقسم لي بأنك لن تبوح لأحد بما ستسمعه مني الآن."

- "إسماعيل أنا أعز أصدقائك، أنت تعرفني جيدا، ومع ذلك أقسم لك بأن يظل ما ستقوله لي سرا بيننا."

- "منذ ثلاث سنوات اتصل بي الدكتور عبد القادر، قبيل وفاته بأسابيع قليلة، لكي يطلب مني أن أضيف إلى جدول أعمال الإجتماع السنوي للقادة أمرا ظن أنه في غاية الخطورة ولا يتحمل أي تأجيل. كان قد عاد لتوه من تركيا وقد حصل على نص خطاب قديم كتب منذ قرن ظن أنه يحتوي على أمر مريب قد يخص حكومة الظل. لقد أطلعني في حينها على نص الخطاب؛ أصدقك القول بأني في ذلك الوقت لم أفهم القصد مما جاء في الخطاب، وبالتالي لم أعره إهتماما كبيرا وحسبت أن ما قاله الدكتور عبد القادر هو مجرد فرضية من فرضياته الغريبة... ولكن بعد ذلك بأسابيع تبين لي أنني قد أخطأت التقدير!"

- "تقصد بعد حادثة وفاة الدكتور عبد القادر."

- "نعم، صحيح." قال الدكتور إسماعيل، ثم أضاف بشيء من التردد..." الرسالة الإلكترونية التي أرسلها لنعيم قبيل وفاته لم تكن هي الوحيدة؛ أو بمعنى أصح، لقد أرسل أكثر من رسالة واحدة."

- "إسماعيل ماذا تقصد؟! هل أرسل الدكتور عبد القادر رسالة أخرى لم يخبرنا بها نعيم؟!"

- "الرسالة الأخرى لم تكن لنعيم، بل كانت لي."

- "ماذا؟!"

- "نعم، هذا ما أخفيته طوال السنوات الثلاث." صمت الدكتور إسماعيل قليلا، ثم إستطرد.."مازلت أذكر نص الرسالة إلى الآن: أبناء حَدَاد هم حكومة الظل."

- "أبناء حَدَاد!... إذاً أنت تتحدث عن خطاب نجم الدين غول؛ هل تقصد القول بأن الدكتور عبد القادر استطاع التوصل إلى شيء؟ إستطاع فك طلاسم رسالة نجم الدين غول، وأنه قتل بسبب ما توصل إليه؟!"

أنهـى جاسم تساؤلاته دون انتظار إجابة، ثم قام فجأة من موضعه وأخذ يدور حول القاعة في عاصفة من التفكير، محاولا أن يستوعب الأمر برمته.

- "جاسم، يجب أن تعلم..."

- "لِمَ لَم تخبرنا هذا من قبل؟" سأل جاسم قاطعا حديث الدكتور إسماعيل.

- "أخبركم ماذا؟ بأنني لم أستجب لطلب أحد كبار القادة ولم أدرج في جدول الأعمال أمرا ظن أنه يستحق البحث والنقاش، مما اضطره لبحث أمر الخطاب مع فرقته من دون الاستعانة بموارد العروة الوثقى؛ بأنني لم أوفر له الدعم الكافي! بأنني السبب في افتضاح أمره! جاسم هل فهمت ما قلته لك... خطاب نجم الدين غول هو مفتاح كل شيء. ومايوجد فيه هو ما أدى إلى مقتل الدكتور عبد القادر، وباقي فرقته!"

- "يا إلهي!... إذاً استطاع الدكتور عبد القادر التوصل إلى ما كانت تسعى إليه العروة الوثقى منذ نشأتها: معرفة حقيقة حكومة الظل؛ ولكنه مات قبل أن يوصل إلينا التفاصيل!... إسماعيل أنت تعديت على قاعدة من أهم قواعد الجماعة."

- "نعم أدرك ذلك؛ كان لا يجب على أن أتجاهل أي خبر يأتي به أحد قادة العروة الوثقى، ولكن هذا ما حدث؛ لقد اجتهدت وأخطأت، ولم أستطع مواجهتكم بخطئي الفادح، لكني حاولت تعويض هذا الخطأ بعد ذلك بتكريس جزء كبير من إمكانيات الجماعة في فهم نص خطاب نجم الدين غول."

- "لكـــن دون جدوى! ولذلك بعد ثلاثة أعوام من المحاولة أنت الآن الذي توافق على الاستعانة بأحد أنبغ تلاميذ الدكتور عبد القادر، فلعله يستطيع التوصل إلى ما قد سبق، وتوصل إليه أستاذه من قبل."

- "تأكــد بأنه لولا أني استنفذت جميع الطرق الأخرى لما كنت وافقت على الاستعانة بشخص مثل نعيم الوزان! لكنك شاهدت بنفسك مـــا دار في الاجتماع، وما قاله الشيخ عمر الحسيني... فأغلب القادة وافقوه على رأيه."

- "ولكنك نسيت أمرا... نعيم قد أصبح معروفا لدى حكومة الظل منذ أحداث مقتل الدكتور عبد القادر. إذا علموا بأنه قد عاد إلى المنطقة، فأغلب الظن أنهم سوف يراقبونه." قال جاسم منبها الدكتور إسماعيل.

- "لا، لـــم أنـــس... دعهم يراقبونه، فلن نعطيه نص الخطاب بأكملـــه، فقط بعض الأجزاء. إن إستطاع التوصل إلى شيء دون أن يقـــتل في الأثناء، فخير وبركة؛ سنأخذ منه ما توصل إليه ثم سنكلفه بمهمة أخرى غير هامة، فنلهي حكومة الظل به، أثناء ما نبحث نحن فـــي باقي نص الخطاب؛ كل ما نريده من نعيم الوزان هو أن يضعنا علـــى أول الطـــريق. صدقني يا صديقي، أنا مثلك لا أطيق الرجل، وآخـــر ما أتمناه هو أن يصبح ذلك الأرعن بطلا مرة أخرى، مما قد يدفع ببعض أنصاره إلى المطالبة بعودته كعضو فاعل في الجماعة."

- "أعوذ بالله، نحن ما صدقنا أننا تخلصنا منه... ولكن بقي أمر بسيط."

- "وما هو؟"

- "ماذا لو صَفّته، حكومة الظل كما صفّت عبد القادر والباقين؟ فالرجل مهما كان هو حفيد خليل الوزان."

- "يبقـــى هـــذا احـــتمال قائم، ولكن تذكر أخي جاسم، بأنه في بعض الأحيان قد نضحي بالفرد من أجل الجماعة!"

3

جلس رجب غول أمام الرجل الذي غير مجرى حياته إلى الأبد، والــذي كان في تلك اللحظة يتناول وجبة العشاء كما هي عادته في ذلــك الــوقت من العام في ذلك الفندق الفاخر نفسه بمنطقة باركلين اللندنــية. كل شيء كان قابلا للتغيير إلا تلك العادة السنوية في شتاء مديــنة الضباب. ثلاثة أعوام من المتابعة الدقيقة، حتى أصبح رجب كظــل الرجل، يتتبعه خطوة بخطوة عبر أقطار العالم مهما، كلفه الأمر من مشقة وعناء إلى أن صار يحفظ تفاصيل حياته عن ظهر قلــب. كل ذلك دون أن يشعر الرجل بخطوات النمر الجريح الذي ظــل يتتبعه طيلة هذه الأعوام. فهاهو ذا رجب يجلس أمامه على الطاولــة المقابلــة، دون أن يتنبه له؛ فرجب غول هو إسم قد مر علــيه منذ ثلاث سنوات، حمل معه في حينها خطرا كبيرا، وقد تم القضاء عليه أو هكذا حسب؛ ومثل هؤلاء الرجال لا يلتفتون كثيرا إلى الوراء، فيكفيهم تحديات الحاضر والمستقبل المليئة بالمخاطر؛ ولكــن هذا التحدي القديم الجديد، المتمثل في رجب غول، لم يكن في الحسبان!

ابتــسم رجــب، وهو ينظر إلى الملياردير الشهير المنهمك في طعامه، والذي لم يتعرف عليه، وهو الذي قد تسبب في القضاء على كل معنى جميل في حياته منذ ثلاثة أعوام، وجعله يتحول من صحفي واعد، وزوج سعيد، وأب لطفل جميل، إلى نمر جريح يلعق جراحه، ولا يبتغي شيئا في الحياة سوى الإنتقام! إبتسم رجب غول وقد أدرك أن مشواره الذي امتد عبر ثلاث سنوات قد أشرف على الانتهاء، وأن الضباب الذي ملأ حياته قد آن له أن ينقشع!...

أخــذت الابتــسامة، المرسومة على وجه رجب، تختفي، وهو يتذكــر تلك المكالمة التي تلقاها منذ أكثر من ثلاثة أعوام بمنزله في إســتانبول، والتي كانت بداية ما جرى له من أحداث غيرت مجرى حياته، وحياة أسرته الصغيرة...

- "سيد رجب غول؟"

- "نعم، من معي؟"

- "اســمي جورج حبيقا أخاطبك من بيروت بخصوص مزرعة جدك نجم الدين غول."

- "مزرعة جدي؟!"

لــم يكن يعلم رجب حتى تلك اللحظة أن جده نجم الدين غول كانــت لديــه مــزرعة بلبــنان؛ كما أنه إستغرب سقوط خبر هذه المــزرعة من تاريخ الأسرة. كان إتصال ذلك الرجل الغريب به، وطلــبه شــراء مزرعة اكتشف أنه قد ورثها دون أن يعلم، أمرا غريبا ومدهشا!

أدرك رجب أنه بصفته الوريث الوحيد كان يجب عليه الذهاب إلى بيروت من أجل إنهاء المسائل القانونية المتعلقة بالمزرعة؛ فعزم أمره، وحزم حقيبته، وسافر إلى لبنان...

- "هــذه المزرعة تحمل لي الكثير من الذكريات الجميلة." قال جــورج، وهــو يقــود سيارته داخل المزرعة، في إحدى ضواحي بيــروت، وبجــواره رجــب غول... "لقد ولدت وعشت فيها إلى أن هاجرت إلى كندا."

- "أستاذ جورج، أنا لا أدري كيف أشكرك على أمانتك، وعلى أمانـــة أسرتك المنقطعة النظير. شخص آخر لكان قد وضع يده على المزرعة، وخاصة أنه لم يظهر لها صاحب منذ قرابة القرن، أنا في حياتـــي لم أر مثل هذه الأمانة، ولم أسمع بها إلى في نوادر التاريخ وقصصه!"

-"عفـوا، هذا فقط من لطفك... أنت لا تعرف مكانة جدك نجم الـدين عند والدي رحمة الله عليه؛ أذكر عندما كنت صغيرا كان أبي دائمـا مـا يحدثنـي عن كرم وطيبة السيد نجم الدين غول صاحب المـزرعة. لذلك ظل الوالد طوال حياته رافضا العيش في أي مكان آخر غير مزرعة جدك التي ولد وعمل فيها، منتظرا حتى وفاته، قبل عـدة أعـوام، أن يظهـر وريث للسيد نجم الدين، فيسلمه المزرعة. لطالمـا رجـوته أن يأتي للعيش معي في كندا، خاصة بعد وفاة أمي وتزويجه لجميع أخوتي، ولكن دون جدوى."

- "رحمـة الله علـيه... عفوا على السؤال، ولكن هل أفهم من كلامك أنك تعيش في كندا؟"

- "نعـم مـنذ أربعـين عاما، عندما ذهبت إلى هناك من أجل الدراسة. ولكني الآن أصفي ما تبقى لي من أعمال هناك، وقد عزمت على أن أقضي مدة التقاعد هنا في لبنان أنا وزوجتي، فلن أجد أجمل مـن هذا المكان الذي يحمل لي الكثير من الذكريات. هيه... عندما تصل إلي سني ستدرك أن من أهم ما يحمله الإنسان معه عبر الحياة هـو الذكـريات بحلـوها ومرها." أنهى جورج الجملة وهو يصف سيارته أمام منزل قديم في وسط المزرعة.

- "هذا هو المنزل الرئيس للمزرعة حيث، كان جدك يقيم، كلما جـاء إلى لبنان، وهو نفسه المكان الذي وجد فيه مقتولا." قال جورج جملـته التي كان وقعها كالصاعقة على رجب غول، وهو ينزل من السيارة متجها نحو المنزل.

- "عفوا ماذا قلت؟! من الذي وجد مقتولا؟!"

- "المعـذرة!... نسيت أن الرواية الرسمية لما حدث لجدك هي أنه قد مات في حادث صيد... عيار ناري أصابه بالخطأ."

- "نعـم هـذا مـا قيل لجدتي من قبل السلطات التركية في حيـنها؛ فما معنى قولك بأنه وجد مقتولا؟" تساءل رجب، والدهشة كانت تملؤه مما سمعه في التو.

- "عــندما كنت صغيرا، كنت دائما أسمع أبي قبل نومه يدعو الرب، وكان من ضمن دعائه، الذي لم يسقطه ولو ليوم واحد، هو أن يحميه وأسرته من شياطين الإنس الذين قتلوا سيده. عندما سألته مرة عمّن يقصد، أخبرني بما رأى في ذلك اليوم الذي عثر فيه على جدك علـــى سريره في بركة من الدماء. كان منظرا مفزعا ما رآه والدي؛ ظل طوال حياته يتذكره بتفاصيله... أنا أسف، فما كان لينبغي لي أن أفتح هذه السيرة الأليمة."

- "لا.. لا.. أرجــوك أكمـــل، أريـــد أن أعرف ما الذي حدث لجدي، ومن هم شياطين الإنس هؤلاء الذين تتحدث عنهم؟"

صـــمت جـــورج قليلا معطيا الفرصة لرجب لكي يتراجع عن طلـــبه، ولكنه عندما تلمس الإصرار على معرفة ما حدث في عيني رفيقه، أخذ يقول بشيء من التردد:

- "حـــسنا... كان أبي في العاشرة من عمره ويحب اللعب عند تلك الشجرة." قال مشيرا إلى شجرة ليمون على بعد خمسين مترا من المنـــزل..." فـــي ذلك اليوم المشؤوم، رأى ثلاثة رجال أغراب، لم يصادفهم من قبل، يخرجون من منزل جدك. كان أبي دائما ما يقول لنا أنه لو كان بإمكان الشياطين أن يتجسدوا في صورة البشر، لكانوا هـــؤلاء الرجال الثلاثة. كانت أعينهم مليئة بالقسوة وملامح وجوههم جامـــدة، وكأنمـــا الروح قد نزعت من جسد كل منهم. لقد شعر أبي بالـــرعب من منظرهم، فتخبأ وراء تلك الشجرة، حتى أنصرفوا، ثم دخل المنزل ليتفقده، فوجد جدك مقتولا على سريره."

- "ولكـــن إن كانـــت المـــسألة هكذا، فلماذا لم يتم القبض على هؤلاء الرجال، ولماذا قيل لجدتي بأن جدي قد مات في حادث صيد؟"

- "لأن أحـــدا لم يصدق أبي... ربما لحداثة سنه... وربما لأن أحـــدا لـــم ير هؤلاء الرجال الثلاثة في أي من القرى المجاورة، ولم يسمع أحد بوجود رجال أغراب يرتدون ملابس سوداء غريبة مطرزة

باللـــون الأحمر والفضي، كما وصفها أبي؛ مع الأسف، على ما يبدو أن الـــشرطة اعتقدت أن أبى توهم أنه رأى ما رأى، وبعد أيام قليلة من التحقيق قفلت القضية، وقيدت كحادث صيد."

- "ولكـــن إن كان والدك صبيا في العاشرة من عمره في ذلك الـــوقت، فلمَ لا يكون بالفعل قد توهم رؤية هؤلاء الرجال، خاصة أن أحدا غيره لم يشاهدهم؟"

- "في بادئ الأمر كنت أصدق قصة أبي، فقط لأنه ظل طوال حياته يصر عليها... ولكن..." صمت قليلا.

- "ولكن ماذا؟"

قاد جورج رجب إلى غرفة نوم في طرف المنزل، ثم أخذ يكمل حديثه:

- "مـــنذ حوالي السنة، عندما عدت من كندا، وقد قررت شراء المزرعة، أتيت إلى هنا، وأخذت أفتش في المكان. قلت لنفسي لعلني أجـــد مـــا قـــد يساعدني على العثور على كيفية الوصول إلى ورثة جدك... ولكني وجدت شيئا آخر هنا تحت السرير." قال جورج، وهو يسلم رجب صندوقا صغيرا كان يبدو عليه القدم، وفي داخله خطاب مكـــتوب علـــى ورقـــة لا تقـــل قدما، متآكلة الأطراف، يكاد الحبر المستخدم عليها أن يختفي."

- "ما هذا؟" تساءل رجب بدهشة.

- "وجدت هذا الصندوق، والخطاب الذي بداخله في مخبأ سري عثـــرت عليه بالمصادفة تحت السرير، وأنا أفتش المكان، ففي بادئ الأمـــر حـــسبت أنهـــا ربمـــا تكون وصية جدك، ولكن عندما قرأت الخطـــاب أدركـــت أنـــه أهـــم من ذلك بكثير، فهو يؤكد رواية أبي، ويصف أمورا أخرى رآها جدك، ولكني لم أفهمها."

قـــرأ رجب الخطاب الذي كتبه جده باللغة العربية، فأدرك على الفور ما كان يقصده جورج!...

كـــم هـــي غـــريبة الحياة، فحادثة واحدة قد تغير مجرى أسرة بأكملها، بل قد تغير مجريات أمة كاملة! هذا ما أدركه رجب، ولكن بعد ذلك بعدة أسابيع!

تمـــت عملية بيع المزرعة بعد أيام من إجراءات إثبات الملكية، مستخدما صكا قد عثر عليه جورج في أثناء تفتيشه للمنزل؛ ثم بعدها عـــاد رجب غول إلى إستانبول ومعه خطاب جده الذي لم يستطع هو الآخـــر فهمـــه. كان في ذلك الوقت اثنان من معارفه في المدينة قد تـــصادف وجودهما: الصحفي الكندي موشي جولد، وباحث التاريخ المغربي عبد القادر بنوزّاني. دعاهما إلى منزله على العشاء، وحكى لهمـــا مـــا حـــدث لـــه في بيروت، ثم أعطى كلا منهما صورة من الخطاب؛ وكم كانت الدهشة التي بدت على كل من موشي والدكتور عبد القادر!

مضت الأيام، ورجب في انتظار سماع أي جديد من رفقائه قد يلقي الضوء على ما جاء في الخطاب الذي تركه جده، حتى ظن أنه ربمـــا لن يسمع شيئا بهذا الخصوص لعدم أهميته لهما... ففي نهاية الأمـــر، أخـــذ يظـــن، كـــان هذا مجرد خطاب قديم تركه جده لأحد أصـــدقائه منذ قرابة القرن من الزمان! فما هي أهميته الآن؟ وبسبب ظـــنه هـــذا، بـــدأت تتراخـــى المحاذير، فحدث صديقا له بأمر ذلك الخطاب. بعدها بيومين جاءه اتصال من الدكتور عبد القادر بنوزّاني.

– "رجب... اسمعني جيدا، لقد تباحثنا أنا وموشي أمر الخطاب الـــذي تـــركه جدك، وتوصلنا إلى أمور ربما يكون من الأفضل لك ولأســـرتك ألاّ تقحـــم نفسك فيها؛ ولكن ما هو أهم من ذلك، أريد أن اتأكد منك بأنك لم تخبر أي شخص آخر بما جاء في الخطاب."

– "في الحقيقة... أخبرت شخصا واحدا فقط..."

– "مـــاذا! أخبـــرت من، وماذا قلت له بالتحديد؟!" كان التوتر واضحا في نبرات صوت الدكتور عبد القادر.

- "أخبرت صديقا عزيزا أثق به، اسمه نجدت بماك وهو يعمل في مجموعة البليونير كمال أغلو؛ عندما لم أسمع منك أنت أو موشي، ظننت أن الأمر برمته غير مهم، فأخبرته عن كل ما حدث، ولكن لماذا هذا القلق؟ هل كان الأمر يدعو إلى الكتمان؟"

- "نعم... كان الأمر يستوجب الكتمان." رد الدكتور عبد القادر بصوت مرتبك.

- "أنا آسف! يبدو أنني قد أسأت التقدير... لا أدري ماذا أقول."

- "لا تقل شيئا، الخطأ خطئي... فكان يجب علي أن أدرك منذ قراءتي للخطاب في منزلك أنه يحتوي على ما يوجب الحذر، ولكن قدر الله وما شاء فعل... اسمعني جيدا، أريدك أن تخبر صديقك هذا أن ينسى كل ما سمعه منك، وألاّ يخبر به أحدا، وبالأخص كمال أغلو، أو أيا من معاونيه... بل أريدك أنت أيضا أن تنسى أمر الخطاب؛ لا أستطيع البوح لك الآن بأكثر من هذا."

ما إن أنهى الدكتور عبد القادر المكالمة، حتى أخذ رجب يحاول الاتصال بصديقه نجدت الذي لم يكن يرد على جواله أو على هاتف منزله. ظل يحاول يوما ويومين حتى مل، وقد بدأ ينتابه شعور بأنه ربما يكون الدكتور عبد القادر قد بالغ بعض الشيء بشأن أهمية ذلك الخطاب القديم، وما كان يحتويه من وصف لأحداث شاهدها وسمعها جده نجم الدين منذ قرابة القرن. أعاد قراءة الخطاب مرة ومرتين... كانت مجرد طلاسم لا علاقة لها بالواقع اليوم، أخذ يحدث نفسه، هكذا هو الدكتور عبد القادر مثله مثل موشي جولد الذي يؤمن بنظرية المؤامرة وراء كل حدث إلى درجة المبالغة؛ فالأمر لا علاقة له، لا من قريب، أو من بعيد بحكومة الظل...

مضت الأيام، واستمع رجب إلى نصيحة الدكتور عبد القادر؛ أخذ بالفعل ينسى أمر خطاب جده، وقد ساعدته المشاغل الأخرى للحياة على النسيان، لكن سرعان ما أدرك أن النسيان كان خيارا غير مطروح!

كان في طريقه إلى ديار بكر في جنوب شرق تركيا، مصطحبا معه في السيارة زوجته، وابنه الرضيع، وفي ذلك الجو الربيعي المرح الذي طالما ميز تلك المنطقة من تركيا في ذلك الوقت من العام، أخذت الزوجة تقص على زوجها كيف كانت أول كلمة نطق بها طفلهما في صباح ذلك اليوم؛ كانت الفرحة تملؤها كما كانت تملأ الزوج السعيد بأسرته الصغيرة، وفي لحظة من لحظات الزمن التي تأتي بغتة من دون مقدمات، ومن دون أن يدرك الإنسان ما سوف يصيبه، كان الاصطدام الذي أدى بسيارة رجب إلى الإنقلاب عدة مرات، حتى أصبحت كقطعة من الصفيح المصهور.

أخذ رجب ينظر نحو زوجته، وهو يترنح من أثر الارتطام، وكان رأسه ينزف، وبصره يكاد يسعفه من أثر الدماء المنهمر الذي أخذ يحجب رؤيته.

- "سونيا!... سونيا!" كاد صوته ألاّ يخرج من حنجرته، وهو ينادي على زوجته التي ظلت ساكنة. نظر إلى الخلف نحو ابنه، ولكن حاله لم يكن أفضل، فما كان أمامه سوى أن يخرج من السيارة؛ لكي يجلب لهما المساعدة؛ وبعد عدة محاولات تخللها الكثير من المعاناة، استطاع أن يخرج نفسه!

أخذ يسير في أحد الاتجاهات، فلعله يوقف سيارة مارة؛ ومع كل خطوة يخطوها كان ينظر نحو السيارة المقلوبة، حيث ترك زوجته وابنه الرضيع، وفي إحدى تلك الالتفاتات انتبه للشاحنة التي كانت تتراجع نحو سيارته. فجأة بدأ يتذكر اللحظة التي وقع فيها الارتطام، تلك اللحظة التي باغتته!... إنها نفس الشاحنة!... نعم هي التي ارتطمت بسيارته!... وهاهي الآن تتراجع مسرعة نحو ما تبقى من سيارته!... السرعة تزيد!... وفي لحظة...

- "لا!!!" صرخة أرادت أن تخرج بقوة من حنجرة أصابها الحادث فلم تقو على الخروج سوى متحشرجة من جسد كان قلبه

يدمي، وهو يرى أسرته الصغيرة تتلاشى تحت عجلات الشاحنة! لم يـتمالك رجـب نفسه، وهو يسقط على الإسفلت غير مصدق ما قد شاهده للتو!

تـوقفت الشاحنة، وخرج منها ثلاثة رجال على وجه كل منهم جمـود أشد قسوة من الحجارة. اقترب من رجب أحد هؤلاء الرجال، وقد أخرج مسدسا صوبه نحو الجهة اليسرى من صدره. طلقة واحدة نحو القلب كانت هي الفاصلة بين الحياة والموت.

- "سـيد رجـب غول... السيد كمال أغلو يبعث إليك بتحياته، ويتمنى لك حياة أفضل إلى حيث أنت ذاهب." أكمل الرجل جملته، ثم أطلق الطلقة!

4

يقال بأنك إذا أردت أن تصطاد نمرا، فعليك أن تقضي عليه من الطلقة الأولى؛ لأنك إن لم تفعل، فسوف يقضي هو عليك، وآخر ما يتمناه الصياد أن يكون وراءه نمر جريح يزداد حقده، وتنمو رغبته في الانتقام مع كل قطرة دماء تنزف من جرحه العميق. فرغبة الانتقام تمد صاحبها بعزيمة تغالب الأعاصير، وتناطح الجبال؛ وإن مزجت مع حقد دفين، تصبح خلطة دمار شامل، لا يقف أمامها سوى الموت!...

لم ير الفلاح العجوز في حياته الممتدة على ست عقود منظرا كالذي شاهده للتو عن بعد! ظل متسمرا في موقعه، حتى انصرف الرجال الثلاثة، ثم أخذ يقترب على حذر من ذلك الرجل المسكين الذي رآه يقتل أمام عينيه.

- "لا حول ولا قوة إلا بالله، ما الذي فعله هذا الرجل في دنياه، حتى يلقى مثل هذه النهاية؟" أخذ يحدث نفسه، وهو يقترب من الرجل الملقي في وسط الشارع الخالي من السيارات والمارة، في هذا الجزء من جنوب شرق تركيا؛ وما كاد الفلاح أن يلمس الرجل، حتى قفز إلى الخلف، عندما فتح رجب عينيه، وأخذ يرفع يده اليمنى.

- "الله أكبر!... الله أكبر!... لقد أعادك الله إلى الحياة!... الله أكبر!..." أخذ الفلاح يصرخ، وقد هاله ما رأى، غير مصدق أن وليا من الأولياء قد شاءت الأقدار أن يصادف طريقه!

* * *

"دكستروكارديا"... كان وقع هذا المصطلح الغريب على والدي رجب بعد ولادته كالصاعقة.

- "كيف يمكن أن يكون قلب الإنسان في غير موضعه!... هل هذا ممكن؟"

كانـــت الأم هي الأكثر قلقا على إبنها الذي إنتظرته على شغف بعـــد أعـــوام من المحاولات العديدة الفاشلة للإنجاب؛ وهاهوذا ابنها الذي جاء بعد طول انتظار قد ولد بقلب في الجهة اليمنى من صدره، بخلاف باقي البشر!...

كان الأب أكثر تعقلا وتقبلا لما سمعه من الأطباء الذين أخبروه بضرورة إجراء المزيد من الفحوصات للتأكد من خلو الطفل من أية تشوهات خلقية قد تصاحب هذه الحالة النادرة التي سبق وأن ولد بها عدد من الأطفال حول العالم...

مرت السنوات، وشب الطفل بصحة جيدة، ولكن بقلب في غير موضـــعه المعـــتاد الذي كان يدرس له ولأترابه في المدرسة. كانت المسألة في بادئ الأمر تشكل له حيرة وحرجا... لماذا هو، دون عن باقي الناس، يخلق هكذا؟... كان السؤال دوما ما يتكرر على خاطره، ولكن مع مرور السنين، وكأمور كثيرة في الحياة، أصبح السؤال من خبـــر الماضـــي، لدرجة أن رجب قد نسي الأمر، ولم يعد يعيره أي اهـــتمام، حتـــى جـــاء ذلك اليوم الذي رأى فيه الموت يلتهم أسرته الصغيرة، وكاد يلتهمه هو!...

* * *

- "أقـــول لكـــم، لقـــد كـــان يصارع الشيطان، رأيت المعركة بعيني... رأيت الشيطان وهو يصيبه بشرارته النارية في قلبه، ولكن الله أعـــاده إلى الحياة... إنه ولي من أولياء الله لذلك أعاده إلى الحياة حتـــى لا ينتصر الشر على الخير!" أخذ يردد مسعود الفلاح على كل

من يلتقي به من سكان القرية حتى أصبحت سيرة ذلك الرجل الغريب الذي أصيب في قلبه "بشرارة الشيطان" ثم أعاده الله إلى الحياة حديث كل القرية والقرى المجاورة!

الكل أصبح يتوافد على منزل مسعود الفلاح لكي يتبرك بالولي الصالح الذي كان يتعافى هناك من معركته الكبرى مع الشيطان! وفي ليلة وضحاها أصبحت القرية تعرف بقرية الولي، وأصبح مسعود أهم شخصية فيها؛ لينتقل من فلاح بسيط لا يؤبه له، إلى أحد صفوة مجتمع قرية الولي وباقي القرى المجاورة!

مرت الأيام والأسابيع، وحال كثير من أهالى القرية قد انقلب رأسا على عقب، وجروح رجب كانت تلتئم، إلا جرح واحد أصاب فؤاده في اللحظة التي رأى فيها أسرته، التي كانت كل حياته، تختفي إلى الأبد؛ ومع مرور الأيام، ومع كل ثانية من ثواني عقرب الساعة التي أهدتها إليه زوجته في عيد زواجهما الأخير، كان قلبه بجنبه الأيمن، الذي نجا من طلقة الرصاصة الغادرة، يزداد كرها وسخطا... وفجأة أخذ يتذكر كلمة قالها له والده في ذات يوم بعيد:

- "لربما خلقك الله على غير شاكلة البشر لأمر ما أنت وُجِدت من أجلِه، قد تُدرك حكمته في يوم من الأيام."

في تلك اللحظة التي تذكر فيها مقولة أبيه، أخذ رجب غول يدرك أمرا واحدا لا ثاني له، وقد احتل كل ذرة من كيانه... **كمال أغلو!**

5

بـــدا المكان مألوفا لنعيم الوزان، بالرغم من عدم زيارته له من قـــبل. بـــل إنه لا يتذكر كيف قدم إليه ولكنه هاهوذا. كان يرى آثار مـــنازل مبنـــية بطوب على سفوح الجبال، خالية من سكانها، كما لو أنهم هجروها منذ زمن بعيد...

الـــشمس ساطعة والعرق يتصبب من على جبين نعيم الذي أخذ يلـــتفت نحـــو صوت خافت لا يكاد يسمع قادم من وراء الجبال. بدأ يخطـــو نحـــو الـــصوت الذي كان يزداد وضوحا مع كل خطوة كان يخطـــوها. إنـــه نفس الصوت!... لم يسمعه منذ ثلاثة أعوام، ولكنه يتذكـــره جـــيدا بنبرته الدافئة والعميقة، وكأنه يحمل أكثر من معنى، وكأنـــه يخاطـــب الوجدان!... اقترب أكثر، حتى أصبح يرى مصدر الـــصوت، كان جده خليل الوزان متربعا تحت ظلال شجرة يتلو، من مصحف أمامه، آيات ما إن يفرغ منها، حتى يعيدها:

"فمكـــث غير بعيد فقال أحطت بما لم تحط به وجئتك من سبأ بنـــبأ يقـــين. إنـــي وجدت امرأة تملكهم وأوتيت من كل شيء ولها عرش عظيم. وجدتها وقومها يسجدون للشمس من دون الله وزين لهم الشيطان أعمالهم فصدهم عن السبيل فهم لا يهتدون."

اســـتمر فـــي تلاوته عدة مرات ثم فجأة توقف، رفع رأسه نحو نعيم، وعلى وجهه ابتسامة دافئة، ثم عاود التلاوة... الآيات نفسها!...

* * *

– "نعـــيم!... نعيم!... ألم تغادر المكتب منذ البارحة؟ أنت بنفس ملابسك!"

فتح نعيم عينيه... نظر نحو مصدر الصوت الذي أيقظه من سباته العميق، ولكن لم يكن الصوت نفسه الذي سمعه منذ لحظات، ولا الرجل نفسه.

- "أنور! ماذا تفعل هنا؟" سأل نعيم شريكه الماليزي، وهو يستجمع وعيه الذي بدا لوهلة، كما لو أنه كان مفقودا.

- "ما الذي أفعله أنا هنا!" ردد أنور وهو يضحك..." أين تحسب نفسك؟ أنت مازلت في المكتب بالملابس نفسها. يبدو أنك لم تغادر إلى منزلك منذ البارحة... أخبرني ما هو هذا المشروع الجديد الذي إستغرق من وقتك إلى هذا الحد؟"

أخذ نعيم ينظر حوله وقد إستدرك كامل وعيه؛ هذه المرة كان يعرف المكان جيدا، إنه مكتبه في الدور العاشر من مبنى بترونس في العاصمة الماليزية كوالالمبور.

- "يبدو أن النعاس قد أصابني فجأة، فلم أشعر بنفسي."

- "ماذا بك؟ أنت لا تبدو على ما يرام."

- "أنا بخير... فقط... لوهلة حسبت كما لو أنني كنت في مكان آخر."

- "كنت مستغرقا في النوم. لا بد أنك كنت تحلم."

- "ولكنه لم يكن كباقي الأحلام... وكأنه كان واقعا أحياه!"

- "خيرا إن شاء الله؟"

- "رأيت جدي خليل." قال نعيم جملته، ثم صمت قليلا كأنه يتأمل مسألة ما. "أنور... هل تؤمن بأن روح الشخص المتوفى قد تتواصل مع الحي عبر الأحلام؟"

- "دعك من هذه السيرة، فأنا لا أفهم مثل هذه المواضيع، ولكني أفهم في لغة المال والأعمال وأريدك أن تشرح لي لماذا مازلت تشتري أسهما في شركة الفرعون. ألم تجد في السوق الأمريكي غير هذه الشركة؟ أصدقك القول، لقد بدأت أقلق؛ ظننتك

ستبيع أسهم تلك الشركة، وخاصة أنها قد إرتفعت الآن أكثر من عشرين في المائة؛ ولكنك على العكس، تبيع من أسهم باقي الشركات وتشتري أسهم هذه الشركة بالتحديد... قل لي بصراحة، هل هناك خبر ما سمعته عن شركة الفرعون؟"

- "لا، فلا يوجد أي خبر على حد علمي."

- "إذاً، لماذا كل هذه الأسهم في شركة واحدة، وكأنك ترغب في الاستحواذ عليها؟"

- "وهذا هو بالفعل ما أريد أن يعتقده المضاربون، وبعض كبار المستثمرين، والأهم من كل هؤلاء رئيس مجلس إدارة الشركة."

- "من تقصد؟"

- "فؤاد شوكت رئيس مجلس إدارة شركة الفرعون وأكبر مستثمر فيها؛ أريده أن يعتقد أن هناك تكتلا من رجال أعمال ماليزيين يرغبون في الاستحواذ على الشركة، فيقدم هو على شراء المزيد من أسهمها في السوق."

- "إذاً، أنت لا ترغب في الاستحواذ على الشركة، ولكنك فقط تريد الإيهام بذلك. نعيم، هذه مجازفة، فسعر السهم أصبح متضخما.

- "لا بأس، فكلما تضخم السعر كلما كان وقع السقوط أقوى."

- "سقوط! عن أي سقوط تتحدث! نعيم، ما الذي تنوي فعله؟" كان القلق قد بدا جليا على وجه أنور.

- "لا تخف، فسنكون قد خرجنا من السهم، وحققنا أرباحا طائلة، وبهذا أكون قد أصبت عصفورين بحجر واحد."

- "العصفور الأول فهمته، ولكن ما هو يا ترى العصفور الثاني هذا الذي تتحدث عنه؟"

- "الانتقام من خصم قديم!"

رن جرس الهاتف، فرد عليه نعيم؛ كان سكرتيره على الخط الثاني يخبره بمجيء الضيف المنتظر.

- "نعــيم قــبل أن أتركك مع ضيفك القادم من الخليج أريد أن أنــصحك نصيحة خالصة، كصديق لك قبل أن أكون شريك عمل... دعك من الماضي، ودع الماضي عنك؛ لا تخلط بين ثأرك الشخصي مــع فــؤاد شوكت، وبين العمل، فأنت تجازف بأموال الشركة التي بنيناها أنا وأنت، حتى أصبحت من أهم شركات الاستثمار في جنوب شــرق آســيا، وبأموال مستثمرين آخرين، وثقوا بك، وبفراستك في الاســتثمار في أسواق الأسهم الأمريكية. أنت ما زلت شابا والمستقبل مازال أمامك، وأغلب رجال الأعمال في ماليزيا يحترمونك، فلا ترم بكل هذا وراء ظهرك من أجل ثأر شخصي قديم قد تجاوزه الزمن."

- "الــزمن لا يتجاوز أي شيء، وهذا ليس مجرد ثأر! أنت لا تعرف هذا الرجل مثلما أعرفه أنا، ولا تعرف ما الذي فعله معي ومع غيــري مــن خيرة الناس!" صمت نعيم قليلا، وقد ملأه الغضب، ثم إســتطرد، قــائلا..." أشكرك أنور على نصيحتك الصادقة ولكن لا تخــف، فأنــا أعي تماما ما أفعله وستجد ما يسرك أنت وباقي الذين استثمروا معنا في محافظ الأسهم الأمريكية."

انــصرف أنــور مــن مكتب نعيم، والقلق كان لا يزال يملؤه، بالرغم من كلمات نعيم التطمينية. مضت لحظات قليلة، ثم دخل وجه آخر مألوف لدى نعيم، وإن لم يره منذ أكثر من عام.

- "جاســم الفراج... لم أكن أتخيل بعد لقائنا الأخير أنك ستقطع آلاف الكيلومتــرات لكي تزورني؛ لا بد أنه أمر جد خطير هذا الذي جعل الجماعة تبعث بك إلي بعد كل الذي حدث بيننا!"

- "كــيف حالــك يا نعيم.. أتمنى ألاّ تكون ما تزال تحمل في نفسك علي وعلى الأخوة شيئا، أنت تعلم..."

- "أنا لا أحمل، ولم أحمل في يوم من الأيام أي شيء تجاهكم." قاطــع نعيم، ثم أكمل..." ولو كنت أحمل في نفسي شيئا لما استقبلتك فــي مكتبي. أنا فقط على استغراب من هذه الزيارة التي لم أتوقعها

مـــنك أنت بالذات الذي كنت منذ البداية من أشد المعارضين لوجودي في الجماعة."

- "أفضل ألاّ نتحدث في هذا الموضوع الآن." قال جاسم، وهو ينظر حوله.

- "لا تخــف، فالمكـــان آمن؛ نستطيع التحدث دون الحاجة إلى الحذر... دعك من هذا الحس الأمني المبالغ فيه!"

- "الحــيطة واجــبة يـــا نعيم، ولكن ماذا أقول، فتهورك وعدم التزامك بتعاليم الجماعة هو الذي جعلك لا تستمر معنا!"

- "ومـــع ذلك ها أنت ذا هنا تريد الاستعانة بي." قال نعيم، وقد رســـم على وجهه ابتسامة خبيثة حرص على إظهارها، لكي ينتبه لها جاسم الفراج.

- "صـــدقني لو أن المسألة كانت متروكة لي، لما فكرت في المجـــيء، ولكنـــي ألتزم بقرار الأغلبية، حتى لو كان مخالفا لما أريد."

هـــز نعـــيم رأسه وقد أدرك أنه تمادى في إظهار عدم ارتياحه لمجيء جاسم الذي في نهاية الأمر قد حل عليه ضيفا في مكتبه؛ شعر أن كرم الضيافة كان يستوجب عليه أن يتحمل وجوده!

أشـــار نعـــيم على ضيفه بالجلوس، ثم طلب من الساعي، عبر الهاتف، أن يجلب لهما القهوة.

- "أرجـــو أن تعذرنـــي إن كنت فظا في استقبالك. أنا أقدر لك مجيـــئك إلـــي هنا، كما أقدر طلب الجماعة في الاستعانة بي، ولكني أخشى ألاّ يكون بمقدوري المساعدة الآن، فالشركة تمر بمرحلة شديدة الحساسية، كما أنه لدي الكثير من الأعمال..."

- "ألا تـــود أن تعـــرف أولا في أي أمر، ولماذا نريد الاستعانة بـــك؟" قاطع جاسم، وهو يناول نعيم ورقة مطوية أخرجها من جيب معطفه.

- "ما هذا؟"

- "هذا خطاب أريدك أن تطلع عليه."

أخـــذ نعيم الورقة من جاسم، ثم قرأها بصوت خافت: **"قد جاد الــزمان علينـــا بمـــا كنا نحلم به منذ مئات السنين. وها هو الحلم يصبح حقيقة، ورايتنا تعلو من جديد دون علم الأعداء، فها هي ذي مــرحلة قــد انتهت لتبدأ بعدها مرحلة جديدة، تنتهي بعد قرن من الــزمان؛ ليكون الوقت في حينها قد أزف، وعندئذ في مدينة حَدَاد، كما أخبرنا السلف، سيكون الحدث الأعظم مؤذنا بعودة الغائب الذي طال انتظاره."**

نظــــر نعيم إلى جاسم بعد فراغه من قراءة الخطاب، وقد ملأته الدهـــشة! فقـــد استطاع جاسم بمراوغة ذكية أن يلفت انتباهه ويثير اهتمامه.

- "علــــى لـــسان مـــن كتبت هذه الكلمات، ومن أين حصلت عليها؟"

- "أســـتطيع أن أجيبك عن السؤال الثاني، من أين حصلنا على هـــذه الكلمـــات؛ أما بالنسبة للسؤال الأول، فهو ما تريده الجماعة أن تأتينا أنت بإجابته؛ هذا إن كنت على استعداد للتعاون معنا."

هـــز نعـــيم رأســـه دون أن يتكلم، معطيا لجاسم الفرصة لإلقاء المزيد من الضوء.

- "هذه الكلمات هي جزء من خطاب حصل عليه الدكتور عبد القادر بنوّزاني قبل وفاته بعدة أسابيع من صحفي تركي اسمه رجب غـــول؛ وقـــد مـــرره لباقـــي القادة، لكي يطلعوا عليه قبل الإجتماع السنوي، وأخبرنا أنه سيكشف أمرا في غاية الخطورة يخص ما جاء في الخطاب."

- "الدكـــتور عبد القادر!" ردد نعيم، وقد فوجئ باسم أستاذه..." وهل أخبركم عن هذا الأمر الخطير؟"

– "لا، مع الأسف لم يسعفه القدر، وقد جرى له ما جرى، كما تعلم."

– "وماذا عن الصحفي التركي رجب غول؟ هل حاولتم الاتصال به، بما أنه كان مصدر الخطاب؟"

– "حاولنا، ولكننا لم نستطع الحصول عليه، فالرجل كما لو كان قد اختفى من على وجه الأرض! صدقني لقد حاولنا منذ حصولنا على الخطاب ولمدة ثلاثة أعوام أن نفك طلاسمه، ولكن دون جدوى... **مدينة حَدَاد؟؟... عودة الغائب الذي طال انتظاره؟؟...**"

– "مدينة حَدَاد" ردد نعيم متأملا الاسم..." لم أسمع بها من قبل، أما **عودة الغائب الذي طال انتظاره**، فقد تحمل عدة معان، ولكن كلها قريبة من بعضها." أخذ يَنظُر نعيم إلى الورقة مجددا وهو يقلب فيها، وقد بدا علي وجهه شيء من الإستغراب..." هذه الورقة لا يبدو عليها أن عمرها ثلاثة أعوام، فهي ليست التي حصلتم عليها من الدكتور عبد القادر، أليس كذلك؟"

– "بالطبع لا..." أجاب جاسم بحزم..." النسخة الأصلية مع الدكتور إسماعيل."

نظر نعيم إلى وجه جاسم، متمعنا النظر إلى تعابير وجهه، وكأنه كان يقرأ فيه ما لم يبح به لسانه.

– "هل هذا كل ما جاء في الخطاب الذي حصل عليه الدكتور عبد القادر؟"

– "ماذا... ماذا تقصد؟"

– "لماذا لا ترغبون في أن أطلع على باقي الخطاب؟... ما الذي يحتويه وتريدون التكتم عليه؟"

بدأ القلق واضحا على جاسم الذي كان شديد الحذر من فراسة نعيم الوزان.

- "لا شيء يهمك... نعيم، كل ما نريده منك هو معرفة ما هي مدينة حَدَاد... فقط." قال جاسم وقد بدأ يشعر بعدم الارتياح من مسار الحديث..." بالمناسبة، ماذا قصدت عندما قلت بأن جملة **عودة الغائب الذي طال انتظاره** قد تحمل عدة معان؟"

لم يعجب نعيم رد جاسم على سؤاله، كما لم يعجبه الشعور بأن جماعة العروة الوثقى تخفي عنه أمرا ما يتعلق بالخطاب، وهم الذين قد قدِموا إليه طالبين المعونة؛ لذلك لم يفكر طويلا في شأن الطلب الذي جاء به جاسم الفراج، وقال:

- "سأخبرك مالذي قصدته بخصوص عودة الغائب، ولكن سيكون هذا هو حد تعاوني معكم!"

لم يستأنس جاسم لهذه الجملة الأخيرة، فأخذ يفكر في طُعْم جديد يرميه لنعيم الوزان.

* * *

- "مع اختلاف معتقدات الشعوب إلا أنك دائما ما تجد هناك قواسم مشتركة بين تلك المعتقدات، قريبة في ملامحها العامة، وإن اختلفت التفاصيل، ومن هذه الأمور فكرة المنقذ الغائب الذي إختفى في زمن قديم، وسيعود في المستقبل؛ لكي يقود قومه لسيادة العالم، فهذا المفهوم موجود في كافة الأديان والمعتقدات... المسلمون والمسيحيون يؤمنون بأن هذا الشخص هو المسيح عليه السلام، والشيعة الجعفرية من المسلمين يضيفون إلى عودة المسيح عودة إمامهم الثاني عشر محمد المهدي الذي دخل سردابا في مدينة سامراء العراقية منذ عدة قرون، عندما كان طفلا، ولم يخرج منه منذ ذلك الحين... مثل هذه المفاهيم تجدها في معتقدات كثيرة؛ خذ مثلا الزرادشتية.."

- "الزرادشتية؟" قاطع جاسم متسائلا.

- "نعم الزردشتية، ديانة المجوس، هي في الأصل ديانة موحدة، بل إن عمر بن الخطاب عندما سئل عن كيفية التعامل مع المجوس إبان فتح بلاد فارس، أمر بمعاملتهم كمعاملة أهل الكتاب، وهذا لأنها في الأصل ديانة موحدة نسبت إلى زرادشت الذي قيل بأنه كان نبيا من الأنبياء أمر بعبادة الله، ولكن تعاليمه حرفت بعد وفاته." شرح نعيم.

- "وهل يؤمن المجوس أيضا بعودة غائب ما؟"

- "تتحدث الكتب القديمة للمجوس، أو الزرادشتيين، عن بشوتان، وهو أنبغ تلامذة زرادشت، وقد اختفى في مغارة هو، وواحد وخمسون من أتباعه بجبل البرز، شمال إيران. يعتقد الزردشتيون أنه قابع هناك منذ آلاف السنين إلى أن يحين موعد عودته غير المعلومة... هناك الكثير من المِلل والطوائف الأخرى التي لديها مثل هذا الاعتقاد، بل إن من سخرية القدر أن هذا الاعتقاد في مخلّص ما يعود بعد غيبة طويلة، كان السبب في القضاء على إحدى الحضارات العريقة، التي وقعت فريسة لهذا المعتقد."

- "عن ماذا تتحدث؟"

- "أتحدث عن حضارة الأزتك التي حكمت المكسيك منذ مئات الأعوام، وقبل إكتشاف القارة الأمريكية من قبل الأسبان، إذ كانوا يعتقدون قرب مجيء الإله الغائب كوازلكت من الشرق عبر البحر، فعندما جاء الإسبان إلى المكسيك في القرن الساس عشر عبر البحر، كان الإعتقاد أن القائد الأسباني كورتيز هو الإله الغائب "كوازلكت" الذي جاء ليرفع من شأنهم؛ ولكن الذي حدث أن الأسبان استغلوا هذا الاعتقاد الخاطئ، وقضوا على إمبراطورية الأزتك."

صمت نعيم قليلا، وكأنه يفكر في أمر ما قد تنبه إليه في خضم ما كان يستعرضه.

- "هناك جملة في الخطاب قد تضفي بعض الضوء على من هو المقصود بالغائب." قال نعيم، وهو يعاود النظر في الورقة التي ناوله إياها جاسم، ثم أخذ يقرأ منها مرة أخرى: "**ها هي ذه مرحلة قد انتهت لتبدأ بعدها مرحلة جديدة، تنتهي بعد قرن من الزمان؛ ليكون الوقت في حينها قد أزف**... الخطاب يتحدث عن مرحلة ما قد إنتهت لتبدأ بعدها مرحلة جديدة مدتها مائة عام... جاسم، هل تعلم متى قيلت هذه العبارة؟"

تردد جاسم قليلا، ثم أجاب نعيم بأنه غير مخول له الإفصاح عن هذه المعلومة.

- "أنا لا أفهم إلى متى ستظلون هكذا تحيطون كل أمر بالسرية والكتمان! تطلبون مني المساعدة، ثم تكتمون عني المعلومات التي أحتاج إليها لكي أصل إلى الحقيقة!" انفجر نعيم في وجه جاسم الذي ظل هادئا، وقد شعر أن وقت الطُعْم الثاني، الذي سيجعل نعيم يقبل التعاون مع جماعة العروة الوثقى بشروطهم وليس بشروطه هو، قد أزف.

- "نعيم... أريدك أن تهدأ، حتى أخبرك عن أمر يهمك أكثر، وهو أيضا يخص الخطاب... أنا أعلم جيدا مدى قرب العلاقة التي كانت تربطك بالدكتور عبد القادر بنوّزاني، ولذلك سأعلمك عن مسألة لا يعرفها إلا القليلون." صمت جاسم قليلا؛ لكي يضفي الإثارة على ما سوف يقوله، فيكون وقعه أقوى..." نحن نعتقد أن هذا الخطاب الذي بين يديك هو السبب الحقيقي في وفاة الدكتور عبد القادر!"

- "ماذا؟!" كانت الدهشة واضحة على نعيم.

- "ليس هذا فقط... الدكتور عبد القادر أرسل رسالة إلينا قبل وفاته بساعات يخبرنا أن هناك صلة بين الخطاب وبين حكومة الظل، وأن الصحفي موشي جولد كان على علم بذلك."

– "حكومة الظل؟!... موشي جولد؟!... لماذا لم أخبر من قبل عن هذا الأمر؟ لماذا الآن بعد ثلاثة أعوام؟"

– "لأن لكـــل أمـــر أواناً... نعيم، أنت تعلم أن موشي جولد قد مـــات، فلـــم يبق لدينا سوى زوجته دانيال التي نريدك أن تصل إليها عن طريق صديق مشترك بينكما."

أدرك جاســـم، من تعبيرات وجه نعيم، أن الطُعْم الذي فكر فيه للـــتو بسبب حالة الرفض والتحدي التي أبداها نعيم، قد آتت ثمارها؛ فـــلا بـــأس مـــن إخـــباره عن علاقة مقتل الدكتور عبد القادر بهذا الخطاب؛ أما إضافة زوجة موشي للمعادلة، فسيجعل نعيم أكثر رغبة في التعاون، خاصة عندما يعلم من هو ذلك الصديق المشترك.

– "من تقصد؟" سأل نعيم، وقد أخذ يدرك أبعادا جديدة للخطاب ما كان ليتخيلها!

– "طلعـــت أحمـــد نجاتي... هو كما تعلم يسكن الآن في دبي، حيث يدير قناة النور الإخبارية. نريدك أن تذهب إليه، وتطلب منه أن يرتب لك لقاء مع دانيال جولد."

– "حكومة الظل!... فؤاد شوكت!..." أخذ يتمتم نعيم، وهو يقوم مـــن فوق الأريكة، متجها نحو النافذة المطلة على سماء كوالالمبور الغائمة التي كانت تنذر بعاصفة رعدية في الأفق، في الوقت ذاته أخذ جاسم الفراج يشرب مما تبقى من قهوته السوداء، مدركا أن الطُعْم قد أصاب هدفه!

6

بحثت عنك في كل مكان... ولم أجدك في هذا الزمان... أيعقل منك كل هذا الهوان؟... أيعقل أن أكون في طي النسيان؟

يقال بأن الزمن كفيل بمداواة كافة الجراح، ولكن هناك شرط بسيط: ألا تُنبش تلك الجراح.

* * *

مضى على قدوم جمال جداوي إلى مدينة بوسطن الأمريكية أكثر من شهر، وقد تأقلم سريعا على حياته الجديدة التي سعى إليها بكافة الوسائل المشروعة، وغير المشروعة من واسطات ومحسوبيات، حتى استطاع أن يحصل على البعثة المنتظرة، وكان قد قرر فور وصوله أن يبدأ حياة جديدة، متناسيا آلام ذكرى الحبيبة المفقودة، وكل ما يتعلق بها، بما في ذلك موطنها؛ لذلك لم يكن حريصا على التواصل مع باقي السعوديين، فلم يقم جمال بزيارة النادي السعودي ببوسطن أو أي من الأماكن الأخرى التي قد يتواجدون فيها، كالمطاعم العربية أو، في بعض الأحيان، المراقص التي اشتهرت بعرض بعض أغنيات أشهر المطربين العرب؛ حتى عندما اتصل به رئيس النادي السعودي سعود النجيدي، وهو أحد المبتعثين للتخصص في جراحة الصدر؛ لكي يدعوه إلى حفل تعارف يقام بشكل سنوي في النادي، اعتذر إليه جمال، بالرغم من إلحاحه الشديد. ومع مرور الوقت أصبح جمال يصنف من ضمن "المستقلين" أو "المتحررين" الذين قاطعوا النادي، وسموه بنادي "الممنوعات" أو نادي "المطاوعة"، وذلك لكون

أعضاء مجلس إدارته من المحافظين الذين منعوا فيه التدخين، والتلفاز، ولعب الورق.

في الوقت نفسه، كانت قد توطدت صلة جمال بزملائه الأمريكان في قسم الأشعة بمستشفى بوسطن وببعض أبناء الجاليات الأخرى، بما فيها الجاليات العربية، التي كانت تسكن المدينة الأمريكية المشهورة بجامعاتها العريقة ومستشفياتها الكبيرة؛ وأصبحت لينا، الطبيبة المقيمة في قسم الجراحة والتي تنحدر من أصول عربية، هي أقرب الناس إليه، حتى إنه لأول مرة منذ زمن أصبحت تمر عليه عدة أيام، دون أن يفكر أو يحلم بدلال، وشيئا فشيئا تحولت الحبيبة المفقودة إلى ذكرى غائبة، قلما تُذكر.

- "جمال... لا أريد أن أذهب لوحدي إلى حفل العشاء، لا تكن بايخا!... لماذا لا تريد مصاحبتي، فهل لديك مشروعات أهم مني؟" حاولت لينا أن تقنع جمال وهما يتناولان وجبة الغداء في مطعم المستشفى أن يصاحبها إلى الحفل الذي دعيت إليه مع باقي أعضاء قسم جراحة الصدر، السبت القادم في منزل أحد المرضى الذي أجريت له عملية إستئصال ورم سرطاني في الرئة منذ أقل من شهر.

- "لينا... أنت لا تحتاجين إلى جواب على هذا السؤال... ولكن... لم لا تعتذرين عن الذهاب إلى هذا الحفل، ونذهب إلى السينما؟ سمعت أن هناك فيلما جديدا رائعا لبراد بيت..."

- "أنا أعرف لماذا لاترغب في الذهاب... أنت لا تريد أن يرانا سعود." قالت مبتسمة، وهي تشاكس جمال الذي أربكته جملتها الأخيرة.

- "أنا لا يهمني أحد، أنت تعلمين ذلك جيدا... ولكن صاحب الحفل لم يدعني، فبأي صفة أذهب؟"

- "بصفتك صديقي الذي أحبه، وأريده أن يكون معي في كل مكان أدعى إليه."

- "أنا لا أفهم لماذا كل هذا الحرص على هذا الحفل بالذات؟"

- "لأن فؤاد شوكت رجل لطيف جدا، وقد أكد علي أن أحضر؛ ثم لا تنس أني كنت الطبيبة المقيمة المكلفة بمتابعة الحالة بعد العملية، فمن الصعب علي بعد كل هذا أن أعتذر له عن عدم الذهاب."

- "فؤاد شوكت؟... هذا إسم عربي."

- "لا تقل لي بأنك لم تسمع بفؤاد شوكت من قبل، أحد أغنى رجال العالم حسب تصنيف مجلة فوربس!" قالت لينا بنبرة تعجب من جمال الذي بدا وكأنه لم يسمع بالاسم من قبل...

- "لينا!" نادى رجل أشقر وسيم يبدو عليه الثراء من البدلة الفرساشي التي كان يرتديها، ثم أخذ يقترب من الطاولة التي كانت تجلس عليها لينا.

- "فرانك! ما هذه المصادفة الجميلة... كيف حالك، وكيف حال دولي؟"

- "جميعنا بخير، دولي تعافت تماما من عملية الزائدة التي أجريتها لها؛ سألنا عنك عندما زرنا الاستشاري منذ أسبوعين، قال لنا بأنك انتقلت إلى قسم جديد."

- "أنت تعلم، نحن الأطباء المقيمين دائما ننتقل بين الأقسام، فهذا جزء من التدريب."

- "عفوا لم أعرفك بنفسي، فرانك روكفلر." قال، وكأنه قد انتبه فجأة لوجود جمال بجوار لينا.

- "جمال جداوي."

كان فرانك يمد يده للمصافحة أثناء ما كان جمال يعرف بنفسه، وما إن نطق الأخير اسمه حتى شعر بقبضة الرجل، وقد اشتدت فجأة.

- "جمال جداوي..." ردد فرانك الاسم، متأملا. "أنت من الشرق الأوسط؟"

- "نعم، من السعودية."

- "على العموم فرصة طيبة أني تعرفت عليك... لينا، أنا سعيد بلقائك، وسأخبر دولي بأنك تبعثين إليها السلام."

أنهى فرانك حديثه على عجل، ثم انصرف، وكأنه تذكر فجأة أن عليه أن يكون في مكان آخر.

- "ما الذي حل به؟" تساءل جمال مندهشا من تصرف فرانك..." أرجو ألاّ يكون ممن يكرهون السعوديين!"

- "على العكس، فرانك معروف عنه قربه للأقليات، فهو أبعد ما يكون عن العنصرية. فالجميع يحبونه في بوسطن؛ لذلك سوف يكتسح خصمه في انتخابات الكونجرس المقبلة."

- "هو سياسي إذاً... حسبته، من مظهره الأنيق، رجل أعمال."

- "والده جورج روكفلر رجل الأعمال المعروف، ورئيس مجلس إدارة شركة سنلايل." قالت لينا موضحة.

- "سنلايل... سمعت عنها... لديها استثمارات كثيرة في منطقة الخليج."

- "الكل يعتقد أن فرانك سيصبح في يوم ما الرئيس المقبل لأمريكا؛ فأنا شخصيا لم أسمع عن سياسي بهذه الشعبية منذ جون كينيدي. تصور حتى جمعيات الرفق بالحيوان يحبونه بسبب تزعمه لحركة تهدف إلى منع ما يقوم به مربو الكلاب من قص آذان وأذناب بعض الفصائل من الكلاب كالروتويلر، والدوبرمان."

- "الدوبرمان..." ردد جمال بهدوء، وقد استرجع فجأة ذكريات لحظاته الأخيرة مع دلال في حديقة الهايدبارك... تذكر ذلك الدوبرمان الذي توقف أمامهما، وحديث دلال عن تملكها لكلب من الفصيلة نفسها عندما كانت صغيرة... هكذا، في لحظة قد باغتته، تذكر يومه الأخير مع الإنسانة التي ملأت عليه حياته، والتي عشقها حتى النخاع. عادت الذكريات بعدما ظن أنه قد تجاوزها، وأن جراحه قد داواها الزمان...

7

ثلاثــة أعوام من المراقبة والتتبع... ثلاثة أعوام، ورجب غول يترصــد عــدوه، مثلما يترصد النمر فريسته التي يوشك أن ينقض عليها... ثلاثة أعوام، وكمال أغلو يجهل أن الفريسة التي ظن أنه قد قــضى عليها، تريد هي الآن أن تقضي عليه... ثلاثة أعوام منذ أن تعافــى رجــب مــن الرصاصة التي اخترقت جانب صدره الأيسر لــتحوله إلــى رجل ميت بالنسبة لأعدائه، وإلى الولي الصالح، الذي اختــرقت الرصاصة قلبه دون أن تقتله، بالنسبة لسكان قرية الولي، وباقي قرى جنوب شرق تركيا... ثلاثة أعوام منذ أن حاول رجب أن يشرح للعوام أن ما جرى له ليس بكرامة، وأن الرصاصة لم تخترق قلــبه؛ لأن قلــبه، علــى خــلاف غالبية البشر، ليس في الجهة التي يفتــرض أنــه فــيها، وأنه ليس بولي صالح، ولكن كان هذا لا يزيد العوام إلا يقينا بأنه ولي؛ فالتواضع وعدم التباهي بالكرامات هي من شيم الأولياء...

– "كان جدي دائما ما يقول بأن لهذه القرية وليا غائبا، وأنه قد اقتربت عودته..."

– "نعم صدقت، حتى أبي، رحمة الله عليه، سمعته يتحدث عن ذلك الأمر..."

– "وأنا أيضا..."

– "حتى أنا..."

وهكــذا تحول الاعتقاد إلى يقين راسخ في القلوب لا يزحزحه شــيء، وأصبح الآلاف يأتون إلى القرية للتبرك بالولي الصالح الذي أمــسى بعــد أسابيع قليلة أكثر تقبلا للمكانة التي وجد نفسه قد وضع

فيها دون إرادته؛ هذه المكانة التي جعلت منه مقصد أحد أبناء القرية المغتـــربين، والذي شاءت الأقدار أن يكون سائق غريمه الذي حاول القضاء عليه، مثلما قضى على أسرته الصغيرة!

وجــد رجب أن لمكانته الجديدة فوائد لم تخطر له على بال... فــوائد قد تمكنه من الانتقام... بل فوائد قد تساعده على اختلاق اسم جديــد لهوية جديدة، بعدما أصبح لا وجود لرجب غول بالنسبة لباقي العالم...

ثلاثـــة أعوام قد مضت، وها هو ذا قد اقترب من آخر المشوار فـــي لندن مدينة الضباب، فكل ما عليه الآن هو أن يكتشف سر ذلك اللقـــاء المعتاد في ذات الوقت من كل عام بين كمال أغلو، وصاحب القـــصر الكبير في ضاحية لندن. هذا اللقاء الذي يحرص عليه كمال كحرص الحجيج على الوقوف بعرفة... ثلاثة أعوام، وكمال أغلو في هـــذا الـــيوم من العام في تمام الساعة الثامنة صباحا يذهب إلى محل الخـــياطة بالفـــندق، لكـــي يقيس سترة من ستر البدل التي تحاك له خصيـــصا، ثـــم تأتـــيه في تمام الساعة الثامنة والنصف سيارة بنتلي سوداء؛ لتقله إلى ذلك القصر الكبير... كان على رجب أن ينفذ خطته مـــا بـــين الساعة الثامنة، والثامنة والنصف. في هذه المدة سيستطيع الاقتـــراب أكثر من خصمه الذي لا يعلم بوجوده، وعليه حينئذ وضع أول مسمار في نعشه!

* * *

فـــي تمـــام الـــساعة الثامنة دخل كمال أغلو إلى محل الخياطة الفاخر بالفندق. أقبل الخياط مسرعا نحو أحد أهم زبائنه.

– "ســيد كمـــال! اشـــتقت إليك كثيرا، ثانية واحدة وسآتيك بالـــسترة؛ حتـــى نـــتأكد من المقاس... صالح، هات إحدى الستر الخاصة بالسيد كمال."

مضت ثوان قليلة قبل أن يحضر رجب غول السترة.

- "شكرا صالح... سيد كمال بعد إذنك تخلع السترة التي ترتديها، وترتدي هذه."

خلع كمال سترته، وأعطاها للساعي الذي لم يأبه لوجوده، ثم لبس السترة الجديدة. كانت هذه هي اللحظة التي ينتظرها رجب، اللحظة التي من أجلها جاء إلى محل الخياطة قبل شهر لكي يعمل فيه ساعيا... اللحظة التي ظل يتمرن عليها لساعات طوال، حتى أصبح في أقل من عشر ثوان قادرا على أن يعيد برمجة هاتف الجوال، بحيث يحول رنته إلى الصامت، ثم يجعله يلتقط الخط من اول رنة بشكل تلقائي، وبذلك يتحول إلى جهاز بسيط، ولكن فعال للتصنت! تلك الخاصية الموجودة في أغلب جوالات العالم سيستخدمها رجب لمصلحته اليوم؛ حتى يتمكن من معرفة ما الذي يدور في ذلك القصر. في أقل من عشر ثوان كان رجب قد أخرج جوال كمال أغلو من الجيب الداخلي للسترة، فأعاد برمجته، ثم وضعه في مكانه، دون أن يشعر به أحد. كان عليه بعد ذلك أن يتتبع كمال إلى القصر، ثم يقوم بالاتصال على رقم جواله بعدما يدخل، فيصبح كل ما يقال تحت مرمى سمعه!

- "شكرا سيد كمال؛ كما توقعت علينا أن نجري بعض التعديلات البسيطة على السترة، ثم تكون جاهزة الليلة." قال الخياط العجوز، باذلا كل جهده في إرضاء زبونه المهم.

- "لا بأس."

لبس كمال السترة التي دخل بها المحل، ثم مد يده نحو الجيب الداخلي، مخرجا منه الجوال. راقب رجب المنظر، وقد أخذت نبضات قلبه تتسارع؛ خشية أن يكون كمال قد تنبه للتغيرات التي جرت للتو على الجوال.

- "هيلين، كيف حالك."

تنفس رجب الصعداء. كان كمال فقط يريد مخاطبة صديقته هيلين.

- "أراك الليلة إذاً، فغدا سأغادر لندن."

-"..."

- "نعم غيرت رقم جوالي منذ قرابة الأسبوعين."

"ماذا!!!" فجأة أدرك رجب أن خطته قد تحطمت. لقد غير كمال أغلـو رقم جواله! فكيف سيتصل عليه؟! في المدة التي كان يحضر فـيها رجـب لهـذه اللحظة، قام كمال بفعل أمر لم يحسب له. ثلاثة أعـوام من المتابعة، والمراقبة كانت تتلاشى أمام عيني رجب، وهو يـرى عدوه يخرج من باب المحل. كان عليه أن ينتظر، حتى العام المقبل، لكي يكرر المحاولة بعد أن يكون قد حصل على رقم الجوال الجديد! عام آخر من الانتظار... عام آخر من الترقب والتتبع... عام آخـر مـن الصبر والمثابرة على رؤية الرجل الذي أصدر أمرا، لا يعلـم لـه سببا واضحا، بقتله. ذلك الأمر الذي غير حياته إلى الأبد، وأودى بحياة أعز الناس إليه!

الـتف رجب نحو غرفة الخياطة، لكي يعيد السترة التي يحملها إلى مكانها، لكي يعدل عليها الخياط؛ وفي وسط شعور بالإحباط لأن الأقـدار قـد تخلت عنه، ما كاد رجب يخطو خطوة حتى سمع باب المحل يفتح مرة أخرى.

- "أريد قياس الجاكيت الجلد المعروض في واجهة المحل." قال كمال أغلو للخياط، وهو يعاود الدخول.

لـم تتخل الأقدار عن رجب، كما ظن لوهلة، بل كانت لاتزال تلعب لصالحه! ومرة أخرى أخذ السترة التي كان يرتديها كمال، فقد كـان يعلـم جـيدا ما الذي يجب عليه فعله لكي يتغلب على التحدي الجديد غير المتوقع!...

فـي ثوان كان قد أخرج الجوال من مكانه، ضغط على بعض الأرقام، ثم أعاده إلى حيث كان.

- "مـــع السلامة سيد كمال، سأرسل إلى جناحك الجاكيت الجلد مـــع البدل." قال الخياط مودعا زبونه، ثم أخذ يتجه نحو نافذة المحل المطلة على شارع باركلين. نظر إلى السماء، التي أخذت تخلو منها الغيوم، لتكشف من ورائها عن أشعة الشمس، ثم قال مبتسما:

- "يا له من يوم جميل."

أخـــرج رجب غول جواله من جيب سرواله. نظر إلى شاشته الـــصغيرة التـــي وجد عليها رقم آخر اتصال جاءه، رقم كمال أغلو الجديد!

ابتسم، ثم تمتم في سره:

- "حقا... ياله من يوم جميل!"

8

دخلت السيارة البنتلي السوداء من بوابة القصر الكبير الواقع في إحدى ضواحي لندن؛ وكما جرت العادة في هذا اليوم من كل سنة، كان الطريق الموصل من البوابة إلى الباب الداخلي محاطا بجانبيه من حرس خاص، وبعض الكلاب من فصيلة الراعي الألماني. كانت الترتيبات الأمنية على أشدها هذا العام، بحيث إنه لو نملة أرادت أن تصل إلى داخل القصر لفُضِح أمرها!

خرج كمال أغلو من السيارة التي أقلته، وتوجه نحو المدخل، الذي كان بدوره محاطا بكاشف للمعادن ومن حوله رجال الأمن. على الرغم من اعتياد كمال على هذا اللقاء السنوي، منذ أن تقلد رئاسة فرع الشرق الأوسط من الجماعة، إلا أنه كان دوما يشعر بالقلق، كلما سار بالبهو الطويل المؤدي إلى باب القاعة البيضاوية، حيث اجتماعه مع أحد الرجال القلائل على الأرض القادرين على إحداث أي أمر يشاء، مهما بلغ شأن هذا الأمر في أية لحظة كانت بمجرد إجراء مكالمة بسيطة على هاتفه!

فتح كمال الباب، ثم دخل بتريث؛ في أقصى القاعة، المطلة على الحديقة الخلفية، كان يقف رجل في عقده السادس ينفخ في سيجار كوبي، وهو يطل، من خلال إحدى النوافذ الشاهقة، على أحفاده، وهم يمرحون في الحديقة، معطيا ظهره لكمال أغلو الذي أخذت تتبلور قطرات العرق على جبهته العريضة، وهو يدخل القاعة، محدثا صوتا خفيفا لكي ينتبه مضيفه إلى وجوده.

– "هل سمعت بنظرية الفراشة؟" سأل اللورد ماير، صاحب القصر، كمال الذي تعجب من السؤال.

- "عفوا... لا أعتقد أني..."

- "علمـــاء الأرصاد يقولون بأن الأرض بيئة مغلقة، فما يحدث في بقعة ما يؤثر على باقي بقاع الأرض، وإن أبسط الظواهر، كتردد جناح الفراشة في إحدى مناطق الأرض كغابة الأمازون في البرازيل على سبيل المثال، قد تؤدي ذبذباته الضئيلة، والتي لا يشعر بها أحد، إلى إحداث تغيرات مناخية متراكمة تصل مداها إلى إحداث أعاصير في الطرف الآخر من الكرة الأرضية."

- "ياللهول... جناح فراشة يؤدي إلى كل هذا!"

استدار اللورد ماير، موجها نظراته الحادة نحو كمال.

- "ماذا كنت تعتقد؟ فالعالم مجرد قرية صغيرة، وما يحدث في بقعة ما، كالشرق الأوسط الذي أنت مسؤول عنه، على سبيل المثال، يتـــرك أثره علي أنا هنا في قصري على بعد آلاف الكيلومترات!..." قال اللورد ماير بنبرة حادة، ثم استطرد..." كيف سمحت للأمور أن تخرج عن السيطرة إلى هذا الحد؟! يبدو أن متنوري الشرق الأوسط لم يعد لهم مكان هنا بيننا في تحالف بولدربرج."

- "ما الذي تقوله لورد ماير؟ نحن كنا دائما..."

- "هـــل تعلـــم أن أغلب النقاش الذي دار في إجتماع هذا العام لجماعة بولدربرج، كان حولكم أنتم في الشرق الأوسط. أنا في حياتي لـــم أسمع أبداً عن شخص، وصل إلى مكانة كالتي وصل إليها فؤاد شـــوكت في تحالف الجماعات يحدث له ما حدث، وينقلب حاله مائة وثمانـــين درجة، وبسبب من؟ داعية أثّر بكلامه على زوجته، فجعلها تـــتدين وتـــرتدي الحجاب، وتصبح بعد ذلك واعظة لزوجها ولباقي أسرتها! أخبرني كيف يمكن لكل هذا أن يحدث تحت أعينكم، دون أن تفعلوا شيئا؟!"

- "صـــدقني... هـــذا الداعـــية الشاب، وسيم باسم، ظهر على الـــساحة فـــي مصر فجأة، وانتشر بين الناس بسرعة الصاروخ! من

كان يتخيل أن زوجة فؤاد، المغرقة في الترف، ستتأثر به، بل وتقوم بالتأثير هي على زوجها إلى هذا الحد! صدقني لورد ماير، نحن مثلكم تفاجأنا بما حدث... ولكن الوضع تحت السيطرة، ففؤاد يدرك أن يدنا تستطيع أن تطوله هو وأسرته في أي مكان في الأرض، كما طالت عبدالقادر بنوّزاني من قبله!"

- "انشقاق فؤاد هو جزء من المشكلة، ولكن المشكلة الأخرى التي لا تقل خطرا في نظري تكمن في شخص وسيم باسم، ودعوته التي أخذت في الانتشار بشكل لم يسبق له مثيل. في الماضي كان تأثير الدعاة ينحصر في قاع الشعب، وما كان هذا ليؤرقنا كثيرا، فالفقراء يسهل السيطرة عليهم، وتأثيرهم في نهاية الأمر بسيط؛ ولكن أن يصل تأثير الدعاة إلى طبقة الأغنياء وأصحاب النفوذ، فهذا أمر خطير لا ينبغي السكوت عليه!"

- "نقتله إن أردت!"

أخذ اللورد ماير نفسا عميقا من سيجاره، وهو يهز رأسه وعلى وجهه ابتسامة سخرية من الاقتراح الذي سمعه.

- "كمال، اقتراحك هذا هو أفضل طريقة لنشر دعوة وسيم باسم بين الناس. أقتله لكي يتحول إلى شهيد، فيظهر مائة داع من بعده يحملون لواءه، ويدعون إلى دعوته. لا، هناك طرق أخرى أكثر فاعلية للتعامل مع أمثاله؛ طرق تُقَوِّض دعوته، وتخدم مصالحنا في الوقت نفسه."

- "تُقَوِّض دعوته وتخدم مصالحنا؟ كيف؟"

- "ارفع من شأنه، وأعطه كل ما يشتهي، وزد. اجعله يتذوق مفاتن الحياة من شهرة، ومن مال، وجاه، إلى أن يتعلق قلبه بها، وعندئذ سيُسقِط هو نفسه بيده، وحينها سيصدم كل من تأثر به، وسيفقدون الثقة بدعوته، وبكل دعوة مشابهة."

- "يا لها من خطة شيطانية!" تمتم كمال في سره، وقد رسم

على وجهه ابتسامة إعجاب لِما سمع، ثم سأل اللورد ماير:

- "ماذا تريدني أن أفعل على وجه التحديد؟"

- "أنت شريك في مجموعة من القنوات الفضائية منها الناطق باللغة العربية، لماذا لا تنشئ قناة ثقافية إسلامية، وتجعل وسيم باسم يتولاها، فينتشر أكثر من خلالها، وبذلك يكون إنتشاره من خلالنا، وتحت سيطرتنا."

- "ولكن قنواتي كلها غنائية، فهل تعتقد أنه سيقبل العمل معي إن أنشأت له قناة خاصة إسلامية."

- "نعم أعتقد ذلك، ففرصة مثل هذه ستجعله يغض البصر عن باقي القنوات التي تمتلكها."

- "وماذا عن فؤاد شوكت، ماذا تريدني أن أفعل به؟"

- "لا شيء، قد توليت أنا أمره."

أقبل اللورد ماير نحو كمال، ثم جلس على أريكة مجاورة، وأشار عليه بالجلوس مقابله؛ نظر في عيني كمال نظرة حادة جعلته على الفور يدرك أن ما سيقوله هو صلب موضوع الاجتماع.

- "كمال... المعلم الأكبر أعطانا الضوء الأخضر!"

- "تقصد... تقصد... انتهاء المرحلة!" لم يتخيل كمال أن هذا اليوم سيحضر في أثناء حياته.

- "نعم، لقد أخبرت باقي جماعات تحالف بولدربخ بالتفاصيل التي حددتها جماعة أبناء حَدَاد... الموعد كما هو، مدينة حَدَاد في عيد ميلاده القادم."

- "أخيرا بعد طول انتظار! كدنا نظن أن هذا اليوم لن يأتي!"

انتهى الاجتماع وغادر كمال أغلو القصر، بعدما تلقى الخبر الذي عاش طوال حياته ينتظر سماعه!...

* * *

على بعد مئات الأمتار وضع رجب غول هاتفه الجوال في جيبه، بعدما سمع ما لم يكن من المفترض أن يسمعه مخلوق على وجه الأرض. في لحظة تبادر إلى ذهنه خطاب جده نجم الدين الذي عثر عليه في لبنان منذ أكثر من ثلاث سنوات. أخذت الأمور تتضح له، وأخذ يدرك السبب الذي أوجب التخلص منه، ومن كل من اطلع على ذلك الخطاب الذي وصف فيه جده ما شاهده قبيل مقتله، وهاهوذا الحفيد يختلس السمع بعد قرن من الزمان وكأن القدر قد اختار أسرة غول دون غيرها لأداء هذه المهمة.

* * *

على بعد عشرات الكيلومترات في الجانب الشرقي من شمال بحيرة الأفعى الواقعة في حديقة الهايدبارك، كان مجموعة من مخبري قسم الجنايات بالسكوتلانديارد وضباطه يقومون بعملية حفر موسعة. اقترب الضابط الشاب من الملازم جونثان، وعلى وجهه معالم الدهشة.

– "سيدي، كيف عرفت أننا سنجد رفات جثة هنا؟!"

– "من هذه الرسالة التي تلقيتها صباحا." أخرج ورقة من جيبه، ثم ناولها للضابط الشاب الذي أخذ يقرأ ما فيها:

"عند الضفة الشرقية من بحيرة الأفعى، مقابل تمثال بيتر بان، ستجد ما تبقى من دلال رحال!"

9

خرج نعيم الوزان من السيارة التي أقلته من مطار دبي الدولي إلى فندق الجميرا، وهو يتأمل فخامة وغنى المكان الذي كان أغلب المتواجدين فيه من الأوربيين، مع قليل من الخليجيين. تغيرت دبي عليه منذ آخر مرة زارها قبل سنوات عديدة. فلم يكن الفندق الذي نزل فيه قد أقيم ولم تكن منطقة الجميرا بها هذا التنوع من الفنادق، والأسواق، والمنتجعات. وحتما لم تكن الجالية الأوروبية بهذه الكثافة، حيث لم تقتصر فقط على العاملين من الجنسيات الأوروبية الشرقية، ولكن كان هناك الكثير من أغنياء روسيا الذين أتوا إلى دبي سياحة، هاربين من شدة برودة بلادهم إلى دفء شواطئ الخليج العربي.

أقبلت امرأة جميلة، ممشوقة القوام، كانت ترتدي العباءة الخليجية التقليدية مع طرحة سوداء لا تغطي سوى نصف رأسها، لتخرج من تحتها غرة كثيفة من شعرها الأسود المصفوف...

اتجهت نحو نعيم فور دخوله البهو الكبير، وقالت مرحبة:

- "أهلا بك في فندق الجميرا، هل تود التسجيل؟"

أدرك نعيم على الفور من لهجتها الخليجية المصطنعة أنها ليست من أهل البلاد.

- "شكرا، لدي حجز."

- "إذاً تفضل معي، وسأقوم بخدمتك."

تبع نعيم المرأة إلى مكتب في الزاوية للتسجيل. أشارت عليه بالجلوس ثم طلبت منه جواز السفر.

- "أنت سعودي؟" قالت بلطف، وهي تنظر إلى جواز سفره الأخضر.

- "نعـــم، وأنت على ما يبدو من المغرب. من مدينة فاس أليس كذلك؟"

نظرت المرأة بدهشة إلى نعيم، وكأنها تتساءل عن كيفية معرفة هذا الرجل، الذي لم تلتق به من قبل، لمسقط رأسها بهذه الدقة.

- "لقـــد زرت مدينة فاس عدة مرات... مدينة جميلة وعريقة. الغـــريب أن الكثيـــرين لا يدركـــون أن بفاس أقدم جامعة في العالم، جامعـــة القـــرويين، وأن امرأة اسمها فاطمة الفهرية هي التي قامت بتأسيـــسها من مالها الخاص!... هل تعلمين أن مدينة فاس كانت إلى مدة قريبة هي عاصمة المغرب، وأن الفرنسيين هم من قاموا بتغيير العاصمة إلى الرباط، بعد احتلالهم للبلاد."

- "ولكن كيف عرفت أني من فاس؟" سألت المرأة، مندهشة من هذا الرجل السعودي الذي كان يعلم عن مدينتها أكثر مما كانت تعلمه هي.

- "عرفت من لهجتك أنك مغربية ومن لثغتك لحرف الراء أنك مـــن مديـــنة فـــأس. أهل فاس مشهورون بلثغتهم لحرف الراء على خلاف باقي أبناء المغرب."

ابتسمت المرأة لملاحظة نعيم الذكية، وكادت تقول شيئا، ولكنها تراجعت في آخر لحظة، وقد لاحظ ذلك نعيم.

- "يبدو أن هناك شيئا على بالك تريدين قوله."

- "نعم... ولكن لا أعتقد أنه من اللائق..."

- "لا عليك، تفضلي... ماذا أردت القول؟"

- "أغلـــب مـــن تعرفت عليهم من السعوديين، سواء هنا أو في بـــاريس، حيث كنت أقيم، لم يتجاوز حدود معرفتهم بالمغرب سوى ملاهي كاسابلانكا... أنت... أنت يبدو عليك أنك مختلف."

- "هناك الكثيرون من السعوديين ممن يهتمون بأكثر من مجرد ساعات اللهو. أنا لست فريدا من نوعي تأكدي من ذلك؛ ربما أنت لم

تصادفي سوى الباحثين عن المتع الرخيصة." فجأة تنبه نعيم إلى جملته الأخيرة التي شعر أنها قد أهانت موظفة الاستقبال دون أن يقصد.

- "عفوا... أنا لم أقصد أنك أنت..."

- "لا عليك... تفضل، ستكون في الغرفة رقم ست مئة وستة وستين. أتمنى لك إقامة طيبة." قالت موظفة الإستقبال وهي تناول نعيم بطاقة الغرفة...

استلقى نعيم على السرير فور دخوله لغرفته في طابق رجال الأعمال. أخذ يتأمل السبب الذي أتى به إلى منطقة الخليج، بعد ثلاثة أعوام من مغادرتها..." ياللتاريخ الذي يعيد نفسه بشكل أو بآخر!... تركت المنطقة لأسباب تتعلق بموت الدكتور عبد القادر بنوَزّاني، وحكومة الظل، وها أنا ذا أعود لنفس الأسباب." ولكن حاله الآن ليس كما كان قبل ثلاثة أعوام، قبل أن يرى ما لم يكن يراه الكثيرون، وقبل أن يدرك ما لم يدركه سوى القليلين. كم تغيرت حياته في السنوات الماضية منذ وفاة أستاذه الدكتور عبد القادر الذي اكتشف جانبا من حياته، لم يكن يعلم عنه شيئا مما أدى إلى اكتشاف تاريخ كان مطموسا عنه، يخص جده خليل الوزان الذي كان أحد القادة في جماعة لا يعلم عن وجودها سوى كبار العاملين بها. أخذ يفكر في المدة الوجيزة التي كان جزءا فيها من جماعة العروة الوثقى بعد اكتشافه لها، ولعلاقة جده، والدكتور عبد القادر بها. استطاع أن يفعل ما لم يستطع أحد غيره أن يفعل منذ تاريخ نشأة الجماعة. ربما هذا ما أثار ريبة قادتهم منه، وحثهم على أن ينضم لهم، وهو الذي لم يتربّ منذ صغره على أن يكون جزءاً من الجماعة، كما كانت هي عادة المنتسبين، ممن أعدوا لكي يتقلدوا مناصب قيادية في المستقبل. ولكن انضمامه للجماعة لم يدم طويلا بسبب تفكيره المستقل، وما عرف عنه من التساؤل عن كل ما كان يقبل من قبل الآخرين دون

تساؤل. ولكن ها هي الجماعة، بعد أقل من عام منذ أن طلب منه أن يتركها وأن ينسى أمرها، تعود هي للاستعانة به..." يبدو أن الخطاب الذي وجده الدكتور عبد القادر يؤرقهم بشكل كبير." أخذ يفكر نعيم..." ولكن لماذا كل هذا التكتم على باقي ما جاء في الخطاب؟... يطلبون مني المساعدة، ثم لا يعطونني سوى القليل من المعلومات!"

قطع رنين الهاتف حبل أفكار نعيم الذي تذكر أنه على موعد مع ثابت البغدادي، الشخص الذي سيكون همزة الوصل، بينه وبين جاسم الفراج، الذي آثر ألاّ يكون ظاهرا في الصورة.

- "السلام عليكم أخ نعيم، أرجو ألاّ أكون قد أيقظتك من النوم." أتى صوت من الهاتف ذو لكنة عراقية واضحة.

- "لا أبدا، بل كنت أنتظر مجيئك. دقيقة واحدة، وسأنزل إليك في بهو الفندق."

* * *

جلس نعيم مع الشاب العراقي المهذب، الذي كان في عمره نفسه تقريبا، في أحد مقاهي الفندق. كان هذا هو أول لقاء يجمع بينهما، ولو أن ثابت البغدادي قد سمع بنعيم، مثله في ذلك مثل الكثيرين من أعضاء جماعة العروة الوثقى.

- "أنا حقا ممنون لهذه الظروف التي جعلتني ألتقي بك أخ نعيم... لقد سمعت عنك الكثير، وكم اشتقت إلى اللقاء بك... كما تعلم سأكون مرافقا لك هنا في دبي. إذا احتجت إلى أي ترتيبات، فكل ما عليك هو أن تأمر."

- "ما يأمر عليك عدو. أعتقد أن المسألة لن تطول، فغدا إن شاء الله سأقابل طلعت نجاتي، وأنهي معه المسألة التي قدمت إلى دبي من أجلها، ثم أغادر."

- "إذاً هل رتبت معه اللقاء؟"

- "نعم، لقد حدثته من كوالالمبور، ورتبت معه اللقاء عبر الهاتف. يبدو أنه قد تصادف في دبي حاليا مهرجان للإعلام. فقد أصر طلعت ان أحضر معه غدا الحفل الختامي، وتوزيع الجوائز."

- "المهرجانات في دبي أصبحت طوال العام، لذلك وجدنا لك الحجز في هذا الفندق بصعوبة. فالمدينة مكتظة بالإعلاميين والفنانين من كافة أنحاء العالم. يقال إن هذه السنة سيتم الإعلان في الحفل الختامي عن إنشاء قناة إسلامية ثقافية جديدة ستكون بمثابة المفاجأة... على العموم هذا رقمي إن احتجت لأي شيء."

صافح ثابت البغدادي نعيم، ثم غادر الفندق.

في تلك الأثناء، على بعد أمتار قليلة، تنبه رجل كان يجلس برفقة الفنانة الشهيرة، وضيفة المهرجان، سمر القلوب، إلى أمر ظنه يستدعي إجراء مكالمة عاجلة.

- "عفوا سمر، أستأذنك لدقيقة واحدة فقط."

- "إلى أين، لا تتركني وحدي." قالت سمر لرفيقها الذي كان قد غادر المقهى، تاركا وراءه حرسه الخاص؛ لكي يمنعوا أية مضايقات قد تتعرض لها فنانة لها جماهيرية كبيرة مثل سمر القلوب...

أخرج الرجل جواله، بعدما ذهب إلى ركن هادئ بالفندق، لا يتواجد فيه أحد، ثم أخذ يدق على الرقم المقصود.

- "مساء الخير كمال، حاولت الاتصال بك منذ عدة أيام، بعد اتصالك بي مباشرة، ولكن كان جوالك يتصرف بطريقة غريبة."

- "نعم، يبدو أنني عن طريق الخطأ قد غيرت من طريقة التقاط الجوال للمكالمات... على العموم سمير، ماذا تريد، فأنا جدا مشغول الآن." قال كمال أغلو، باديا على صوته الإستعجال.

- "كنت أريد التحدث إليك بخصوص بعض التفاصيل الخاصة بالقناة، ولكن جدّ للتو أمر أردت إطلاعك عليه." قال سمير رحال بتوتر بدا جليا على نبرات صوته.

- "أقلقتني يا رجل! ماذا لديك؟"

- "نعيم الوزان... رأيته للتو هنا في دبي!"

- "مـــاذا؟!..." ســـاد صمت استمر لعدة ثوان، وكأن كمال كان يحاول استيعاب ما سمعه للتو..." هل أنت متأكد؟"

- "طـــبعا متأكد! وإلا ما كنت تركت سمر القلوب بمفردها في المقهى؛ لكي أحادثك."

- "لا أدري إن كانت هذه مجرد مصادفة، أم أن هناك أمرا ما يرتب له ذلك الوغد... على العموم حسنا فعلت أنك أخبرتني."

- "هل تريدني أن أفعل شيئا؟"

- "لا... التفت أنت للأمور الأخرى... أما نعيم الوزان فسأتولى أنا بنفسي أمره!"

10

كان الحفل الختامي لمهرجان الإعلام، في الليلة التالية، حدثا لم تشهد مدينة دبي له مثيلا. كان عرسا أشبه بأعراس ألف ليلة وليلة، تجمع فيه أصحاب السعادة وأصحاب المعالي، وغيرهم من نجوم المجتمع الخليجي والعربي وعلية القوم؛ ما كان بمقدور أحد أن يدخل قاعة الاحتفالات الكبرى إن لم يكن معه بطاقة دعوة، كتلك التي كانت مع نعيم الوزان الذي شعر لوهلة، كما لو أنه انتقل عبر المحيط إلى مدينة هوليوود، وأنه لم يعد في مدينة خليجية في منطقة يتفاخر أهلها بأنهم من أكثر شعوب العالم محافظة. تذكر في تلك اللحظة، وهو يدخل القاعة الممتلئة بأغلى وأثمن الأزياء والمجوهرات، تلك المقولة التي كان دائما يسمعها عن خصوصية المواطن الخليجي. لم يفهم أبدا المقصود بتلك العبارة، فهو اليوم لم يكن يرى أثرا لتلك الخصوصية، بل كل ما كان يراه هو رغبة موحشة في الابتعاد عن أية معالم للخصوصية المزعومة التي بدت، وكأنها مرفوضة من قبل الحاضرين.

- "نعيم الوزان! لوهلة خفت ألاّ تأتي، فلا أراك." قال طلعت نجاتي، وهو يعانق نعيم مرحبا به.

- "كيف لا آتي، ألم أعدك عندما زرتني في كوالالمبور، منذ عام، بأن المرة القادمة أنا الذي سوف أزورك." قال نعيم مبتسما، ثم أكمل..." ولو أني كنت أتمنى أن يكون اللقاء في مكان أقل صخبا."

- "نعيم، هل تعرف أن هذا الحفل الذي تراه يتقاتل على حضوره كل ذي شأن في العالم العربي."

- "لم أكن أعلم أن مهرجان الإعلام أصبح يشكل كل هذه الأهمية لدى الناس."

- "في الواقع أهمية هذا المهرجان تكمن في أن أحد ضيوفه هي الفنانة الفاتنة سمر القلوب، ويبدو أن الكل يرغب في رؤيتها عن قرب؛ حتى تزداد البركات." قال طلعت وهو يضحك لجملته الأخيرة، ثم أكمل..." هل تعلم أن في أحد معارض الكتاب تضاعف عدد الحضور خمس مرات، عندما انتشرت شائعة بأنها ستحضره."

- "هي إذاً فنانة متقفة."

- "لا ليس بالضبط، قيل بأنها سمعت عن كتاب في المعرض عن قراءة المستقبل لأحد المنجمين المعروفين." كانت نبرة السخرية في الحديث واضحة مما استحقت ابتسامة مؤازرة من نعيم الذي أخذ يمشي وراء طلعت، وهو يقوده إلى المكان المحدد في القاعة.

- "وما هو يا ترى ذلك الأمر المهم الذي أردتني فيه؟" سأل طلعت بعدما جلس هو ونعيم.

- "كنت أفضل الحديث في مكان أهدأ." أجاب نعيم، ملتفتا حوله.

- "مع الأسف، أنا، كما أخبرتك، سوف أسافر غدا صباحا في رحلة عمل قد تطول، لذلك فضلت أن أراك الليلة قبل سفري؛ على العموم هناك فاصل في منتصف الحفل، نستطيع التحدث أثناءه في الحديقة المجاورة."

بدأ الاحتفال ثم أخذت سمر القلوب تعلن عن أسماء الفائزين في مسابقة المهرجان، والذي كان طلعت نجاتي أحدهم، بصفته مدير أفضل قناة إخبارية لتلك السنة. استمر توزيع الجوائز، حتى أتى وقت الإعلان عن جائزة شخصية العام الإعلامية.

- "الكل يعلم لمن ستمنح هذه الجائزة." قال طلعت بصوت منخفض لنعيم.

- "لمن؟"

- "سمير رحال... من غيره، فالرجل يمتلك إمبراطورية من القنوات الفضائية."

- "سمير رحال..." ردد نعيم مبتسما.

- "يبدو أنك تعرفه."

- "نعم... كانت ستربطني به علاقة مصاهرة منذ خمس سنوات، ولكن لم يحدث نصيب."

التفت طلعت نحو نعيم، وقد فوجئ بما قاله الأخير.

- "من تقصد؟ ابنته دلال؟"

- "نعم هي؛ خطبتها ولكنّنا افترقنا بعد أشهر قليلة... ولكن مهلا، من أين تعرفها أنت؟"

- "من أين أعرفها!" ردد طلعت، مستغربا هذا السؤال..." ومن لم يسمع بها... اختفاؤها منذ ثلاثة أعوام كان الشغل الشاغل للصحافة العربية حينذاك."

- "إختفاؤها!... ماذا تقصد؟"

- "كان حادثا مؤلما، اختفت في لندن، وهي تقضي شهر العسل. قيل فيما بعد بأنها اختطفت من قبل سفاح لندن الذي اشتهر باختطاف النساء في وضح النهار، فمع الأسف حتى الآن لم يتم العثور عليها، أو على جثتها."

- "جثتها!"

- "نعم جثتها؛ فإن كان سفاح لندن هو الذي اختطفها، فأغلب الظن أنه قد قتلها بعدما فرغ منها."

- "لا حول، ولا قوة إلا بالله... لم أسمع بهذا الخبر إلا منك الآن... ما كنت أتمنى لها مثل هذه النهاية." قال نعيم، وقد ظهر على صوته التأثر لما سمع...

- "والآن سيداتي آنساتي، جائزة الشخصية الإعلامية لهذا العام تمنح لرجل الأعمال الكبير، الشيخ سمير رحال."

علت الأصوات مهللة لهذا الفوز، وقام أغلب الجالسين مصفقين لـسمير رحـال الـذي اعتلى مسرح الحفل؛ ليستلم الجائزة، ويلقي بكلمته:

- "شكرا!... شكرا!"

اسـتمر التصفيق والتهليل قرابة الخمس دقائق في ظل ابتسامة بهجـة عريـضة رسـمت علـى وجه سمير رحال الذي أخذ يشير للحضور بالجلوس.

- "أود بادئ ذي بدء أن أشكر اللجنة المنظمة على هذا التكريم الذي لم يخطر أبدا على بالي..."

- "حلوة *لم يخطر على بالي*، الرجل يكاد يكون اشترى الجائزة بنفوذه، وأمواله." قال طلعت بصوت خافت.

- "لا شـك أنـنا فـي مجموعة قنوات الشمس قد بذلنا كل ما بوسـعنا مـن أجـل الإسـهام فـي إثراء الساحة الثقافية في العالم العربي..."

- "يقـصد ثقافـة **الهـشك بـشك**." إستمر طلعت في تعليقاته الساخرة، موجها حديثه لنعيم.

- "وبث روح النهضة من خلال أرقى الفنون..."

- "**أرقى الفنون!**... منذ متى كانت سمر القلوب أرقى الفنون... أحيانا يهيأ لي أنه لا يشاهد ما تبثه قنواته، أو ربما يعتقد أن المثقفين قد اندثروا، ولم يعد هناك غير البلهاء."

- "وإنـي بهـذه المناسبة أعلن عن إنشاء قناة شمس الإسلامية الثقافية، والتي سيديرها الداعية المعروف وسيم باسم!"

شـعر طلعت بشيء من الدهشة، وهو يستمع إلى نبأ إنشاء قناة إسـلامية مـن قـبل سمير رحال، الذي كان يعتبره من أكثر الناس

مسؤولية عن تتفيه العقل العربي من خلال قنواته الاستهلاكية، التي تبث أردأ أنواع الفنون المعتمدة على الأغاني الهابطة، والنساء شبه العاريات، والأفلام التافهة الخالية من أي مضمون.

- "الذي لا أفهمه، كيف كنت ستصاهره في يوم من الأيام، وأنتما النقيضان." قال طلعت وهو يقود نعيم إلى خارج القاعة، بعدما انتهت الفقرة الأولى من الحفل.

- "ألم تسمع بقانون انجذاب الأضداد!" قال نعيم مبتسما، ثم أكمل حديثه بعد لحظات من استرجاع ذكريات قد نسيها..." كانت أجمل فتاة رأيتها في حياتي... مليئة بالحياة... شديدة الذكاء. تعرفت عليها قبل أن أراها من خلال أحد المنتديات الثقافية التي كنت أكتب فيها. راسلتني وأعربت عن إعجابها بما كنت أكتب؛ كانت تناقشني في بعض القضايا التي طرحتها، وشيئا فشيئا أخذت العلاقة تتوطد وأصبحت تستشيرني في مختلف أمور حياتها، لم تكن راضية عن حياتها الأسرية المفككة. أبوها كان قد إنفصل عن أمها وهي صغيرة، وكل منهما تزوج، وأراد أن يبدأ حياة جديدة، متناسيا الماضي وتبعاته، وكأن تبعات الماضي هو رهن لإرادة الإنسان، يُبقي عليه، أو يمحوه كيفما يشاء أو يحلو له... تقدمت لخطبتها دون أن يعنيني تفكك أسرتها، لشعوري بأن في داخلها بذرة طيبة تبحث عن أرض خصبة، ولكن..." صمت نعيم، ولم يكمل.

- "ولكن ماذا؟"

- "أدركت أن الإنسان الذي يركن عقله، وينقاد وراء مشاعره هو كالراكب في مركبة يقودها سائق أعمى... عاجلا أم آجلا سيكون مصيره الاصطدام!"

اكتفى نعيم بهذا الحد من الحديث عن ماضيه مع دلال ابنة سمير رحال، وشعر أن الوقت قد حان؛ لكي يفاتح طلعت في

الموضوع الذي جاء من أجله... فلم يعد لذلك الماضي الآن، في هذه اللحظة مكان!

* * *

- "أرجوك نعيم، اصرف نظر عن دانيال جولد، أرجوك!"

- "أنت تعلم جيدا أني لا أستطيع." قال نعيم بإصرار واضح.

- "متى ستتجاوز هذا الموضوع يا نعيم؟ متى ستنسى فؤاد شوكت، وحكومة الظل، وتلتفت لحياتك... التفت لعملك واتركك من كل هذا! يا أخي، إن كنت ترغب في البحث، فمن الأجدى أن تبحث لنفسك عن زوجة تنشئ معها أسرة سعيدة!... دعك من دانيال جولد، وما حدث لزوجها موشي... هل ترغب في أن تكون نهايتك مثل نهايتهما، ونهاية أستاذك الدكتور عبد القادر؟!"

- "ما الذي حدث لك يا طلعت؟... أنت الذي تقول هذا!... أنت... الصحفي الذي كرس حياته للبحث عن الحقيقة... ما هو الحل الأمثل في نظرك؟ نستسلم؟ نلحق بقافلة الجهل، ونجعلها تأخذنا إلى حيث شاءت؟ هذا هو الحل الآمَن أليس كذلك؟ و"طز" في الحقيقة! دعها غائبة مغيبة، ودع الآخرين يفعلوا بنا ما يشاؤون حيثما يشاؤون، ودعنا نحن نربي "العيال" حتى يصبحوا خانعين مثلنا!"

شعر طلعت في تلك اللحظة بذكرى قيم قديمة قد تحركت؛ ولكن على الرغم من قناعته بما قاله نعيم، إلا أنه كان قد أدرك أن المحارب فيه قد تقاعد تقاعدا مبكرا.

- "نعيم... لدي زوجة وأطفال أنا المسؤول عنهم... أنا أقدر فيك إخلاصك وحماسك في البحث عن الحقيقة، ولكنك تواجه قوة كبيرة لا قدرة لك عليها. فهم لديهم من الإمكانيات ما يفوق تصور أي شخص، وثق بأنهم لو شعروا للحظة أنك تشكل تهديدا خطيرا لهم، لقضوا عليك؛ تماما مثلما فعلوا مع غيرك... نعيم لا تغتر بما لديك

من أموال وأصدقاء نافذين. صدقني هذا لا يساوي نقطة في بحر ما لديهم من إمكانيات... ما كشفناه أنا، وأنت منذ ثلاثة أعوام عنهم، لا يشكل سوى رأس جبل الثلج، وما هو مدفون تحت الماء أكثر بكثير!" قال طلعت، وقد لاحظ نعيم في عينيه نظرات خوف لم يشهدها فيهما من قبل.

- "طلعت، ما الذي تخشاه؟ ما الذي تعلمه، ولا تريد إخباري به؟"

نظـــر طلعت حوله وكأنه كان متخوفا من وجود أحد يراقبهما، ثم قال:

- "مع الأسف أرى في نظرات عينيك ذلك الإصرار نفسه الذي لمحته فيهما منذ ثلاثة أعوام، عندما تقابلنا لأول مرة... أنا متأكد أنه لـــن يثنيك شيء عن المضي في طريق بحثك هذا... ولكني آسف يا نعيم، فلن أستطيع أن أرتب لك مقابلة مع دانيال؛ لأنها قد بدأت حياة جديـــدة، ولا تـــرغب في أن يكون لها أية علاقة بالماضي؛ ولكن ما أســـتطيع فعلـــه لمـــساعدتك فـــي مشوارك هذا، وذلك فقط من أجل الـــصداقة التي تربطنا، هو أن أخبرك بما قالته لي عندما التقينا بعد حادثة وفاة زوجها موشي."

مـــرة أخرى تلفت طلعت حوله، وكأنه كان يخشى من وجود متلصص يسترق السمع، ثم بصوت منخفض أخذ يقص على نعيم:

- "قـــبل وفـــاة موشـــي بشهرين، تعرفت دانيال على رجل في إحـــدى الـــسهرات التي كانت مدعوة لها في مدينة تورنتو، ونشأت بينهما علاقة من وراء زوجها. توطدت تلك العلاقة، لدرجة أنه أقنعها بالهـــروب مـــن زوجها، والذهاب معه إلى الإسكندرية، حيث يعمل، وقـــام بتـــرتيب رحلة بحرية في إحدى سفن رحلات البحر الأبيض المتوسط... كانت دانيال في قمة سعادتها مع ذلك العشيق الذي أنساها زوجهـــا وحياتها السابقة، التي رمتها من وراء ظهرها، وأصبح جل تفكيـــرها فـــي جاك؛ لكن فجأة، في إحدى ليالي السفينة، حاول جاك

قــتلها، ولكــنها إستطاعت أن تنجو منه بأعجوبة وطرحته قتيلا في كابينة السفينة، أو هكذا ظنت... المهم أنها بعدما خرجت من الكابينة، وقــد أصــابها الهلــع، ذهبت لتبحث عن المساعدة، فعادت مع أحد الملاحين ولم تجد أي أثر لجاك."

- "تقصد أن جاك لم يمت كما كانت تعتقد دانيال؟"

- "لا... أقصد أنها لم تجد أي أثر لجثة جاك، أو أي دليل على أن صراعا دار في الكابينة، وكأن شيئا لم يكن."

- "غــريب!... هــذا إذا يعني شيئا واحدا." قال نعيم، وقد بدأ يدرك ما كان طلعت يلمح إليه.

- "أن جــاك كان يعمل من ضمن مجموعة دبرت لقتل دانيال بهذا الشكل، وهذا التوقيت بالذات!" أضاف طلعت.

- "توقيت قتل زوجها موشي!"

- "بالــضبط!... موشي قتل، ولكن اللذين قتلوه جعلوه يبدو كما لــو أنــه انتحر بسبب هروب زوجته، ثم حاولوا بعد ذلك قتل دانيال لإخفــاء أي أثــر لخطتهم... وهذا ما بدأت تدركه هي، ولذلك عندما عــادت إلــى تورنــتو قررت بيع منزلها، وتصفية كل أعمالها، ثم الاختفاء بعيدا عن كندا."

- "ولكنــي أذكر أنك أخبرتني فيما مضى بأنها قد اتصلت بك، أليس كذلك؟"

- "هذا صحيح."

- "إذاً ما الذي اكتشفته دانيال فيما يخص موشي، وكان له صلة بك؟"

ابتــسم طلعت مقدرا لنعيم حنكته وانتباهه الشديد للتفاصيل الذي كان دائما يقوده إلى استنتاجات عادة ما تكون صحيحة.

- "كــان لموشي خزنة سرية لا يعلم بوجودها، أو بمكانها أحد آخــر سوى دانيال؛ كان يضع فيها أهم أوراقه والجزء الحساس من

مذكراته، ولكن عندما فتحت دانيال الخزنة وجدتها فارغة إلا من ورقة واحدة كانت لإيصال طرد بريدي..." صمت طلعت برهة ناظرا إلى نعيم، ثم أضاف.." كان اسم المرسل إليه على الإيصال هو اسمي."

- "وهل وصل إليك هذا الطرد؟!" سأل نعيم، وقد ملأه الحماس.

- "لا، فالعنوان الذي كان على الطرد لم يكن عنواني!"

- "ماذا؟!!"

- "يبدو أن موشي وضع اسمي فقط من باب التمويه، ولكن عنوان المرسل إليه قطعا لم يكن عنواني!"

- "إلى من إذاً أرسل موشي أوراقه المهمة؟ هل ما زلت تذكر العنوان؟"

- "نعيم! اسمع نصيحتي واصرف النظر عن هذا الموضوع كما فعلت أنا... هناك خطوط حمراء لا يستطيع أحد تجاوزها!... انظر ما الذي حل بالذين حاولوا!"

- "أريد العنوان!... رجاء!... هل ما زلت تحتفظ به؟" طلب نعيم بإصرار كان واضحا كوضوح سحابة صيف في سماء صافية.

- "العنوان ليس معي الآن، هو في البيت. سأرسله إليك عبر رسالة الجوال... ولكن تذكر أن هذا العنوان يعود إلى ثلاثة أعوام مضت. فمدة مثل هذه كفيلة بأن تغير أشياء كثيرة."

- "ما من شيء يتغير، إلا ويترك أثرا."

- "وأنت خير من يتتبع الآثار، اسألني أنا!" ابتسم طلعت، وهو يتذكر الأحداث التي جمعته لأول مرة مع نعيم، وقد مضت عليها السنوات بسرعة البرق.

- "طلعت... أريد سؤالك عن أمر أخير. هل ذكر لك موشي قبل وفاته أي شيء عن شخص يدعى رجب غول، وبخطاب كان قد وجده؟"

- "رجب غول... لا، لا أعتقد أني..." صمت طلعت قليلا، ولم يكمل جملته، حيث تذكر فجأة أمرا كان قد نسيه..." بالفعل، موشي كان يعرف صحفيا في إستانبول إسمه رجب غول؛ ولكن أذكر أني سمعت أنه قد مات هو وعائلته في حادثة تصادم... نعيم، الزم الحذر فيما أنت مقدم عليه، وتذكر أن بحثك عن الحقيقة قد يكلفك الكثير، وفي النهاية قد لا تجد شيئا سوى الظلام!"

إعتذر نعيم عن عدم البقاء حتى نهاية الحفل، ثم صافح طلعت قبل أن ينصرف، راجعا إلى الفندق. أخذت تراوده آخر كلمات صديقه، وهو يطل إلى سماء المدينة المظلم عبر نافذة السيارة التي كانت تقله. "**قد لا تجد شيئا سوى الظلام.**" أخرج من جيبه الجوال، ثم بدأ يكتب رسالة إلى طلعت:

صديقي العزيز،

أما آن للظلام أن ينجلي، ونور الحقيقة أن يعتلي، ليضيء لنا الطريق، ويضفي بصيصا من الأمل؟

* * *

في فجر اليوم التالي بعد فروغه من الصلاة، سمع نعيم رنة هاتفه الجوال، منبهة بقدوم رسالة:

عزيزي نعيم،

العنوان الذي طلبته مني هو

150 شارع هنتنجتون، مدينة بوسطن الأمريكية.

تركت لك إيصال الطرد، الذي تركه موشي في خزنته، مع موظف الاستقبال. لا أدري لماذا احتفظت به كل هذه الاعوام. ربما لأني اشتقت لذكرى باحث عن الحقيقة قد روضته الأيام.

أتمنى لك التوفيق فيما تبحث عنه.

طلعت.

11

إن كانـــت هـــناك قاعدة تقول بأن اسم الشخص في الغالب ما يكون عاكسا لصفات صاحبه، فحتما رحيم هو الاستثناء لتلك القاعدة، فالرجل هو أبعد ما يكون عن الرحمة؛ بل إن نجاحه الأسطوري في مهنـــته اعـــتمد اعتمادا كليا على نزع كل ما يمت للرحمة من قلبه، لدرجـــة أن نكتة كانت قد انتشرت في أوساط حكومة الظل بأنه من الأضمن أن تراهن على أن يلين الصخر من أن تراهن على أن يلين قلـــب رحـــيم؛ وربما يكون هذا هو ما جعل منه آلة ترصُّد وقتل من الطراز الأول. كان إذا أوكلت إليه مهمة، كتلك التي أُوكلت إليه الآن، يتأنى في إنجازها؛ حتى يهيئ لها كل الظروف المناسبة؛ لكي يضمن لها النجاح؛ ولذلك لم يفشل قط، أو هكذا كان يعتقد!

* * *

اقترب رحيم من موظفة استقبال طابق رجال الأعمال في فندق الجميـــرا مرتديا "الشورت" يعلوه قميص قصير الأكمام وحول رقبته منشفة من مناشف الفندق.

- "كيف حالك رنا وكيف حال خالد؟"

- "الحمد لله بخير، نشكر الله." أجابت رنا، وهي تحاول أن تتذكر مـــن يكون هذا النزيل بالفندق الذي يعرف اسمها واسم زوجها، والذي يـــبدو، من طريقة كلامه معها، أنها سبق وقد قابلته من قبل، ولكنها لم تستطع أن تتذكر متى..." ومن يستطيع أن يتذكر كل نزلاء الفندق، وهم يتوافدون بكثرة... لا بأس، علي أن أتظاهر بأنني أتذكره؛ جيدا حتى لا يتضايق... لا بد من إرضاء النزيل." أخذت تفكر رنا.

- "تخيلي أن بطاقة دخول الغرفة مرة أخرى لا تعمل. لا أدري ما المشكلة."

- "آسفة جدا! هذا بالفعل يحدث بعض الأحيان... ذكرني برقم الغرفة، وسأعيد برمجة البطاقة على الفور... يبدو أنك قد قدمت لتوك من صالة الرياضة."

- "رقم الغرفة ست مئة وستة وستون."

أدخلت رنا رقم الغرفة في جهاز الحاسب الآلي وخرج لها اسم النزيل..." الحمد لله، أستطيع الآن أن أخاطبه باسْمِه، ولن يدرك أنني لم أتعرف عليه في بادئ الأمر." أخذت تفكر، وهي تصنع له بطاقة جديدة.

- "تفضل سيد نعيم... ومرة أخرى أرجو المعذرة على العطل الذي أصاب البطاقة السابقة."

- "لا عليك رنا، فهذا الأمر وارد في جميع الفنادق... سلامي لخالد."

أخذ رحيم البطاقة، وتوجه للغرفة رقم ست مئة وستة وستين... في ذات الحين، كانت رنا تحاول جاهدة أن تتذكر المرة السابقة التي تحدثت فيها مع هذا النزيل الذي اسمه على ما يبدو نعيم الوزان!

* * *

دخل نعيم بهو الفندق، وكان في استقباله ثابت البغدادي، الذي كان شغوفا بمعرفة نتيجة اللقاء مع طلعت نجاتي، وعلى الفور ذهبا إلى ركن هادئ، خالٍ من الناس، ثم أخذ نعيم يقص على ثابت الحديث الذي دار، والنتيجة التي وصل إليها، والتي كانت على ما يبدو أقل مما كان يصبو إليه ثابت.

- "إذاً مع الأسف لم تستطع أن تقنع صديقك أن يرتب لك لقاءً مع دانيال." قال ثابت بنبرة عدم الرضا.

- "ولكـــن في المقابل أخبرني بمعلومات هي في غاية الأهمية. أنا واثق أن موشي قد أرسل مذكراته، وربما أمورا أخرى ذات قيمة إلى ذلك العنوان في..."

- "أخ نعـــيم." قاطع ثابت غير مقتنع بما كان يقوله نعيم..." لا يوجد دليل على هذا الكلام، فما لديك هو مجرد إيصال لطرد بريدي أرسله موشي جولد قبيل وفاته... قد لا يكون لهذا الطرد أية أهمية... إحـــساسي يقول لي بأننا أمام أمر واهٍ لا يستحق عناء البحث... نعم، هذا هو انطباعي عن كل ما قاله طلعت لك."

- "**انطـــباعك!**" ردد نعيم بسخرية..." أتعلم ما هي مشكلتنا؟... مـــشكلتنا أنـــنا نعتمد على الانطباع في حكمنا على الأمور، بدلا من الاعتماد على الدليل، والبرهان، والأخذ بالأسباب."

- "مـــاذا تقصد؟ ألا تؤمن بأن للمسلم فراسة يجب أخذها بعين الاعتبار!"

- "الفراســـة شـــيء مهم، ولكنها غير كافية بمفردها، فهناك أيـــضا العقل والحكمة... وليس من الحكمة أن تحكم على الأمور بـــناء على الانطباع فقط، دون استخدام العقل... والعقل يقول بأنه لـــو لم تكن لذلك الطرد أية أهمية، لما وضع موشي الإيصال في خـــزنته السرية، ولما وضع إسما على الإيصال غير الاسم الفعلي لصاحب العنوان، وكأنه كان يريد التمويه عن الشخص الذي أرسل إليه الطرد؛ حتى لا تصل إليه حكومة الظل إذا ما وقع الإيصال أو الطـــرد في يدها... المنطق يقول بما أن دانيال قد وجدت الخزنة الـــسرية، والتـــي لـــم يكـــن لأي شخص آخر علم بها، خالية من مذكرات موشي، فأغلب الظن أن تلك المذكرات هي محتوى الطرد الذي أرسله."

بـــدأ ثابت يضيق ذرعا من نعيم، ومن أصراره على نقاش أمر بالـــرغم مـــن عـــدم شـــعوره هو بأنه ذو أهمية، مما أدى إلى تأكيد

انطــباعه المسبق بأن التعاون مع شخص مثل نعيم، الذي لم ينشأ في كنف جماعة العروة الوثقى، هو قرار قد جانب الصواب.

- "نعيم... يبدو أنك فعلا تحب المجادلة."

- "**المجادلــة!**" ابتــسم نعيم، وهو يكرر الكلمة..." الغريب في الأمر هو أننا أصبحنا نستخدم هذه الكلمة بمفهوم سيء، مع أن الله - عــز وجــل- استمع من فوق سبع سماوات إلى امرأة كانت تجادل الرســول -علــيه الصلاة والسلام- وقام بإنصافها؛ لأنها كانت على حق... أفليس من الواجب علينا نحن البشر أن نستمع إلى من يجادل، وننصفه إن كان محقا؟!"

لــم يكــن لدى ثابت رد جاهز لحجج نعيم، بل في تلك اللحظة تذكر نصيحة جاسم الفراج له بعدم الخوض في نقاش معه..." الرجل يعــشق المجادلــة، فهو لم يتربَّ على الانصياع لأوامر من هم أعلم مــنه، وأكبــر شأنا؛ لذلك تجده يناقش كل ما يقال. لا تدخل معه في نقاش، وإلا ستتوه في بحور حججه القوية التي يتفنن هو فيها!"

- "على العموم سأخبر السيد جاسم عما دار بينك وبين طلعت، وســيكون القــرار النهائــي له. هذا ما أستطيع فعله، وغدا سأخبرك بالنتيجة."

لــم يمهــل ثابــت نعــيم فرصة للرد، فسرعان ما صافحه، ثم انــصرف وهــو يقــول في خاطره..." يا له من شخص عنيد... كم يعشق الجدال!"

* * *

كانت الأوامر التي تلقاها رحيم واضحة..." فتش في غرفة نعيم الوزان، اخترق حاسبه الشخصي المتنقل، ثم اتصل بي."

بعــد الانــتهاء مــن الجزء الأول من المهمة، التفت رحيم إلى الحاسب الشخصي الذي كان ملقى فوق المكتب، وأزاح منه البطارية؛

حتـــى يـــتمكن من وضع جهاز التجسس الذي لم يتجاوز حجم بذرة الليـــيمون، ثـــم وضع كل شيء في مكانه. بعد ذلك جاء دور الجزء الأخير من المهمة.

- "ألو... هذا أنا... لم أجد شيئا ذا أهمية في غرفته، وقد قمت باختـــراق الحاسب، فأي ضغطة سيضغطها نعيم على لوحة التحكم، ستبث على الفور إلى مركز الاتصال والمراقبة."

- "هل ما زلت في غرفته؟" جاء الصوت من الجوال.

- "نعم... أي أوامر أخرى؟"

- "أحـــسنت... أريـــدك أن تـــراقبه من بعيد، واحذر أن يشعر بـــك... أريد أن أعرف ما الذي عاد به الآن، بعد كل هذه الغيبة... أخشى ألاّ يكون تواجده في هذا التوقيت مجرد مصادفة!"

* * *

فُـــتح بـــاب المصعد في الطابق السادس من الفندق، وهمَّ نعيم بالخـــروج منه، فاصطدم كتفه مع كتف رجل قوي البنيان كان يدخل المـــصعد. نظـــر نعيم إليه، لكي يعتذر، وما كاد يفتح فمه بالحديث، حتـــى تلعثمت الكلمات، وتوقف الصوت في منتصف حنجرته. لم ير نعيم في حياته عينين كهاتين اللتين كان ينظر إليهما. كان فيهما برود شـــديد لم يلاحظه على أي إنسان من قبل وكأنهما كانا جزء من جسد نزع منه الروح! لسبب ما شعر نعيم بغصة في حلقه وأخذت ضربات قلـــبه تتسارع، وكأنه رأى عفريتا من الجن يدخل المصعد، بدلا من رجـــل لم يره قط في حياته. خرج نعيم من المصعد ثم، على تردد، اســـتدار نحو الرجل الذي كان في تلك اللحظة يمد يده اليسرى نحو أزرار المصعد وقد كشف عن وشمة غريبة فوق معصمه على شكل دائرة تتوسطها نقطة... لم تكن تلك العلامة غريبة على نعيم... فهي ذاتها علامة وسط المدينة التي تستخدم في إشارات المرور في كثير

من الدول، ولكنها كانت أيضا ترمز إلى شيء آخر كان قد مر عليه... ولكن ماذا؟... لم يتذكر...

رن هاتف جوال نعيم في تلك اللحظة. كان المتصل أنور، شريكه الماليزي.

- "نعيم، لدي خبر غريب أردت تمريره إليك... محللنا المالي لاحظ زيادة كبيرة في شراء أوامر البيع الآجل لأسهم شركة العقار اللبنانية في أسواق المال الأمريكية، مع العلم أن جميع المحللين يتوقعون نموا قياسيا في الأرباح هذه السنة..."

- "ومع ذلك هناك من يراهن على أن سهم الشركة سيهبط هبوطا حادا." قاطع نعيم، وهو يتأمل مغزى الخبر الذي سمعه من أنور.

- "نحن نمتلك كمية لا بأس بها من أسهم الشركة... ما رأيك في أن نبيع جزءا منها على سبيل الإحتياط؟" سأل أنور.

- "بل تخلص من جميع الأسهم... هناك أمر ما مريب يجري... لا داعي للمخاطرة."

انهى نعيم المكالمة، وفجاة أخذ يتذكر ذلك الحلم الذي رآه منذ عدة أيام... تلك الجبال... تلك المنازل المتناثرة عليها... تلك الآيات التي كان يتلوها جده...

أخذ يتساءل، هل كان ذلك مجرد حلم؟

12

هـــناك فـــئة من الناس لا تستطيع تجاوز الماضي مهما حاولت وجاهــدت، إذ تعيـــشه في مخيلتها وكأنه واقع يتلاعب بها ويحركها عبـــر دروب الـــزمن، ومهمـــا تظاهـــرت بأنها قد تجاوزت أغلال الماضي، فهي في قرارة نفسها لا ترغب إلا أن تكون أسيرة لحياة قد كانت ولم تعد، وكأنها تعتقد أن للإنسان القدرة على إيقاف الزمن عند نقطة من نقاط التاريخ، فلا يتجاوزه وبذلك تحيى تلك الفئة الموهومة اللحظات الجميلة ثانيا... وثالثا... ورابعا... و... ولكن ما لا تدركه تلـــك الفئة هو أن الزمن لا يقف لأي أحد مهما كان، وإن لم يستطع الإنسان السير مع الزمان، فالزمان قادر على أن يسير دونه!

* * *

كـــان أغلـــب المدعويـــين إلى منزل فؤاد شوكت، الواقع في حي بيكَنهيل الراقي، هم من الأطباء، والطاقم التمريضي الذين أشرفوا على عـــلاج صاحب المنزل الفاخر. وبالرغم من أن بعضهم أبدى شيئا من الامـــتعاض لعدم توافر النبيذ والشامبانيا، كما جرت العادة في مثل هذه الحفلات، إلا أن غالبية الحضور كانوا متفهمين للمعتقد الديني الذي جعل فؤاد وزوجته لا يسمحان بدخول الكحول إلى منزلهما.

– "لقـــد تغيـــر كثيرا فؤاد وزوجته منال؛ كانت حفلاتهما دائما مليـــئة بأشهر الفنانين، وأجود انواع النبيذ الفرنسي... لينا، سأخبرك بـــسر، ولكن إن سمعتك ترددينه لأي مخلوق سأنكر أني قلت لك أي شـــيء." قـــال الدكـــتور براون مبتسما، وهو يخاطب لينا التي كانت تربطه بأبيها علاقة صداقة قديمة.

- "أعـــدك بأني لن أبوح بالسر لمخلوق؛ حتى جمال أنا أضمنه لك." قالت، وهي تغمز إلى جمال الذي كان واقفا بجوارها يستمع إلى الحديث.

- "نحـــن أصدقاء فؤاد كنا نسميه الدون جوان المصري، لكثرة علاقاته بنجمات هوليوود."

- "فؤاد شوكت، غير معقول! ولكن كيف؟ يبدو عليه أنه رجل ملتـــزم، ويحب زوجته." استفسرت لينا، غير مصدقة ما قاله الدكتور براون.

- "هـــذا الآن... كمـــا قلـــت لـــك، لقد تغير فؤاد في الأشهر الأخيرة."

- "تقـصد بعدما أصيب بالسرطان؟" سأل جمال الذي أراد أن يكون طرفا مشاركا في الحديث.

- "لا... بـــل حتـــى قبل ذلك... أعتقد أنه المد الأصولي الذي يجـــتاح العـــالم العربـــي هذه الأيام. يبدو أن العدوة قد أصابته." قال الدكتور البراون، وهو يضحك لجملته الأخيرة.

- "يبدو أنك تكثر من مشاهدة الإعلام الأمريكي، وبالأخص قناة فـــوكس المتطرفة." كان المتحدث هذه المرة هو سعود النجيدي الذي حضر لتوه، والتقط كلمات الدكتور براون الأخيرة.

- "آه... أخيرا وصلت سعود. كنت أسأل عنك."

- "كنت تسأل عني أو تتمنى ألاّ آتي؟"

ضـــحك الاثـــنان وهما يتصافحان، في حين بدت الدهشة على جمـــال لهـــذه المـــودة التـــي كانت تجمع الدكتور براون مع سعود النجيدي، الجراح "المطوع"!

- "مـــنذ قلـــيل أخبرني الدكتور بيرسون أنه عرض عليك أن تنـــضم إلى قسم جراحة الصدر بعد إنتهائك من مدة التدريب، ولكنك رفضت. هل هذا الكلام صحيح؟"

- "نعم صحيح... لا أعتقد أني استطيع ترك أهلي وأصدقائي في السعودية والعيش هنا في أمريكا بقية عمري... فبلادي أولى بي." قال سعود، ثم نظر إلى جمال الذي كانت دهشته أخذت تزداد، خاصة بعد سماعه خبر عرض وظيفة على سعود المطوع، في أرقى مستشفيات بوسطن!

- "سنفتقدك كثيرا عندما تغادر، سعود." ما أن فرغ من جملته، حتى تنبه إلى وجود رجل أنيق المظهر، رشيق القامة، بالرغم من تجاوزه العقد السادس، كان يخاطب فؤاد شوكت..." بعد إذنكم جميعا هذا جورج روكفلر أريد التحدث معه في موضوع مهم."

انصرف الدكتور براون نحو جورج روكفلر، وفؤاد شوكت الذي ظهر عليه شيء من التوتر، وهو يحادث الضيف الذي حضر فجأة دون دعوة؛ بقي سعود مع لينا، وجمال الذي أبدى عدم الارتياح من وجود الجراح "المطوع".

- "كيف حالك جمال، لم أرك منذ عدة أشهر؟... الكل يسأل عنك في النادي السعودي أرجو أن يكون المانع من مجيئك خيرا."

- "مشغول في المستشفى، وفي بعض الأمور الأخرى." أجابه جمال بامتعاض لم يبذل جهدا لإخفائه.

- "يا سيدي اجعلنا من أمورك الأخرى هذه، ولو مرة واحدة في الشهر من أجل التواصل."

- "إن شاء الله يكون خيرا... بعد إذنكما أنا ذاهب إلى الخارج لكي أدخن سيجارة."

توجه جمال نحو باب المنزل، في حين شعرت لينا بشيء من الخجل من جراء سلوك جمال الباهت تجاه سعود الذي بدا عليه الانزعاج من هذه العداوة غير المبررة التي كان يتلمسها من ابن بلده!

* * *

أشعل جمال سيجارته، وأخذ يحرقها، وهو ينظر إلى بعض المارة الذين لم تخلُ منهم الأرصفة في تلك الليلة الباردة الممطرة، فقد كان أغلبهم يُمَشُّون كلابهم تمشية المساء في حديقة الحي، وقد وضعوا على أنفسهم كل الذخائر الممكنة للحماية من البرد، وهم يقومون بمهمتهم اليومية التي اعتادوا عليها، منذ أن قرروا أن يقتنوا لأنفسهم صديقا وفيا.

ظل جمال ينفخ في سيجارته ببطء شديد؛ لكي يتفادى الدخول مرة ثانية إلى المنزل، وفي قرارة نفسه كان يتمنى أن تخرج لينا وتخبره أنها قد ملت من الحفل وترغب في الإنصراف؛ ولكن الدقائق مضت، ولم يحدث ذلك الأمر الذي كان يتمناه، وأخذت قشعريرة البرد تتمكن منه، فقرر العودة إلى الداخل على مضض!

رمى جمال بسيجارته على جانب الطريق، واستدار عائدا إلى منزل فؤاد شوكت، عندما لاحظ شيئا ظنه من الوهلة الأولى خدعة بصرية من ركام ذكريات الماضي التي كانت لا تريد فراقه... على مسافة ليست ببعيدة، كانت امرأة سمراء، ذات شعر أسود طويل، متجهة نحو سيارة بورش صفراء مرصوفة أمام إحدى المباني. نظر جمال إلى المرأة غير مصدق لما أخذ يتجسد أمام عينيه...

امرأة شديدة الشبه بدلال!

بل تكاد تكون هي دلال!... البشرة السمراء... الشعر الأسود الكثيف الممتد إلى الخصر... القوام... "ولكن لا يمكن أن تكون هي!... كيف؟!... لا يمكن!"

قرر جمال الاقتراب من المرأة؛ حتى يتأكد بنفسه أن ما كان يراه ليس بخدعة بصرية يلعبها عليه عقله المشتاق إلى حنين ماض مفقود، ولكن مع كل خطوة كان يخطوها كانت ملامح تلك المرأة تزداد وضوحا، مؤكدة له مدى التشابه الذي أخذ يصل إلى درجة التطابق!

كاد لوهلة أن يصرخ مناديا "دلال!" عندما سمع صوتا يناديه من الخلف فألتفت نحوه.

- "جمال، فؤاد سقط على الأرض مغشيا عليه!" كانت لينا تصرخ في اللحظة ذاتها التي سمع فيها صوت سيارة الإسعاف قادما من الاتجاه نفسه الذي انطلقت نحوه السيارة البورش الصفراء وبداخلها من قد تكون زوجته المفقودة... دلال!

13

فضل الدكتور بيرسون أن يبقى فؤاد شوكت ليلة في المستشفى تحت الملاحظة، بعدما أسعف من حالة الإعياء التي أصابته في الحفل؛ أصر على أن يُخطر بكل صغيرة وكبيرة تخص فؤاد، دون الرجوع إلى الطبيب المناوب، كما هي العادة المتبعة مع باقي المرضى. اندهش سعود النجيدي من هذا الاهتمام المبالغ فيه من قبل الدكتور بيرسون، خاصة وأن حالة فؤاد كانت مستقرة، ولم تكن تستدعي كل هذا التحرز؛ لكنه عزا الأمر إلى كون فؤاد من أكبر المتبرعين للمستشفى، مما يفرض رعاية فوق العادة!

– "إن كنت لا تثق في الطبيب المناوب، فأنا على استعداد؛ لكي أبقى هنا في المستشفى إلى الصباح، وأتولى بنفسي الإشراف على صحة السيد فؤاد."

– "شكرا لك سعود، ولكن لا داعي لهذا. أنا فقط لا أريد أن يتخذ الطبيب المناوب أي قرار دون علمي، فأنت تعلم كيف أن بعض هؤلاء الأطباء يأمرون بفحوصات لا داعي لها عند أقل شكوى من المريض، وأنا لا أرغب في أن يتعرض السيد فؤاد لمثل هذه الفحوصات التي لا ينتج عنها سوى الإرهاق، دون أدنى فائدة." قال الدكتور بيرسون، مصمما على رأيه.

– "كما تشاء." رد سعود، ثم استأذن في الانصراف.

– "تذكري جيدا... أي أمر يخص فؤاد لا بد، وأن يتم مراجعتي فيه مباشرة، ودون الرجوع إلى أي طبيب آخر." قال الدكتور بيرسون، مذكرا الممرضة بنبرة حازمة لم يترك لها أي مجال للشك

فــي رغــبة جراح الصدر المعروف أن يكون هو الوحيد الذي يتخذ القرارات فيما يخص مريضه المهم!

عــاد ســعود بعد مدة وجيزة، وقد نسي هاتفه الجوال في قاعة الأطباء بجناح المرضى المنومين.

-"آه... الحمــدلله أنك ما زلت هنا. فؤاد يشعر بشيء من ضيق فــي التنفس. هل يمكنك الكشف عليه؟" قالت منال، زوجة فؤاد، وقد خــرجت للتو من غرفة زوجها أثناء ما كان سعود متجها نحو قاعة الأطباء.

- "بكل سرور، ولكن دعيني أبلغ الدكتور بيرسون أولا..."

- "لا داعــي لإزعاجه، أنت تعلم جيدا أن ثقتي أنا وفؤاد بك لا تقل عن ثقتنا بالدكتور بيرسون."

اســتجاب سعود لطلب منال، ودخل معها لرؤية فؤاد الذي بدا مهموما على غير عادة.

- "ســلامات أبا وائل... المدام أخبرتني بأنك تشتكي من ضيق في التنفس." قال سعود مبتسما، بعدما جلس على طرف السرير.

- "مــنال قلقــة علــيّ أكثر من قلقي على نفسي... أما أنا فقد ســلمت أمري لله." قال فؤاد، ثم تنهد تنهيدة طويلة بعدها أضاف..." كم كان بودي أن أنهي أمورا كثيرة أعياني المرض عن إنهائها."

- "إن شــاء الله ستقوم بالسلامة، وتنهي أمورك المتبقية." قال سعود بنبرة متفائلة محاولا أن يزيح الغم الذي بدا واضحا على فؤاد.

في تلك الأثناء طرق الباب، حيث كانت لينا تستأذن للدخول.

- "ســلامات... أقلقتــنا علــيك." قالت لينا بلطف، وهي تدخل الغرفة، وبجوارها جمال الذي بدا مترددا عند رؤيته لسعود.

- "ممتاز! بما أنه لدينا هنا طبيب أشعة، فما رأيك لينا لو نراجع ســويا مــع جمال أشعة الصدر التي أجريت للسيد فؤاد." قال سعود، وهو يغمز لجمال، في محاولة لاذابة الثلج الذي ظهر واضحا بينهما.

- "أيـــة أشـــعة!... ألم يراجعها الدكتور بيرسون؟" سأل جمال، وقد أخذ بغتة بطلب سعود.

- "سعود، لقد قمت بالواجب وزيادة أنت وباقي زملائك؛ أصبح الـــوقت متأخرا، وأنتم لديكم استيقاظ مبكر. أريدكم أن تذهبوا لبيوتكم، وتستريحوا..."

- "ما الذي تقوله يا أبا وائل. فنحن راحتنا في الاطمئنان عليك، ثم إن مراجعة الأشعة لن تستغرق وقتا طويلا."

- "وأنا أؤيد كلام الدكتور سعود، خاصة أنه معنا أفضل طبيب مقيم في قسم الأشعة." أضافت لينا؛ لتؤكد ما قاله سعود.

ذهب الثلاثة إلى قاعة الأطباء في الجناح ذاته، لمراجعة النسخة الإلكترونية من أشعة الصدر التي أجريت لفؤاد شوكت. لم يكن جمال متحمـــسا لـــتواجده مـــع سعود، وخاصة أنه كان يشعر بأن كل هذه المجـــاملات القادمـــة من رئيس النادي السعودي ببوسطن ما هي إلا محاولـــة لكسب ثقته قبل أن ينهمر عليه بسيل من المواعظ والنصائح بمـــا يجـــب، وما لا يجب أن يفعله كمسلم؛ هذا بجانب أنه قد يتطرق أيضا لطبيعة علاقته مع لينا، فيقحم نفسه في أموره الخاصة كما هي عادة "المطاوعة"، على حسب ظن جمال.

- "لمـــاذا تـــريدنا مـــراجعة الأشـــعة؟ ألا تثق بقراءة الدكتور بيرســـون؟" قال جمال متذمرا، وهو يستدعي ملف فؤاد على الحاسب الآلي.

- "طـــبعا أثق بالدكتور بيرسون، ولكن هذا لا يمنع أن نراجعها نحـــن أيـــضا، حتـــى يطمئن قلب فؤاد، فالرجل ثقته بنا كبيرة." رد سعود، شارحا لجمال سبب إصراره على مراجعة الأشعة بنفسه.

- "أنـــا أيـــضا أتفق مع ما تقوله، سعود." قالت لينا، ثم أضافت مـــوجهة حديثها إلى جمال، وقد تضايقت من تذمره..." فؤاد شوكت مـــن ألطف وأطيب الشخصيات التي قابلتها في حياتي، هو وزوجته

منال؛ ومن حقه علينا أن نقضي دقائق معدودة زيادة، للاطمئنان عليه!"

- "لا بأس... لا بأس... يبدو أنني الوحيد الشرير هنا، الذي لا يهتم برجل طيب، مثل فؤاد شوكت... على العموم هذه هي الأشعة، فلنَر إن كان هناك ما يثير ال... ما هذا؟!" تنبه فجأة جمال لأمر في الأشعة أصابه بالحيرة.

نظر سعود هو الآخر إلى ذلك الجزء من أشعة الصدر الذي لفت انتباه جمال، وسرعان ما انضمت لينا هي الأخرى ناظرة، وعيناها تتنقلان ما بين الاسم الظاهر في شاشة الحاسب لصاحب الأشعة وما بين الأشعة نفسها؛ لكي تتأكد أنه لا يوجد لبس أو خطأ في استدعاء الملف الإلكتروني الصحيح.

- "هل عاد الورم مجددا؟" سألت لينا منهية حالة الصمت الممزوجة بالدهشة.

- "يبدو كذلك... ولكن دعيني أستدعي الأشعة التي أخذت لفؤاد قبل العملية، ونقارنها بهذه." رد جمال على استفسار لينا، وقد أخذ ينقر بالفأرة على لوحة التحكم بالملف.

- "هذه هي الأشعة القديمة، في النصف الأيمن من الشاشة، وهذه هي التي أخذت الليلة، في النصف الأيسر... غريب!" كانت الدهشة واضحة على وجه جمال.

- "هذا ليس بورم جديد... ولكن... كأنه هو نفسه!" قال سعود غير مصدق لما كان يراه..." هل أنت متأكد من أن هذه الأشعة هي التي أخذت الليلة؟"

- "نعم هي، انظر بنفسك إلى التاريخ المكتوب إن كنت تشكك في قدرتي على استدعاء الملفات الصحيحة!"

شعرت مرة أخرى لينا بالحرج من ردة فعل جمال المبالغ فيها، ثم تساءلت:

- "هل من الممكن أن تكون هذه مجرد رواسب ما بعد العملية، كتجمع للدم مثلا؟"

- "لا... فالرواسب عادة لا تكون بهذا الشكل المتطابق، بل هو الورم نفسه!" أكد جمال، ثم أومأ سعود برأسه، متفقا معه في الرأي.

- "ولكن كيف يمكن لهذا أن يحدث؟ سعود، هل تعتقد أن الدكتور بيرسون أخطأ في العملية واستأصل الجزء السليم من الرئة بدلا من الذي يحتوي على الورم الخبيث؟"

- "لا أدري لينا، فأنا لم أحضر إلا في نهاية العملية، بعدما كان الدكتور بيرسون قد قام بالاستئصال..." فجأة التفت سعود إلى جمال، وقد تنبه إلى أمر كاد يغفله..." جمال قم باستدعاء تقرير مختبر الأنسجة، فهو الذي سيبين إن كان الورم قد استؤصل أم لا."

أخذ جمال ينقر على الشاشة، وخلال لحظات كان الكل يقرأ التقرير.

- "حسب التقرير، العينة كانت تحتوي على ورم خبيث... ربما من الأفضل أن أراجع غدا هذه الأشعة مع الاستشاري، قد يكون كلام لينا هو الأصوب، وأن ما نراه هو مجرد آثار ما بعد العملية." قال جمال مستسلما، وقد بدأ يشعر بالملل.

- "مهلا." قاطع سعود..." من هو هذا الدكتور شانج الموقع اسمه على التقرير؛ أنا لم أسمع به من قبل، ففي العادة يقوم الدكتور لويد بمراجعة عينات الرئة."

- "ربما كان الدكتور لويد في إجازة وقت العملية... أنا واثق بأن هناك تفسيراً منطقيا لما نراه. غدا يمكنك مراجعة الأشعة مع الدكتور بيرسون، أو الدكتور فيرشايلد إستشاري الأشعة، وستحصل على إجابة مقنعة أفضل من هذه التكهنات، فهم في نهاية الأمر أعلم منا." قال جمال، وقد قام من على الحاسب، عازما النية على مغادرة المكان.

- "أنا فـي حياتي لم أر، أو اسمع بشي كهذا!... على العموم معك حق، لا بد من مراجعة الدكتور بيرسون في الأمر." ردد سعود، شاعرا بشيء من الريبة.

انصرف جمال، ولحقت به لينا، فيما جلس سعود يتأمل الأشعة، وتقرير معمـل الأنـسجة، محاولا أن يجد تفسيرا منطقيا لما كان يراه...

سـار جمال على عجل؛ خوفا أن من يلحق به سعود لأي سبب مـا؛ فقد شعر بأنه قد التقى به أكثر مما يجب في تلك الليلة العجيبة؛ بل كان في قرارة نفسه يتمنى لو أنه لا يلتقي به مجددا طوال مكوثه في مدينة بوسطن!

شـعر جمال بالراحة عند اقترابه من مخرج جناح مرضى قسم الجـراحة، فقـد كـان علـى بعد خطوات من المصعد المؤدي إلى المرآب، حيث توجد سيارته. لفت إنتباهه في أثناء ما كان يفتح الباب الزجاجـي الخاص بالجناح، الحكمة اليومية التي كانت تضعها إحدى الممرضـات على الباب. ابتسم وهو يقرأ تلك الكلمات التي اعتبرها مجرد هراء، لا تحمل أي معنى، ولا قيمة...

كانت حكمة اليوم تقول:

احذر مما تتمناه، لأنه قد يتحقق!

14

علـى ارتفاع ثلاثين ألف قدم من سطح الأرض، كانت الطائرة الخاصة المملوكة لكمال أغلو تستعد للهبوط في مطار بمدينة بوسطن الدولي. كان كمال قد تلقى للتو مكالمة عاجلة شعر على إثرها بنشوة، وارتياح لاحظهما عليه فرانك روكفلر الذي رافقه في الرحلة القادمة من لندن.

– "كـان هذا اللورد ماير يذكرني بوجوب زيارة فؤاد شوكت؛ يبدو أنه لن يغادر المستشفى هذه المرة!" قال جملته، ثم أطلق ضحكة مدويـة أثـارت انتباه طاقم الطائرة، ومرافقيه من الحرس الشخصي والسكرتارية.

– "مـن كـان يخطـر علـى باله أن يتحول فؤاد هذا التحول الغريب." قال فرانك متعجبا.

– "تـبا للنسـاء، هن أساس كل المصائب... أنا واثق أنه لولا تأثيـر مـنال عليه لما جرى له الذي جرى؛ ولكنه أحمق، جعل حبه لزوجته يتغلب على كل ما بناه في السنوات العديدة الماضية."

– "لقـد قالها نابليون فيما مضى: **شيرشي لا فام**... ابحث عن المـرأة." ضـحك فـرانك هـذه المـرة، وقـد أعجبته العبارة ثم اسـتطرد..."ولكـن مـن يكون هذا الداعية الذي أثر في الناس بهذا الشكل؟"

– "لا أحد!... إنه لا أحد، مجرد صرصار، وسيتم رشه بمبيد حـشري." قـال كمـال، والغيظ يملؤه من ذكر سيرة وسيم باسم، الداعـية الـذي كان سببا في الالتزام الديني الذي طرأ على منال زوجة فؤاد شوكت.

- "مــن حسن الحظ أن فؤاد لم يكن على دراية بالحدث الكبير الذي نعد له، وإلا لكانت مصيبة كبرى!"

- "المسألة لا علاقة لها بالحظ، إنها عبقرية اللورد ماير... فهو دائمــا مــا يقــول بأن المسلم مهما بلغ ولاؤه لنا، ومهما ارتقى في تنظيمــنا، فسيبقى دائما قنبلة موقوتة قابلة للانفجار في وجهك في أية لحظة! ولذلك نحن لا نأتمنهم على الأسرار الكبرى!"

* * *

على بعد آلاف الأميال كانت رحلة الخطوط البريطانية المتجهة إلــى بوســطن تستعد للإقلاع... أخرج رجب غول جواله، الذي لم يغلقه بعد، عندما شعر بهزة تنبئ بقدوم رسالة قصيرة:

ســيدي الولــي، لقد وصلنا للتو، ونحن الآن متوجهون لفندق الكوبلي. لا تنسني في دعواتك

كــان مرسل الرسالة برزان زنكي، احد طاقم سكرتارية كمال أغلو!

15

لـــم يدرك نعيم الوزان كيف ومتى جاء إلى هذا الكهف الكبير، ولكنه أدرك أن عليه السير في اتجاه الضوء، بعيدا عن ظلام الاتجاه المعـــاكس. اخـــذ يسير حتى بلغ مدخل الكهف، الذي لفت انتباهه أنه كـــان يطل على بحر شاسع ذي أمواج عاتية متلاطمة. فبالرغم من ضـــراوة الـــرياح، وكثافة السحب، التي شيئا فشيئا أخذت تتكاثر في الـــسماء، إلا أن المارة كانوا يسيرون على الشاطئ دون مبالاة، لما كان يلوح في الأفق! فجأة ظهرت موجة كبيرة تعقبها موجة أكبر!... تسونامي بارتفاع عشر طوابق أقبل باتجاه نعيم، وباقي الناس بسرعة لم يشهدها على موجة من قبل! أمسك نعيم بصخرة كانت بجواره عند مـــدخل الكهـــف، في حين انجرف باقي الناس متلاطمين بين أذرعة الأمواج! فما إن تتلقفهم موجة، حتى ترمي بهم إلى الموجة الأخرى. ظـــل نعيم متمسكا بصخرته بكل ما أعطاه ربه من قوة، محاولا ألاّ ينجـــرف كمـــا انجـــرف باقي الناس، ولكنه شعر لوهلة أن أنامله قد أخذت تتراخى، وقبضته مع اندفاع العواصف والأمواج لم تعد قادرة علـــى التماسك. شيء ما بداخله كان يشجعه على التراخي... فلم يعد هناك داع لهذه المقاومة اليائسة، فالموجة كانت أقوى من أية صخرة يحـــاول التمـــسك بها... ولكن إن ترك نفسه كباقي الناس، فإلى أين سيسير؟ تساءل، فقد ينجرف مرة أخرى إلى داخل الكهف نحو الجهة المظلمـــة! فجأة اختلف المكان، ووجد نعيم نفسه على أرض يابسة، ولكـــن يحـــيط به الظلام... شيئا فشيئا من الجهة الشرقية، بدأ النور ينـــبعث، متماشـــيا مع خطوات رجل سرعان ما تبينت ملامحه التي كانت تشبه ملامح نعيم إلى حد كبير... كان جده!

- "أراك مهموما." قال خليل الوزان، وهو يقترب من حفيده.

- "أبحث عن شيء، ولا أجده... كلما اقتربت منه ابتعد." رد نعيم.

- "وما هو ذلك الشيء الذي تبحث عنه؟"

-"الحقيقة... الحقيقة الغائبة."

- "نعيم، تذكر أن الحقيقة مهما غابت، أو مهما غُيِّبت، فلابد لها من عودة... والليل مهما طال ظلامه، فلابد له أن ينجلي، ويأتي من بعده الفجر، ليضفي بنوره بصيصا من الأمل."

استيقظ نعيم، وقد أخذ ينظر حوله في مختلف اتجاهات غرفته التي لم يبرحها منذ الليلة السابقة. انتبه إلى صوت المؤذن المنبثق من هاتفه الجوال، مناديا إلى صلاة الفجر فقام من على سريره، واتجه نحو الحمام؛ لكي يتوضأ، متمنيا أن يكون هذا هو الفجر الموعود، أو على الأقل قد اقترب مجيئه!

* * *

خرج نعيم يتمشى على شاطئ الفندق، مستمتعا بمنظر شروق الشمس في تلك الساعة التي كادت تخلو من كل الناس، سوى بعض عمال الفندق الذين كانوا منهمكين في ترتيب الكراسي، وتنظيف الطاولات، وإزالة المخلفات من فوق أروقة الفندق المطلة على الشاطئ الجميل، الممتد إلى مرسى اليخوت. كعادته أخذ نعيم يسير في ذلك الوقت من اليوم، مستعرضا لنفسه مجريات الأمور، محاولا أن يجد تفسيرا منطقيا لما شاهد، وسمع...

استمر به السير إلى أن اقترب من يخت على المرفأ كان قد أخذ ينصرف منه من تبقى من الحفل الساهر الذي شهده الليلة السابقة، والذي لحق الحفل الختامي لمهرجان الإعلام.. بعض من الذين خرجوا كانوا يترنحون يمينا ويسارا ثملين من أثر الشراب،

والـبعض الآخر كان أكثر تماسكا، ولكن أكثر ما لفت انتباه نعيم كـان منظـر سـمير رحال، وهو يودع سمر القلوب التي كانت محاطـة بهالة من المعجبين من رجال المال، والأعمال، وبعض الـساسة، والمثقفـين الذين التقى ببعضهم نعيم على مدار السنين السابقة.

- "كـاد الـزمن أن يـتوقف فـي يخـتك يا سمير!" قال أحد المدعويـين، وهـو يغادر، وقد أطلق ضحكة تخللتها حازوقة أصابته بشرقة.

- "أنت ملك الحفلات دون منازع!" قال الآخر.

- "حبيب قلبي سمير!... ويختي على يخته!" قالت سمر القلوب، وقـد رمـت لـه بقـبلة في الهواء في أثناء ما كانت تغادر، ممسكة بحاشيتها، وهي تكاد لا ترى الطريق من فرط السكر.

أخـذ سـمير يبتسم، وهو يستمع إلى تعليقات الثناء من ضيوفه المغادرين، وقد شعر بالزهو، حتى وقع بصره على نعيم الوزان الذي كان يراقب ما يحدث من على بعد مسافة ليست ببعيدة.

اختفـى أثـر الابتسامة فجأة، وقد عادت به ذاكرته إلى الوراء خمس سنوات، عندما جاء نعيم، بصفته خطيب ابنته دلال، إلى قصره بجدة كأحد المدعوين في حفل استقبال رجل الأعمال الأمريكي الكبير جـورج روكفلـر. كانـت أول وآخر مرة يحضر له نعيم حفلا من حفلاتـه التـي كانـت دوما حديث المجتمع الجداوي!... تذكر كيف سـارع نعيم بالخروج، حيث لم يعجبه ما رأى حينذاك... تذكر كيف لحقت به دلال، وهي ترجوه ألاّ يغادر... تذكر مدى الحزن الذي بدا على ابنته في أثناء عودتها، حيث لم تفلح في ثني نعيم عن المغادرة، خاصة بعدما رآها تمازح بعض الحضور.

- "الـيوم هو أتعس يوم في حياتي!" كانت هذه هي جملة دلال الوحيدة في تلك الليلة، قبل أن تجهش بالبكاء، محتضنة أباها...

منذ تلك الليلة التي فسخ فيها نعيم خطبته من دلال، تاركا شرخا كبيرا في قلبها، شعر سمير رحال بكراهية شديدة تجاهه، وفي قرارة نفسه، كان ينتظر اليوم الذي يرد فيه الصاع صاعين لنعيم الوزان!

16

تلقى نعيم رسالة على هاتفه الجوال من ثابت البغدادي الذي طلب منه أن يلتقيا في العاشرة صباحا في أحد مقاهي مركز الماركاتو التجاري، القريب من الفندق. كان لا يزال هناك متسع من الوقت، فذهب نعيم واختار كرسيا على الشاطئ الخالي وجلس عليه، متأملا هدوء مياه الخليج العربي التي كانت تخلو من الأمواج في ذلك اليوم المشمس من أيام شتاء دبي ذي الطقس المعتدل. شعر برياح خفيفة فور جلوسه، أشعرته بشيء من البرودة، ولكنها لم تكن لتثنيه عن خلوته التي اختارها في تلك اللحظة التي شاء فيها أن يستعرض بعض مجريات الأمور... هناك علاقة واضحة ربطت موشي جولد بالدكتور عبد القادر بنوّزاني تمحورت حول ذلك الخطاب المريب الذي حصل عليه رجب غول... ذلك الخطاب الذي لم يقرأ منه سوى الجزء الذي أطلعه عليه جاسم الفراج..."لماذا كل هذا الحذر من قبل العروة الوثقى، فهم من جانب يطلبون مساعدتي، ومن جانب آخر لا يبدون كامل الثقة في!" لم تكن هذه هي المرة الأولى التي يتساءل فيها نعيم عن قرارات تتخذ من قبل قادة العروة الوثقى، وهذا ما جعل أغلبهم يتحاملون عليه إلى أن تم فصله نهائيا من الجماعة، بالرغم من كونه حفيد خليل الوزان، القائد الأسطوري الذي بنيت حول كشوفاته القصص والأساطير. لم يشفع له ثقة عمر الحسيني فيه، وفي قدراته المميزة التي كان من الواضح أنه قد ورثها عن جده، والتي قادته إلى اكتشاف أمور يجهلها الكثيرون، حول ما يدور من صراع بين العروة الوثقى، وحكومة الظل، وهو الذي لم يتربَّ في أحضان الجماعة وأكنافها..." لا بأس، يكفيني ما

قـرأت مـن الرسالة في الوقت الحالي، وما أخبرني به طلعت عن واقعـة دانيال، وذلك العنوان -في بوسطن- الذي تركه موشي... حـتما سيقدر قادة العروة الوثقى هذا الاكتشاف الخطير، وسيطلبون مني أن أذهب إلى بوسطن؛ في تلك اللحظة سيكون شرطي الوحيد هـو أن أطلع على باقي الرسالة، فكيف أستطيع فك طلاسمها إن لم تكـن المعلومة كاملة تحت متناول يدي؟... فكل ما أعلمه أن هناك حدثا ما سيحدث في مدينة حَدَاد بعدها سيعود شخص او شيء ما... مدينة حَدَاد... مدينة حَدَاد... لماذا تبدو تلك المدينة مألوفة، ولو أني متـيقن أني لم أسمع بمدينة بهذا الاسم؟... حتى عندما أجريت بحثا عبـر الإنتـرنت، لـم أجد لهذه المدينة وجود... هل هي مدينة قد اندثـرت، ولا يعلـم عنها أحد سوى حكومة الظل؟... هل اكتشف الدكـتور عبد القادر سر تلك المدينة هو وموشي جولد، أم أن هناك جانبا آخر للغز لا أراه؟"

ظلـت الأفكار والأسئلة تنصب على نعيم كانصباب المطر من غمامـة سـوداء، فظل يصارع الأفكار، ويتلقف الأسئلة الواحد تلو الآخـر، محاولا أن يصل إلى إجابات منطقية تعينه في اتخاذ القرار المناسب لخطوته القادمة، حتى بدأت الرياح تشتد أكثر، وأخذت المياه تملؤها الأمواج الشديدة التي كادت تغرق قدميه...

نظر نعيم إلى الوقت؛ كان موعده مع ثابت البغدادي قد اقترب؛ هـم بالـذهاب إلـى المركاتو، فاتجه نحو بهو الفندق. ما كاد يخطو خطوتـين، حتى سمع صوت ارتطام، نظر خلفه فوجد الكرسي الذي كان يجلس عليه، وقد تهاوى، فتلاقفته الأمواج.

* * *

– "يعجبني فيك دقتك المتناهية في المواعيد." قال ثابت، مستقبلا نعيم.

- "الـــوقت ثروة غير متجددة، لذلك أحاول أن أحسن استخدامه مـــا استطعت." رد نعيم مبتسما، وهو يصافح ثابت، ثم أكمل..." هل لديك إجابة لي بخصوص ما تحدثنا فيه البارحة؟"

- "نعم... لقد أجابني صباح اليوم الأخ جابر... يبدو أن الأخوة ظلوا طوال الليل يتباحثون الأمر."

ابتـــسم نعيم، وقد كان متيقنا من أن ما توصل إليه سيلفت انتباه القـــادة. كانـــت هـــذه فرصته؛ لكي يطلب من ثابت أن يوصل إليهم رغبته في أن يطلع على أكثر مما أطلعوه عليه.

- "لدي شرط بسيط؛ لكي أكمل المهمة..."

- "مهمـــتك قد اكتملت، والأخوة يبعثون إليك بشكرهم على ما بذلته من جهد." قاطع ثابت نعيم الذي لوهلة لم يستوعب ما قد سمعه للتو من جليسه.

- "عفوا... لم أفهم قصدك... وماذا عن بوسطن؟"

- "يـــبدو أن الأمر لم يعد يشكل تلك الأهمية... هذا ما قاله لي الأخ جابر... عفوا، ولكني مضطر للانصراف الآن، فلدي موعد مهم لا أســـتطيع التأخر عنه." وقف ثابت، ثم استطرد حديثه..." تشرفت بمعرفتك أخ نعيم، وأتمنى أن نلتقي مجددا في المستقبل."

انصرف بعدما صافح نعيم الذي ظل صامتا، وقد ملأته الدهشة لما سمعه للتو!

17

لـــم تكـــن لينا تتخيل مدى تعلق جمال بزوجته السابقة دلال، حتـــى إستمعت إليه، وهو يقص عليها ما شاهده في الليلة البارحة. حيـــنها أدركت أن دلال لا تزال تمتلك مفاتيح قلبه، وأنها أكثر من مجـــرد ذكـــرى عابـــرة، تكفـــل بهـــا الزمان ليضعها في مخزن الذكـــريات، فدلال كانت حاضرة بقوة، ومن الصعب على أحد أن ينافـــسها في حب جمال لها، حتى بعد كل هذه الغيبة، وكأنه كان ينتظر عودتها!

- "مـــا الذي تقوله يا جمال... أحقا مقتنع أنت بأن التي رأيتها فـــي الليلة الماضية هي دلال؟!... كيف؟ هل تعتقد مثلا أنها قد فقدت الذاكرة، كما في الأفلام، وبطريقة ما جاءت إلى بوسطن!" قالت لينا، وهـــي تـــسير مـــع جمـــال، متجهة إلى مواقف السيارات الخاصة بالمستشفى، بعد انتهاء دوام العمل.

- "لا داعـــي للـــتهكم. أنا أعي جيدا ما رأيت، وأقول لك هي دلال... لا أعلم كيف، ولكنها هي."

- "أو ربمـــا تكـــون امرأة شديدة الشبه بها... جمال، يجب أن تـــتجاوز هـــذا الماضي المتمثل في دلال!... أنا لا أقبل أن أكون..." صـــمتت ليـــنا، دون أن تنهي جملتها، وقد شعرت بأن كبرياءها قد خدش.

- "ليـــنا، أنت أقرب شخص لي هنا في بوسطن. لولا ذلك لما كنت أسررت إليك بما شاهدته... قد تكونين محقة في أن المراة التي شاهدتها ليست هي دلال... ولكن... لا بد لي أن أتأكد."

- "حسنا... ماذا تريد أن تفعل؟"

- "سأذهب الآن إلى ذلك المكان الذي شاهدتها تخرج منه أمس، وأسأل عنها هناك."

هـزت ليـنا رأسها غير مقتنعة بما قد سمعته، ولكنها رضخت لإصرار جمال، غير راغبة في التخلي عنه الآن.

- "هيا بنا إذاً... تريدنا أن نذهب بسيارتي، أم سيارتك؟"

- "حقـا!... لا مانـع لـديك فـي أن تأتي معي؟" سأل جمال مندهشا، وسعيدا في آن واحد.

- "نعـم، فقـط لكـي أثبت لك أن المرأة التي شاهدتها ليست بـدلال!" قالـت لينا، وفي قرارة نفسها كان خوف من أن تكون تلك المرأة التي شاهدها جمال هي بالفعل دلال!

* * *

لـم يمض وقت طويل، حتى دخلت سيارة جمال الرياضية حي بيكنهـيل، ثـم أخـذت تتجه إلى الشارع الذي يقع عليه منزل فؤاد شـوكت، والذي شاهد فيه تلك المرأة التي تشبه إلى حد كبير زوجته المفقودة دلال. صف سيارته بجانب مبنى قديم أثري، لا يزال يحافظ على رونقه، وكأنه بني منذ مدة وجيزة، يعلو مدخله شعار على شكل عجلة مستديرة مدببة أطرافها.

- "من هذا المبنى رأيتها تخرج." قال جمال، مخاطبا لينا.

- "هـذا نادي الروتاري." ردت لينا، وقد لمحت الشعار البارز للمبنى.

- "روتاري؟" سأل جمال مستفهما.

- "هـو نادي اجتماعي يضم كبار رجال الأعمال والساسة، له فروع عديدة في كل أنحاء العالم تقريبا."

خـرج جمـال مـن السيارة، واتجه نحو الباب الخشبي الكبير للمبنى.

- "مهلا!... إلى أين أنت ذاهب؟"

- "إلـــى داخل النادي." رد جمال الذي توقف عن سيره بسبب سؤال لينا الذي وجده غريبا بعض الشيء.

- "نادي الروتاري لا يستطيع دخوله سوى الأعضاء فقط، فهو غير مفتوح لعامة الناس."

- "ماذا لو دخلناه بحجة الرغبة في الاشتراك؟"

- "لن تستطيع، فالاشتراك فيه عن طريق الدعوة الخاصة."

- "ولكني رأيت دلال تخرج من هنا... ألا توجد طريقة لمعرفة أسماء جميع الأعضاء؟" سأل جمال، وقد ملأته الحماسة، غير مكترث إن كان النادي للخاصة أو العامة.

- "لا يمكن معرفة هذا إلا عن طريق أحد أعضاء ال... مهلا! تذكرت أمرا... جورج روكفلر، والد فرانك، هو رئيس فرع بوسطن لنادي الروتاري... قد يساعدنا إذا طلبنا منه!"

- "ولكن كيف سنحصل عليه الآن؟! لينا، لا أعتقد أني سأطيق الانتظار يوما آخر!" قال جمال مبديا التذمر.

- "ومن قال بأننا بحاجة إلى الانتظار طويلا؟" ردت لينا، وهي تشير برأسها لجمال؛ لكي ينظر خلفه.

كـــان رجل يسير، وبجواره كلب من فصيلة الدوبرمان. تعرف جمال عليه، حيث سبق أن رآه الليلة الماضية في منزل فؤاد شوكت؛ لكـــن مـــا هاله كان منظر ذلك الكلب الذي لم يكن مقصوص الذيل والأذنين، كما جرت العادة مع كلاب فصيلة الدوبرمان...

- "يبدو أن جميع أفراد أسرة روكفلر تعشق الكلاب، وتدافع عن حقوقها!" ردد جمال بصوت منخفض.

أقبل جورج نحو لينا مبتسما، ومعه كلبه الذي أخذ يتأمل الشاب القمحـــي النحـــيل، الواقف بجوار الفتاة الشقراء، وكأنه كان يسترجع ذكرى لقاء سابق!

18

عَمّ الطريق بشارع الشيخ زايد، المؤدي إلى مطار دبي الدولي، الهدوء في ذلك الوقت من بعد منتصف الليل في وسط الأسبوع. كانت السيارة التي تقل نعيم تسير في الطريق الواسع بهدوء، مثلما طلب هو؛ حتى يصفي ذهنه على منظر المدينة الساكن، الذي بدا له من نافذة المقعد الخلفي... "هكذا انتهت الرحلة! يا لها من نتيجة غير مرضية!" أخذ نعيم يفكر، وهو يسترجع ما حدث له البارحة، حين أبلغ بأن العروة الوثقى قد اكتفت بما توصل إليه، هكذا، ودون إبداء أو توضيح، تنهي الجماعة اتصالها معه... "هذه ليست المرة الأولى، فلمَ العجب؟"

استرجع نعيم ذكريات ظن أنه قد نسيها، ولكن الأحداث الأخيرة أرجعتها إلى مقدمة رأسه...

تذكر الرسالة الشفوية التي جاءته من جاسم الفراج قبل نحو عام:

– "أنت لا تلتزم بما يقال لك، وتصر على رأيك، وإن خالف رأي القادة... نعيم، هذا لا يصلح، عليك أن تنسى أمر فؤاد شوكت."

– "كيف أنسى أمر الرجل الذي خدعني، وناصبني العداء هو وجماعته... أليس هو، ومن معه المتسببين فيما حدث للدكتور عبد القادر... أليس هو الذي تسبب في خسارة أعمالي التجارية، وهدد كل من يتعاون معي في جميع الدول العربية بالمقاطعة، مما اضطرني للهجرة بعيدا، فالرجل حاصرني ونفاني اقتصاديا... إن كانت الجماعة لا ترغب في الانتقام لأفرادها، فأنا أرغب!"

– "هناك أمور أنت تجهلها."

- "مثل ماذا؟"

- "لا أستطيع إخبارك، ولكن عليك الانصياع."

- "أنصاع لأمر لا أفهمه!... كيف؟!"

- "أنت عنيد، وهذا سيضر بك!... أنا لا يهمني إن كان جدك هو خليل الوزان، فلا تعتقد أن هذا سيمنحك معاملة خاصة!"

- "ومن قال إني أريد معاملة خاصة!... كل ما أريده هو أن أفهم لماذا تطلبون مني الكف عن فؤاد شوكت؟!"

لم يتلق نعيم إجابة عن استفساره، ولكنه تلقى قرارا بفصله، تلاه قطيعة تامة من قبل الجماعة إلى أن فوجئ منذ أسابيع باتصال من جاسم الفراج يطلب لقاءه في مكتبه بكوالالمبور لأمر مهم!... وها هو ذا الأمر المهم يُنهى بشكل مفاجئ، دون إبداء أي سبب!

تنبه نعيم فجأة، وهو في خضم ذكرياته، إلى مطار دبي الدولي الذي قد تجاوزته السيارة... استغرب من هذا الأمر؛ ظن أنه ربما السائق قد فاته المخرج... ولكن السيارة استمرت في طريقها، وكأنها كانت متوجهة إلى مكان آخر غير المطار!

- "عفوا، يهيأ لي أنه قد فاتك مخرج المطار." نبه نعيم السائق، متوقعا أن يتلقى منه اعتذارا عن ذلك السهو الذي طرأ، لكن السائق لم ينطق بكلمة.

- "عفوا... يا أخ... ما الذي يحدث؟ لماذا لا ترد علي؟! إلى أين أنت تأخذني؟!"

أتت نعيم الإجابة على سؤاله الأخير من خلال لوحة على جانب الطريق ترحب بالقادمين إلى إمارة الشارقة!

19

- "لينا... ماذا تفعلين هنا؟" سأل جورج روكفلر في أثناء ما كان يقترب من لينا وجمال، وقد رسم على وجهه ابتسامة صفراء، حاول أن يخفي بها دهشته من هذا اللقاء الذي لم يتوقعه.

- "سيد روكفلر، ما هذه المصادفة الجميلة... كنت للتو في سيرتك مع جمال." قالت لينا بعدما صافحت جورج الذي لم يبد ذات الحماس للقائهما، ثم استطردت..." في الليلة الماضية شاهد جمال امرأة، شبّه عليها، تخرج من نادي الروتاري، فأراد التأكد إن كانت بالفعل هي أم لا."

- "ومن يا ترى تلك المرأة؟" سأل جورج موجها حديثه لجمال الذي تلعثم، ولم يدرك بماذا يجيب الرجل... فكيف يخبره عن اعتاقده بأنه قد شاهد امرأة يظنها زوجته المفقودة منذ ثلاثة أعوام، دون أن يظهر، وكأنه رجل معتوه!

- "هي صديقة قديمة من السعودية فقد أخبارها منذ عدة سنوات، اسمها دلال." قالت لينا، وقد شعرت بالحرج الذي وقع فيه جمال، فأرادت إنقاذ الموقف.

- "لا يوجد في فرع بوسطن لنادي الروتاري امرأة أصلها من السعودية... حتى الاسم دلال لا يبدو مألوفا... نعم أنا واثق أنه لا يوجد ضمن قائمة الأعضاء الاسم دلال." رد جورج على لينا، ثم نظر إلى جمال..." هل أنت متأكد أنها خرجت من هذا المبنى؟"

- "نعم، رأيتها تخرج من هذا المبنى المميز، ثم ركبت سيارة بورش صفراء كانت تقودها." أجاب جمال مؤكدا.

- "كمـــا قلـــت لك، لا توجد ضمن قائمة الأعضاء امرأة اسمها دلال، فأغلـــب الظـــن أنك رأيت امرأة أخرى تشبه زوجتك... أنت تعلم، النساء قد يتشابهن في المساء." قال جورج ممازحا.

- "ماذا قلت؟!" سأل جمال، وقد ملأته الدهشة مما سمعه للتو.

- "عفوا... ماذا تقصد؟" تلعثم جورج، وقد تنبه إلى زلة لسانه.

- "كيف عرفت أن دلال هي زوجتي؟... فلا أنا، ولا لينا ذكرنا لك ذلك!"

- "صـــحيح... أنـــا قلـــت بأنهـــا صديقة جمال، ولم أذكر أنها زوجته!" أضافت لينا، وقد اعتلتها الدهشة هي الأخرى.

- "زوجـــة... صـــديقة... ما الفارق! رجاء، لا وقت لدي لهذا الهراء!"

أنهـــى جـــورج روكفلر جملته، ثم دخل مبنى نادي الروتاري، ومعه كلبه، تاركا لينا، وجمال اللذين كانا في قمة دهشتهما.

- "هل سمعت ما قاله؟ كيف عرف أن دلال هي زوجتي؟"

- "لا أدري... ولكن أكيد هناك تفسير منطقي... ربما... ربما تكـــون مجرد زلة لسان غير مقصودة." قالت لينا بتحفظ، وهي غير مقتنعة بهذا التفسير البسيط الذي لم تمتلك غيره.

- "هـــناك أمر ما يخفيه جورج روكفلر." قال جمال، متأملا، ثم استطرد..." أنا واثق الآن بأن تلك المرأة التي رأيتها هي دلال!"

20

توقفت السيارة أمام منزل في حي هادئ، تملؤه منازل أنيقة متراصفة، أغلب سكانها من الطبقة ما فوق المتوسطة. على عكس باقي المنازل، كان المنزل الذي توقفت أمامه السيارة مُنارة أضواؤه الداخلية، مُنِمَّةً بأن ساكنه كان لا يزال مستيقظا في ذلك الوقت من بعد منتصف الليل، وكأنه كان في انتظار مجيء ضيف ما.

- "تفضل أستاذ نعيم... لقد وصلنا." قال السائق، بعدما ظل طوال الرحلة صامتاً لا ينبس بكلمة.

- "أتفضل إلى أين؟!... ما هذا الهراء؟ هل تعلم أن ما قمت به يعد إختطافا؟!... من أنت؟ وماذا تريد؟ ولصالح من تعمل؟..."

- "أرجوك أستاذ نعيم، لا تضيع وقتك ووقتي، فأنا وظيفتي تتحصر في الإتيان بك إلى هنا. الإجابة على جميع أسئلتك ستجدها في الداخل." قاطع السائق نعيم الذي كان في قمة انفعاله لما حدث...

ساد الصمت ثواني معدودة، ثم فتح نعيم باب السيارة، واتجه نحو البوابة الخارجية للمنزل الذي كان يقف بجواره حارس قوي البنيان، لا يقل حجمه عن حجم سائق السيارة الذي أتى بالضيف المنتظر الذي سرعان ما أشير له بالدخول، بعدما فتحت البوابة.

أخذ نعيم يخطو بحذر نحو الباب الداخلي للمنزل، وقد امتلأ عقله بمزيج غريب من القلق، والفضول في آن واحد، وأدرك بأنه لو كانت هناك رغبة لإيذائه في آناء هذا الليل، لما كان بوسعه أن يفعل شيئا الآن، خاصة بعدما أغلقت البوابة فور دخوله! استمر في خطواته حتى فُتِح الباب، وخرج منه رجل في نهاية العقد الرابع من عمره، متوسط الحجم، يصعب ربط ملامحه ببلد، أو عرق محدد.

- "أهــلا وسهلا أخ نعيم، شرفت منزلي المتواضع... تفضل، تفــضل." قـــال الـــرجل مرحبا، وقد بدا عليه السرور لقدوم الضيف المنتظر.

- "عفوا... ولكن من أنت؟ ولِمَ أتيت بي بهذا الشكل؟ لقد فَوّت علي رحلتي!" قال نعيم رافضا الدخول قبل تلقي بعض الإجابات على تساؤلاته.

- "أخ نعــيم، أنا لم أفوّت عليك رحلتك، بل فقط قمت بتصحيح مــسارها، فالوقت لم يحن بعد لكي تعود إلى ماليزيا... مشوار بحثك لم ينته بعد!"

- "من أين تعرفني؟ وعن أي مشوار تتحدث؟!" سأل نعيم، وقد أخذ الفضول عنده يطغى على شعوره بالقلق.

- "مــشوار الخطاب الذي عثر عليه رجب غول، والذي بحث أمره الدكتور عبد القادر بنوزّاني، فهل لديك غيره؟"

ذهــل نعيم لما سمعه من الرجل الذي كان يعلم أكثر مما توقع منه.

- "من أنت؟"

- "تفــضل أولا إلـــى الـــداخل، وســوف أجيــبك على أغلب تساؤلاتك."

* * *

- "اســـمي جعفــر الأشعري؛ لا أعتقد أنك سمعت بي من قبل، ولكني سمعت عنك الكثير." قال الرجل عند دخوله مع نعيم إلى صالة الضيوف.

- "وممن سمعت عني؟"

- "من عدة أشخاص، أحدهم الدكتور عبد القادر بنوزّاني رحمة الله عليه."

- "الدكتور عبد القادر!" ردد نعيم، وقد أدهشه سماع الاسم مرتين في أقل من خمس دقائق.

- "لا تتعجب... لقد كانت تربطني علاقة قوية به استمرت، حتى بعدما تم فصلي من الجماعة."

- "الجماعة!!"

- "عفوا... نسيت إخبارك بأني كنت في يوم من الأيام عضوا في العروة الوثقى، وقد تم فصلي مثلك بسبب **كثرة تساؤلاتي، وعدم انصياعي للأوامر** على حد ما زعم بعضهم."

اندهش نعيم لما سمعه للتو، خاصة أنه كان يدرك أنه من النادر أن يتم فصل أحد أعضاء العروة الوثقى، كما تم معه. لوهلة أخذ يظن أنه قد تكون هذه مجرد مكيدة من جهة أمنية ما؛ لكي تحصل منه على ما يعلمه عن جماعة العروة الوثقى!

- "مهلا، مهلا... عن ماذا تتحدث؟ أي عروة وثقى هذه التي..."

- "أخ نعيم، أنا لا أحاول خداعك أو الإحاطة بما تعرفه عن العروة الوثقى." قال جعفر، مقاطعا، وكأنه قرأ أفكار نعيم، وأدرك الذي كان يدور في خاطره، ثم استطرد..." صدقني السبب الذي جعلني آتي بك إلي بهذا الشكل هو رغبتي في مساعدتك، ومساعدة نفسي من أجل الوصول إلى الحقيقة... حقيقة مقتل صديقي الدكتور عبد القادر، والسر وراء الخطاب. على العموم، وفقط لكي أزيدك اطمئنانا، سأخبرك بأمر لا يمكن لأحد أن يعرفه مالم لم يكن على صلة وثيقة بالعروة الوثقى... لقد كنتُ أحد النقباء، وكان مُرشدي هو ذاته مُرشدك جاسم الفراج، قبل فصلي منذ ثلاث سنوات."

اندهش نعيم مما سمعه من الرجل، فما قاله كان لا يعلمه إلا قلة قليلة من كبار أعضاء الجماعة. فالهيكلة التي اتخذتها العروة الوثقى كانت تعتمد على مجموعة من النقباء حول العالم، يكون كل منهم

مسؤولا عن مجموعة من المساعدين، تحت كل مساعد عدد من عمداء الأسر، والأسرة تتكون من أبسط أعضاء الجماعة. هذه الهيكلة هي التي مكنت العروة الوثقى من المحافظة على سريتها عبر السنين، فقد كانت كل أسرة مستقلة عن الأخرى، وكل مساعد لا يعرف إلا نقيبه، وعمداء الأسر الذين يديرهم، كذلك الأمر بالنسبة للنقيب، فصلته فقط بمساعديه وبأحد القادة الذي كان يرشده. بل إنه من النادر أن يعرف النقيب اسم أحد القادة غير الذي كان يرشده، وكان نعيم أحد هذه الحالات النادرة، بل وبدا له أن هذا الاستثناء النادر، قد ينطبق أيضا على جعفر الأشعري!

- "أخ نعيم، دعني اعود بك قليلا إلى الماضي؛ لكي أتمكن من إيضاح بعض الأمور لك. في عام ألف وتسع مئة وتسعة بعد سقوط السلطان عبد الحميد الثاني، وتمكن حركة الاتحاد والترقي من زمام الدولة العثمانية، شعرت العروة الوثقى بالخطر، خاصة بعدما تبين لها الصلة الوثيقة بين الاتحاد والترقي، وبين يهود الدونمة والسبأيين، أو حكومة الظل، كما هو الاعتقاد."

- "ماذا تقصد بكما هو الاعتقاد؟" قاطع نعيم مستفهما.

- "هذه النقطة بالتحديد هي لب الموضوع، ولكن لا أريد الخوض في تفاصيلها بعد؛ دعني أكمل لك أولا ما بدأته... أين كنا؟... نعم، بعدما تبينت صلة الاتحاد والترقي مع يهود الدونمة، شعرت الجماعة بالتهديد، فقررت الانتشار في الأرض على أن يلتقي القادة مرة، على الأقل، كل عام في المدينة المنورة؛ لكي يناقشوا أهم القضايا دون أن يشعر بهم أحد. هذا الجزء من التاريخ أنت تعرفه جيدا، ولكن ما لا تعرفه هو أنه في نفس تلك السنة اقترح جدك خليل الوزان أن تتكون جماعة مصغرة، فرقة لا يتعدى عدد أفرادها الخمسة أو الستة، يكون هدفها هو الوصول إلى حقيقة حكومة الظل بمعزل عن العروة الوثقى، وذلك لما كان يشوب الأمر من مخاطر قد

تهدد بكشف أمر الجماعة الكبرى ما إذا تم إسقاط الجماعة المصغرة؛ ومن جهة أخرى، فعزل تلك الفرقة، أو الجماعة المصغرة عن العروة الوثقى يمكنها من الاستعانة بأي أحد، ولو كان من خارج العروة الوثقى... مع الأسف تلك الفكرة لم ترق لعدد من القادة، ولكن الشيخ أبوبكر الحسيني، أمين عام قادة الجماعة في ذلك الوقت، استطاع بحنكته أن يقنع الأغلبية بجدوى تلك الخطوة، وتحمل هو مسؤوليتها. تكونت تلك الجماعة المصغرة، والتي عرفت فيما بعد باسم جماعة الحسيني، واستمر أمرها إلى أن حُلّت قبل ثلاث سنوات عندما تم القضاء على غالبية أعضائها، بمن فيهم القائد المسؤول في ذلك الوقت، الدكتور عبد القادر بنوّزاني."

- "نعم، لقد قرأت في مذكرات جدي ذكره لجماعة الحسيني دون الدخول في التفاصيل، ولكني لم أكن أعلم أن تلك الجماعة قد إستمرت إلى قبل ثلاث سنوات..."

في تلك اللحظة طرأ على ذهن نعيم أمر جعله يستعيد أحداثا جرت في المدة ذاتها التي قال جعفر إن أغلب أعضاء جماعة الحسيني قد تمت تصفيتهم فيها.

- "هل لمقتل موشي جولد علاقة بجماعة الحسيني؟" لم ينتظر نعيم الإجابة، فقد بدأ يدرك الأمر بمفرده..." يا إلهي!... إذاً موشي جولد كان أحد الأعضاء هو و..."

- "الدكتور أحمد عبد الوارث، ورجب غول، وصفاء الدين إسماعيل." أكمل جعفر، وقد أدرك أن نعيم فطن للأمر.

- "ولكنك قلت بأن **أغلبهم**، وليس **كلهم** قد تمت تصفيتهم، معنى ذلك أنه مازال أحد أفراد تلك الجماعة على قيد الحياة."

- "نعم، بقي شخص واحد على حد علمي، هو أنا." رد جعفر على استفسار نعيم الذي بدا مندهشا مما كان يتجلى له في تلك الليلة!

- "بعدما تم فصلي من العروة الوثقى، تلقيت اتصالا من الدكتور عبد القادر، حيث لم يكن مقتنعا بذلك القرار المتعنت الذي اتخذه أغلب القادة، بناء على توصية من جاسم الفراج، وقد طلب مني أن أنضم معه إلى جماعة الحسيني التي كان يترأسها... كان ذلك قبيل وفاته بأشهر قليلة، وقبل الاجتماع السنوي للقادة، حيث كان يعتزم إخبارهم بقرار انضمامي معه."

فجأة شعر نعيم بالرهبة، وقد بدأ يدرك بفطنته إلى أين كان يسير الحديث.

- "نعيم... أريدك أن تفكر في الأمر الآتي: جميع أعضاء جماعة الحسيني تمتَ تصفيتهم ماعدا أنا... وقادة العروة الوثقى كانوا على دراية بجميع أعضاء جماعة الحسيني ماعدا أنا؛ لأن الدكتور عبد القادر توفي قبل الاجتماع، وبناء عليه لم تتسنَّ له فرصة إخبارهم بشأني... هذا يعني أمرا واحدا، وهو أن افتضاح أمر أعضاء جماعة الحسيني تم من الداخل! أحد قادة العروة الوثقى خائن، وعلى اتصال بحكومة الظل!"

- "ما تقوله هذا هراء!... لماذا لا تكون أنت الخائن الذي وشى بالدكتور عبد القادر ورفقائه؟! لقد سمعت منك ما يكفي!"

قام نعيم من مجلسه، واتجه نحو باب القاعة، وقد عزم أمره على الخروج، حتى ولو اضطر أن يصارع كل من يحاول منعه!

- "لماذا الهروب؟! هل صدمتك الحقيقة؟! هل ستتجاهلها؛ لكي تريح رأسك كما يفعل أغلب الناس؟!" أخذ جعفر يصرخ نحو ضيفه الذي فتح الباب، وهمَّ بالخروج... "هل سألت نفسك لماذا طُلب منك أن تتوقف عن بحثك؟! ما الذي يوجد في بوسطن، ولا يريدونك أن تكتشفه هناك؟!"

توقف نعيم فجأة عن سيره، وقد هاله ما سمع من صاحب المنزل الذي لم يكن فقط على دراية بأمر تعاونه السري مع العروة

الوثقـــى، ولكنه أيضا كان ملما بتفاصيل ما قد جرى لاحقا من نقض لذلك التعاون!

استدار نعيم في مكانه، ناظرا إلى جعفر، ثم سأل:

– "من أين أتيت بكل هذه المعلومات؟"

– "ما يهمك أن تعلمه الآن هو أنني في صفك، وأننا نبحث عن نفس الأمر... عن الحقيقة التي لا يرغب البعض في أن نصل إليها!" قال جعفر، وهو يمرر لنعيم ورقة مطوية.

– "ما هذا؟"

– "هذا هو أول الطريق الصحيح... النسخة الكاملة لخطاب نجم الدين غول!"

– "نجـم الدين غول؟" تساءل نعيم بحيرة، حيث لم يسمع بذلك الاسم من قبل... "تقصد رجب غول."

– "عفوا، نسيت أنك لم تُخبَر بكامل القصة من أولها!" رد جعفر الأشعري، مبتسما.

21

الصديق العزيز خليل الوزان،

لا أدري إن كـــان سيصلك هذا الخطاب أم لا ولكني أكتبه على أمل أن يجد طريقه إليك فما رأيته اليوم في مغارة غريبة هنا بوادي نـهر الكلب قد كلفني حياتي

ذلك المشهد الغريب

الطقــوس والرجال بأروابهم السوداء وتلك الإشارة المرسومة على صدورهم. إنـها إشارة إلـههم الذي كانوا يقدمون إليه القربان.

أحـــاول تـــرتيب أفكاري لكي أترجم لك كلام كبيرهم الذي كان يتحدث بلغة لم يعد يتحدث بها إلا القليل من الناس، الآرامية:

قـــد جاد الزمان علينا بما كنا نحلم به منذ مئات السنين. وها هـــو الحلم يصبح حقيقة، ورايتنا تعلو من جديد دون علم الأعداء، فهـــا هي ذي مرحلة قد انتهت لتبدأ بعدها مرحلة جديدة، تنتهي بعد قرن من الزمان، ليكون الوقت في حينها قد أزف، وعندئذ في مدينة حَدَاد كما، أخبرنا السلف سيكون الحدث الأعظم مؤذنا بعودة الغائب الذي طال انتظاره.

⊙

* * *

ســـاد الــصمت المكـــان بعد فراغ نعيم من قراءة الخطاب بنصه الكامـــل، والـــذي كان لدهشته موجها لجده خليل الوزان. أخذ يفكر فيما جـــاء في الخطاب، وأخذت الأسئلة تتهاطل على ذهنه... ولكن السؤال

الذي ألح عليه أكثر من غيره هو لماذا أخفت عليه جماعة العروة الوثقى النص الكامل من الرسالة، وخاصة أنها كانت موجهة إلى جده؟! هل ما ذكره جعفر عن وجود خائن في الجماعة صحيح؟! أيعقل أن يكون جاسم الفراج هو ذلك الخائن، ولذلك أعطاه جزءاً مبتوراً من الرسالة، حتى لا يكتشف مكنونها، فلا يصل إلى الحقيقة! هل معنى ذلك أن جاسم هو المسؤول عن مقتل الدكتور عبد القادر بنوزّاني، وباقي رفاقه؟!

- "هل سبق لك، وشاهدت الألعاب السحرية، كتلك التي يقوم بها ديفيد كوبرفيلد، وغيره؟"

اندهش نعيم من هذا السؤال المباغت الذي لم يفهم مغزاه.

- "نعم، ولكن ما علاقة هذا بما نبحثه الآن؟"

ابتسم جعفر من إجابة نعيم، ثم قال:

- "كان هذا نفسه هو جوابي عندما سألني الدكتور عبد القادر السؤال ذاته قبل وفاته بأسابيع... عندما يريد أن يقوم الساحر بخدعته البصرية، فأول وأهم ما يفعله هو جعل الجماهير تنظر إلى جهة ما، بينما يقوم هو بصنع خدعته في الجهة الأخرى، فلا ينتبه إليه أحد، إلا بعدما تكون الخدعة قد تمت، فتتعجب الجماهير، وهم لا يدركون أنهم وقعوا للتو فريسة لغفلتهم... ما أريد قوله لك أخي نعيم: إن حقيقة الأمور قد لا تكون بالضرورة هي ظاهرها."

صمت نعيم قليلا، لكي يتأمل ما قاله جعفر في ضوء ما بدا ينكشف له من متغيرات جديدة، ثم لم يستطع مقاومة السؤال الذي أخذ يلح عليه أكثر من غيره:

- "من تعتقد هو الخائن الذي وشى بجماعة الحسيني؟"

- "الجواب على هذا السؤال، وعلى أسئلة أخرى لا تقل أهمية يكمن في أمرين... الأمر الأول هو فك طلاسم هذه الرسالة التي بين يديك... أما الأمر الثاني، فهو معرفة ما الذي حدث لذلك الطرد الذي أرسله موشي جولد قبيل مقتله."

نظـــر نعيم إلى الرسالة مرة أخرى، ولكن هذه المرة كان يقف عـــند كل كلمة محللا لها، محاولا أن يصل من خلالها إلى شيء ما، ربما أغفله غيره ممن اطلع على الرسالة... الحدث الذي شاهده نجم الدين غول كان في مغارة بوادي نهر الكلب بالقرب من بيروت كما ذكـــر صاحب الرسالة... هل هي مغارة جعيتا الواقعة في وادي نهر الكلب؟ أغلب الظن أنها هي... ولكن متى؟

- "هل تعلم العام الذي كتبت فيه هذه الرسالة؟"

- "في عام ألف وتسع مئة وتسعة."

- "ألــف وتسع مئة وتسعة!" ردد نعيم، وقد استوقفه التاريخ..." هل تذكر الشهر بالتحديد، هل كان قبل، أو بعد إبريل؟"

ابتـــسم جعفر، وقد أخذ يشعر بمدى ذكاء نعيم، تماما مثلما قيل له.

- "هـــل تقـــصد قبل، أو بعد عزل السلطان عبد الحميد الثاني، وســـيطرة حـــزب الاتحـــاد والترقـــي على زمام الأمور في الدولة العثمانـــية؟ أنت تسير في الاتجاه الصحيح، فأغلب الظن أن المرحلة التي كانت تحتفل بانتهائها تلك الجماعة هي سقوط الخلافة الإسلامية بـــسقوط السلطان عبد الحميد الثاني الذي حاول بعث الروح فيها من جديد... ولكن السؤال الذي لم يتوصل إلي إجابته أحد هو عن ماهية ذلـــك الحدث الأعظم الذي سينهي هذه المرحلة، وقد مضى قرن من الزمان؟"

- "مديـــنة حَدَاد... هل استطاع أحد من جماعة الحسيني معرفة المقـــصود بتلك المدينة؟" سأل نعيم وهو يعاود تأمل الرسالة التي بين يديه.

- "علـــى حد علمي لا... على الأقل لم يكن قد توصل إلى ذلك الأمـــر الدكتور عبد القادر في آخر لقاء لنا. لا أدري إن كان قد طرأ أمـــر جديـــد بعد ذلك، فهو لم يخبرني... رحمة الله عليه كان كثير

الانشغال قبيل وفاته، وكان الاتصال بيننا في الأيام الأخيرة قليلا جدا."

- "وماذا عن باقي أفراد جماعة الحسيني هل أخبرك أحد منهم عن أي أمر توصل إليه."

- "كما سبق، وأخبرتك، لم يكن أحد على علم بخبر انضمامي إلى مجموعتهم، فالدكتور عبد القادر كان يريد أن يمهد الأمر، أولا لمجلس قادة العروة الوثقى..."

- "هذه العلامة التي على شكل دائرة تتوسطها نقطة سوداء... ألم تلفت انتباهك؟" قاطع نعيم، وقد تذكر فجأة تلك الوشمة التي رآها فوق معصم الرجل الذي صادفه في المصعد، منذ ليلتين.

- "هذه العلامة غريبة حقا؛ كأنها علامة وسط المدينة التي نلاحظها في بعض إشارات المرور في الكثير من المدن... لا أدري إن كان نجم الدين غول يقصد الإشارة إلى وسط مدينة بيروت... الرسالة كلها مليئة بالأمور المحيرة."

- "جعفر... إن أردت ان تفهم أمرا ما، فعليك ان تضعه في سياقه الصحيح... استخدام علامة الدائرة التي يتوسطها نقطة سوداء كإشارة إلى وسط المدينة هو أمر مستحدث في نظم المرور، ولم يكن موجودا قبل قرن من الزمان. معنى ذلك أن كاتب الرسالة كان يقصد أمرا آخر بوضعه لهذه العلامة، لكن من الواضح أنه لم يكن لديه وقت، لكي يفسر مقصده."

- "وماذا تعتقد كان يقصد برسمه لتلك العلامة في الخطاب؟"

- "اقرأ الرسالة جيدا، وركز على الجزء الذي يقول فيه: **تلك الإشارة المرسومة على صدورهم. إنها إشارة إلههم الذي كان يقدم إليه القربان**... يبدو أن نجم الدين غول تذكر في آخر الرسالة أنه لم يصف تلك الإشارة، فرسمها."

- "تحليل منطقي، ولكن أليس من الغريب أن تكون هذه الإشارة هي لمجموعة في غاية السرية، وفي الوقت نفسه تستخدم في علامات المرور في كثير من مدن العالم؟"

هز نعيم رأسه بالموافقة، ثم أخذ يرتب أفكاره قبل أن يرد على استفهام جعفر.

- "علـى امـتداد التاريخ كانت هناك ظاهرة تكاد تكون ثابتة، وهي رغبة الفئات المختلفة من جماعات، وشعوب، أو حتى طوائف، في ترك آثارهم على جوانب حياة الناس، كإشارة غير مباشرة لمدى نفـوذهم وسطوتهم، فخذ مثلا علامة الهرم الذي تتوسطه عين ثاقبة، المرسـومة علـى فـئة الـدولار الأمريكي؛ هذه من أشهر علامات الماسونية المتنورة."

- "الماسونية **المتنورة؟**" سأل جعفر، مستفهما من نعيم عن ذلك المصطلح المركب الذي لم يسمع به من قبل.

- "فـي الـسنوات الثلاث الماضية، بعد الأحداث الغريبة التي مرت، إبان وفاة الدكتور عبد القادر، أخذت أبحث في أمور الجمعيات الـسرية وكيفية عملها، وأحد الأمور التي استوقفتني هو الدمج الذي كـان يحدث كل مدة وأخرى بين جمعيات مختلفة، والتغلغل الذي تحدثه مجمـوعة في داخل مجموعة أخرى، فتغير بذلك مسارها إلى الأبد. الأمـر الذي لاحظته هو أن بعض الطوائف، عندما تشعر بدنو أجلها نتـيجة لضعف قد أصابها بسبب محاربتها من قبل الدولة على سبيل المـثال، يقوم أفرادها بالتغلغل في طائفة أخرى أكثر نفوذا وسطوة، وبالـتدريج تحدث عملية تغيير قد لا يلاحظها العامة من الأفراد، وقد حـدث هذا كثيرا عبر التاريخ، فمثلا طائفة الحشاشين الذين اشتهروا فـي زمن الحروب الصليبية بعمليات الاغتيال التي طالت الكثير من أمـراء الأقالـيم الإسـلامية، بل وكادت تطول صلاح الدين الأيوبي نفـسه، هـذه الطائفـة التي كانت تسكن في جبال الشام، عندما كاد

الجيش الأيوبي أن يقضي عليها، قامت بالتغلغل في بعض الطوائف الشيعية كالإسماعيلية، بل خلقت مسارا إسماعيليا جديدا مغايرا للذي أتت به الدولة الفاطمية، فعرفت باسم الإسماعيلية النزارية؛ بل إن الإسماعيلية نفسها هي نتاج لتغلغل بعض العقائد التي كانت موجودة في بلاد فارس والهند، في شيعة على بن أبي طالب الذين تمركزوا في العراق، وشرقها من البلاد."

- "هل تريد القول بأن الحركة الماسونية اليوم هي نتاج لاختراق طائفة أخرى لها."

- "بكل تأكيد، وقد كتب في هذا الأمر عدد من الباحثين، فالحركة الماسونية، لِما وصلت إليه من سطوة ونفوذ، كانت عنصر جذب لكثير من الجماعات التي لم تصل إلى تلك المكانة نفسها حول العالم، لذلك انصهر فيها السبئيون ويهود الدونمة، والأهم من ذلك جماعة الإلوميناتي، أو جماعة المتنورين الذين اتخذوا من العين المبصرة رمزا لهم."

- "مهلا، مهلا... ما علاقة كل هذا برسالة نجم الدين غول؟" سأل جعفر، وقد شعر بنفسه يغرق في طوفان من المعلومات التي أخذ نعيم يلقي بها عليه، فازداد حيرة من بعد ما ظن أنه قد اقترب خطوة من فك طلاسم الخطاب.

- "الطائفة الأم!... حكومة الظل!"

- "الطائفة الأم؟" ردد جعفر، وقد شعر بحماسة تغمره، بالرغم من عدم اكتمال الصورة التي كان يرسمها نعيم له.

- "نعم... هناك مجموعة ما تسير عبر التاريخ، تاركة بصمتها على مختلف جوانب الحياة، تحاول أن تسيطر على الشعوب، دون أن يشعر بها أحد... يد خفية لا يعرف أحد حقيقتها سوى أنها موجودة، ولكن أين؟ وكيف؟ لا توجد سوى فرضيات... هل هي يهود الدونمة؟ أم الماسونية؟ أم المتنورون؟ السؤال الجوهري الذي شكلت من أجله

جماعة الحسيني لتحاول الإجابة عليه، منذ أن تم اكتشاف مؤامرة إسقاط السلطان عبد الحميد الثاني، كما أكدت لي أنت منذ قليل."

- "حكومة الظل!"

- "نعم، الطائفة الأم التي تحرك باقي الطوائف! يبدو أن الدكتور عبد القادر كان محقا، فالإجابة على كل هذه التساؤلات تكمن هنا في رسالة نجم الدين غول!"

مد نعيم يده نحو حقيبته، وأخرج منها حاسبا آليا محمولا.

- "هل لديك اتصال مباشر بالإنترنت؟"

- "المنزل يغطيه شبكة الواي فاي."

دخل نعيم على الإنترنت بعد أن حصل على الرمز السري للشبكة الخاصة بمنزل جعفر. كان الحماس قد ملأه، إذ شعر بأن الأمور قد أخذت تتجلى له، وكأن عتمة تملأ حياته، قد أخذ نور قادم يزيحها شيئا فشيئا... ذهب إلى محرك بحثي، وأدخل كلمتي: **مدينة حَدَاد**... سرعان ما جاءته قوائم تحمل كلمة **مدينة** وكلمة **حدّاد** **وحِداد**، ولكن لم يكن هناك **مدينة حَدَاد!**

* * *

في مكان ما مجهول تحت سطح الأرض، كان المراقب الشاب يعد لنفسه كوبا من القهوة، عندما فجأة أضاءت إشارة حمراء في جهازه، محدثة صوت صفير متقطع، على الفور ترك القهوة، واتجه نحو الجهاز، ثم كما هو المعتاد في مثل تلك الحالات، اتصل عبر شبكة الهاتف الداخلي بكبير المراقبين...

* * *

كان كمال أغلو في قمة اشتياقه وهو ينتظر ضيفته التي أوشكت أن تحضر إلى جناحه الفاخر بالفندق، عندما رن جواله...

نظر إلى الاسم الظاهر على الشاشة، فأدرك على الفور أن هذه المكالمة لا تحتمل التأجيل.

- "ألو."

- "سيد كمال، هناك مشكلة." جاء الصوت من الطرف الآخر من الجوال.

- "خيرا."

- "التقطنا عملية بحث قام بها نعيم الوزان عبر حاسبه المحمول..."

- "مستحيل، نعيم الوزان هو الآن في طريقه إلى كوالالمبور، ولا توجد خدمة إنترنت عبر الرحلة."

- "يبدو أن نعيم لم يغادر بعد، فالإشارة التي أتتنا كان مصدرها الشارقة، ولكن الأهم هو ما كان يبحث عنه... مدينة حَدَاد!"

- "مدينة حَدَاد!... مستحيل!... وهل توصل إلى شيء؟!"

- "بالطبع لا، ولكنه غيَّر مسار رحلته، وحجز إلى بيروت ثمَّ إلى بوسطن."

أنهى كمال المكالمة، وقد تعكر مزاجه مما سمع..." لو أن اللورد ماير علم بما جرى لفقد الثقة بي"... أخذ يفكر..." ذلك الوغد، سيسبب لي الكثير من المتاعب، كان يجب علي التخلص منه كما تخلصت من رفاقه!"

ضغط كمال على رقم رحيم في جواله في وسط ثورة من الغضب، وصلت معه إلى الذروة!

- "أين أنت، وما الذي تفعله؟!... ألم تخبرني بأن نعيم قرر العودة، وأن اليوم رحلته؟!"

- "هذا صحيح... ولكنه يبدو قد غير رأيه في آخر لحظة؛ كنت سأتصل بك؛ لكي أخبرك بالتطورات، ولكنك سبقتني." جاء رد رحيم متماسكا، مملوءاً بثقة ورسوخ.

- "وأين هو الآن؟!"

- "فـــي مكان ما بالشارقة، مع الأسف السيارة التي كانت تقله استـــطاعت أن تفلـــت، وكـــأن الـــسائق كان يشك في أن هناك من يتتبعه..."

- "علـــى العمـــوم، نعيم حجز إلى بيروت، وسوف يغادر بعد ساعات. اذهب إلى المطار، وسوف تجد الترتيبات الجديدة مع رجلنا هـــناك... رحـــيم، أريـــد أن أكون على علم بكل تحركات نعيم في بيـــروت... مـــن حسن حظك أنك وضعت جهاز المراقبة في حاسبه المحمـــول كمـــا أمرتك!... لعل هذا هو الأمر الوحيد الذي يشفع لك عندي!"

رمى كمال جواله على الأريكة المجاورة، ثم صب لنفسه كأسا من النبيذ المعتق الذي اشتراه خصيصا للقاء الليلة. ما كاد يرشف من الكـــأس، حتـــى سمع صوت طرقات خافتة على باب الجناح جعلته لوهلة ينسى ما قد جرى للتو.

نظـــر من العين السحرية... كانت هي... فتح الباب، وبسرعة خاطفـــة جـــذبها إليه، واحتضنها بلهفة واشتياق، في حين أبدت هي مقاومة مدللة...

- "كمـــال... لن أستطيع أن أمكث طويلا، فمنذ لحظات اتصل بـــي فـــرانك؛ لكـــي يخبرنـــي عن موعد اجتماع مجلس إدارة نادي الروتاري الذي سينعقد بعد ربع ساعة."

- "سئمت من زوجك هذا... متى ستتخلصين منه؟!"

ابتـــسمت دولـــي وقـــد سئمت هي الأخرى من زوجها فرانك روكفلـــر الذي كانت تعلم جيدا أنه في هذه اللحظة مع إحدى عشيقاته في حجرة مجاورة بالفندق!

22

فــرغت ليـنا من مرورها الصباحي على أغلب المرضى، ولم يتـبق ســوى فؤاد شوكت الذي فضلت أن يكون آخر من تمر عليه؛ حتـــى تقـضي معه وقتا إضافيا، خاصة وأن شعورا كان ينتابها بأن حالته تتدهور ببطء، بالرغم من طمأنة الدكتور بيرسون...

طــرقت علـــى باب الغرفة، ثم دخلت بخطوات متأنية، فوجدت مـــنال تــردد باللغة العربية عبارات لم تفهم منها سوى كلمة الله، ثم نفخت على زوجها الذي كان مغرقا في التأمل والتفكير، لدرجة أنه لم ينتبه لقدوم لينا.

- "عفـــوا... المعذرة على المقاطعة، بإمكاني أن آتي في وقت لاحق."

- "لا أبـــدا، تفـضلي، كنت فقط أحصن فؤاد بالمعوذات." قالت منال، وقد شعرت على الفور من تعابير وجه لينا أنها لم تفهم قصدها فأســـتطردت..." هذه سور من القرآن نؤمن بها كمسلمين بأنها تحمي من كل ما قد يضر إذا ما قرأناها على أنفسنا، أو على غيرنا."

- "آه... ذكرتنـــي كلمـــة الله بجدتـــي؛ كنت وأنا صغيرة دائما أسمعها ترددها... مع الأسف هذه من الكلمات القليلة العربية التي ما زلـــت أذكـــرها؛ ولكني أفكر بجدية أن أعمل في دولة عربية لبعض الـــوقت بعـــد فراغـــي من فترة التدريب، وبذلك أضرب عصفورين بحجر واحد؛ منها أتعلم اللغة، ومنها أتعرف على جذوري التي أشعر بأني قد ابتعدت عنها."

- "إن شـــاء الله إذا قمت بالسلامة، سوف أحرص على ترتيب إقامتك بنفسي في البلد الذي تختارينه." قال فؤاد معلنا عن عودته من

عالم التأملات الذي أخذه إلى مكان بعيد، أبعد من مخيلة أي من المتواجدين في غرفته..." بالمناسبة، أين الدكتور سعود؟ وعدني البارحة بأنه سيأتي إلي، ولكني لم أره منذ آخر مرة كان هنا، قبل يومين."

- "أنا أيضا لم أره منذ ذلك الوقت؛ ربما يكون قد إنشغل في حالة حرجة. على العموم إذا رأيته، فسوف أخبره بأنك تسأل عنه."

هز فؤاد رأسه، ثم أخذت تنتابه سعلة قوية أخرج على أثرها بلغما ممزوجا بقليل من الدم. كان في الأثناء جهاز قياس نسبة الأكسجين في الدم يقيس معدلا منخفضا بعض الشيء، فنادت لينا على إثره الممرضة المسؤولة عن فؤاد، وطلبت منها أن تزوده بقناع الأكسجين بعد سحب عينة من الدم الشرياني لأجل بعض الفحوصات.

- "لا تقلقي، حالته مستقرة، وهذه فقط إجراءات احترازية." قالت لينا لمنال التي غرغرت عيناها، وأخذ القلق على زوجها يبلغ معها ذروته، فما كان بحيلتها إلا أن تردد آية الكرسي، وهي تمسح على جبينه...

خرجت لينا من غرفة فؤاد بعد أن اطمأنت عليه، وتبعتها الممرضة إلى زاوية الطاقم الصحي بالجناح، ثم توجهت إليها بالسؤال:

- "ألم تنتبهي من قبل بأن البلغم الذي يخرج من فؤاد ممزوج بالدماء؟"

- "بلى، وقد أخبرت الدكتور بيرسون بالأمر فقال بأنه مجرد إلتهاب رئوي بسيط، وأمر بالمضاد الحيوي." ردت الممرضة مجابهة نبرة اللوم التي شعرت بها من خلال سؤال لينا، التي بدورها إستغربت من تصرف الممرضة، حيث جرت العادة أن يتم الإتصال أولا بالطبيب المقيم أو الأخِصَّائي إذا طرأ أي تغيير في حالة المريض، وليس بالاستشاري مباشرة.

- "ولِمَ اتصلت بالدكتور بيرسون ولم تخبريني أنا أولا؟! هل لديك مشكلة في كيفية علاجي للمرضى؟!" سألت لينا بنبرة حازمة أشعرت الممرضة بالارتباك.

- "عفوا، لم يخطر هذا على بالي أبدا! ولكنها أوامر الدكتور بيرسون... فأنت تعلمين مدى تقديري لك!"

كان الاندهاش واضحا على لينا، ولم تدرك ماذا تقول؛ فعادةً، الاستشاري لا يطلب مثل هذا الطلب من الممرضة، إلا إذا كان غير واثق في الطبيب المقيم الذي يعمل معه، أو إذا كانت الحالة معقدة جداً، بحيث تتطلب تدخله المباشر، وكلا الأمرين لا ينطبق على الوضع الراهن، فهي تعلم جيداً أن الدكتور بيرسون يثق في مقدرتها الطبية، كما أن حالة فؤاد شوكت ليست بأعقد من حالات أخرى تتولى هي الإشراف عليها..."إلا إذا!"... أخذت تفكر، وهي تستعيد صورة الأشعة الغريبة التي رأتها مع سعود، وجمال منذ يومين.

- "هل رأيت الدكتور سعود؟"

- "ليس منذ صباح البارحة عندما كان يبحث عن الدكتور بيرسون."

* * *

-"تفضل." قال الدكتور بيرسون من داخل مكتبه آذناً بالدخول لمن كان يطرق على الباب، ثم استطرد بعدما تبين له من الذي كان في الخارج..." لينا، كيف حالك، وكيف حال المرضى؟ أكلُّ شيء على ما يرام؟"

- "أتمنى ذلك.." صمتت قليلا، وقد شعرت بشيء من التردد، وهي تفكر كيف تبدأ الحديث في الموضوع الذي جاءت من أجله.

- "ما الخطب؟" سأل الدكتور بيرسون الذي بدأ يشعر بأن قدوم لينا وراءه أمر ما، قد لا يعجبه.

- "هـل رأيـت سعود مؤخرا؟... السيد فؤاد يبحث عنه، وقد حاولت الاتصال به، ولكن دون جدوى."

- "ومـا الـذي... يريده فؤاد من سعود؟... لماذا يبحث عنه؟" سأل بنبرة مضطربة.

- "كمـا تعلـم، فالمريض المغترب عادة ما يشعر بالراحة مع الطبيب الذي يستطيع التحدث معه بلغته الأم."

- "لا أعتقد أن وصف مغترب ينطبق على فؤاد شوكت، فالوقت الـذي يمضيه هنا في أمريكا لا يقل عن الذي يمضيه في مصر، أو أي بلـد عربـي... على العموم لا تشغلي بالك بهذا الأمر، وانتبهي لباقي المرضى." قال الدكتور بيرسون، محاولا إنهاء الحوار، ثم أخذ ينظر إلى بعض الملفات التي كانت على مكتبه.

- "ماذا عن سعود؟" سألت لينا بصوت متردد.

- "سعود، ماذا عنه؟"

- "هل رأيته مؤخرا؟"

- "لا... لم أره منذ يومين... لينا، أنا مشغول الآن، فإن لم يكن لديك أمر مهم..."

- "هل رأيت أشعة فؤاد الأخيرة؟"

جـاء الـسؤال مباغتا مما جعل الدكتور بيرسون يترك الملفات التي كانت بين يديه، ويمعن النظر في لينا، حيث شعر بأن الحوار قد بدأ يأخذ مجرى لن يعجبه.

- "وماذا عن أشعة فؤاد الأخيرة؟"

- "عـندما راجعتها مع سعود... كان يبدو... كان يبدو كما لو أن الورم... لا يزال موجودا."

- "الورم لا يزال موجودا! كيف ذلك، وقد استأصلته بنفسي، وقـد أكد ذلك تحليل الأنسجة؟... لينا، ما رأيته هو مجرد آثار ما

بعـد العملية، مصحوبا بتغيرات نتجت عن الالتهاب الرئوي الذي أصيب به فؤاد. هذا كل ما في الأمر."

شعرت لينا بشيء من الارتياح لهذا التفسير المنطقي لما شاهدته منـذ يومين مع سعود وجمال... "الدكتور بيرسون لديه خبرة طويلة، ولا شـك فـي أنه أدرى بمثل هذه الأمور." أخذت تفكر في أثناء ما كانت تخرج من مكتبه.

* * *

عـاودت الاتـصال بجوال سعود، بعدما لم يجب على جهاز النـداء... لم تكن هذه من عادة سعود أن يترك مرضاه، والأطباء الـذين يعملـون تحت إشـرافه، دون أن يراهم أو يجيب على اتـصالهم... أخـذت لينا تشعر بالقلق، فلربما وقع له حادث، أو أصـيب أحـد أفراد اسرته بمكروه فانشغل معه. حاولت الاتصال هـذه المرة على هاتف منزله، ولكن النتيجة كانت هي ذاتها... لا أحد!

ذهـبت إلـى المصعد، وقد قررت الذهاب إلى قسم الأشعة، حيث جمـال كما اعتادت أن تفعل في منتصف النهار، منذ أن اتخذته صديقا قـبل شهر؛ فلربما يكون جمال على علم إن كانت أمور سعود على ما يـرام، بمـا أنهمـا مـن الجالية نفسها، فقد كانت تدرك أن السعوديين المبتعثـين عـادة مـا يكونـون على إتصال ببعضهم بعضا من خلال نواديهم...

كـان المـصعد متجها نحو الطابق الأول عندما توقف قبل ذلك بعـدة طوابق. فتح الباب، ثم دخل رجل بدين ذو لحية كثيفة، مرتديا معطفا أبيض، بدا كما لو أنه لم يُكوَ منذ دهر.

– "لينا، كيف حالك، وكيف حال الدكتور بيرسون؟"

– "دكـتور لويد، لم أرك منذ مدة... لقد خطرت على بالي أنا

وســـعود، عندما كنا نقرأ تقرير عينة الورم الذي استؤصل من فؤاد شوكت. اندهشنا عندما لم نجد اسمك على التقرير."

– "آه... كان هذا منذ عدة أسابيع... يا إلهي! كدت أفقد حياتي، عـــندما صـــدمتني تلك السيارة!... إلى الآن ما زلت أشعر بألم في ســـاقي الأيمن...بعض الناس لا ينبغي أن يسمح لهم بالجلوس خلف عجلة القيادة."

– "حمدا لله على سلامتك... آسفة لأني لم أسمع أنه قد وقع لك حادث... هل تم القبض على سائق السيارة؟"

–"لا، مـــع الأســـف قد فر الوغد... ولكن لحسن الحظ أني لم أصب سوى بشرخ بسيط في عظمة الساق أخذت على إثره إجازة."

– "إذاً، فالدكتور شانج الذي حلل العينة كان بديلا مؤقتا لك."

– "نعم، نعم... لا أدري من أين أتى به الدكتور بيرسون!" علق الدكتور لويد، ثم أخفض صوته مستطردا، وكأن شخصا آخر غيرهما موجود في المصعد..." الرجل غير منظم على الإطلاق، تصوري أنه أضـــاع بعض شرائح العينات! الحمد لله أن تعيينه كان لمدة مؤقتة!" صـــمت قليلا ثم فجأة خطر أمر على باله..." ما إسم صاحب العينة التـــي كنت تقرئين تقريرها؟... فؤاد شوكت أليس كذلك؟... أظن أن عينـــته هي إحدى العينات التي أضاعها ذلك الأخرق... نعم تذكرت الآن، عندما أخبرت الدكتور بيرسون بالأمر بعد رجوعي من الإجازة المرضـــية، قال لي أنه راجع العينة بنفسه مع الدكتور شانج قبل أن تفقـــد... كـــم هو رائع الدكتور بيرسون! ليت جميع الجراحين مثله يهتمون بمراجعة العينات بأنفسهم مع طبيب الأنسجة!"

شعرت لينا بريبة شديدة مما سمعته للتو... عينة مختبر تضيع! ولماذا عينة فؤاد شوكت؟! أخذ هاجس يملؤها من جديد جعلها تسرح حتـــى أنها لم تنتبه للمصعد، وقد وصل إلى الطابق الأول، إلا بعدما كاد يغلق بابه، وهي لا تزال بالداخل.

- "لينا، هل تنوي الخروج من المصعد، أم أنك غيرت رأيك؟" سأل الدكتور لويد، وقد مد يده بسرعة بين درفتي باب المصعد، قبل أن يغلق، بعدما خرج منه، ولاحظ أن لينا لم تخرج.

- "عفـوا.." قالت على خجل، ثم خرجت على الفور، وأخذت تـتجه نحـو قسم الأشعة، بعدما شكرت الدكتور لويد. كانت تخطو بعجل، حتى تصل إلى جمال، وتخبره، بما قد سمعته للتو، فلعله يؤكد هاجسها..."هـل يعقل أن يكون الدكتور بيرسون قد أخطأ جراحيا، فـأراد أن يداري خطأه، فدبر أمر فقدان العينات مع الدكتور شانج، بعدما تم تلفيق التقرير؟!... يا إلهي، أين سعود؛ لكي أخبره؟!"...

- "ليـنا، ماذا أصابك؟" تساءل جمال، وقد خرج لتوه من قسم الأشعة إلى السيب الذي كانت لينا تقطعه جريا.

- "جمال، كنت قادمة إليك!... هناك أمر خطير، ولكن أولا هل تعلم أين سعود؟"

- "سـعود؟ لـم أره منذ تلك الليلة... ماذا أصابك؟ وما الأمر الخطير الذي تتحدثين عنه؟"

- "أعـتقد أن حياة فؤاد شوكت في خطر!... الدكتور بيرسون ربما ارتكب خطأ أثناء ما كان يجري له عملية استئصال الورم، وقد حاول إخفاء الأمر مع طبيب الأنسجة الدكتور شانج..."

قاطـع جمال لينا التي بدت في غاية الانفعال من خلال حديثها الذي كان يسابق دقات قلبها:

- "مهلا، مهلا لينا!... يبدو أن جيناتك العربية هي التي تتحدث الآن، وترسـم صـورة لمؤامـرة، في أغلب الظن، لا وجود لها... الدكتور بيرسون من أشهر جراحي العالم، ولا يمكن..."

- "وكيف تفسر إذا، صورة الأشعة التي رأيتها أنت معنا؟... ثم هل تعلم أن عينة المختبر للورم، الذي من المفترض أنه استؤصل، قد فقـدت؟... ولـيس هـذا فقط، بل إن الدكتور بيرسون هو الذي أتى

بالدكتور شانج عندما أخذ الدكتور لويد إجازة مرضية، نتيجة للحادث الذي تعرض له."

- "متى باشر الدكتور شانج عمله؟" سأل جمال دون إظهار أي حماس للموضوع، وكأنه أراد فقط أن يثبت أمرا ما في خاطره، لكي ينهي هذا الحوار حول فؤاد شوكت.

- "ماذا تقصد؟" استفهمت لينا، وقد باغتها سؤال جمال.

- "أقصد أن الدكتور شانج باشر عمله قبل عملية فؤاد، أوليس كذلك؟ فإذا كان الدكتور بيرسون هو الذي أتى به؛ حتى يزيف تقرير العينة كما تلمحين، فمعنى ذلك أنه كان يعلم أنه سيخطئ في العملية قبل أن تحدث... أو ربما كان يخطط لعدم استئصال الورم! هَيّا يا لينا! رجاء لا تقولي لي إنك تظنين فعلا أن هذا ممكن!" قال جمال، وقد بدت عليه نبرة تهكم ما كانت لتخطئ سامعها.

- "لا أدري لماذا فتحت معك هذا الموضوع! سأبحث عن سعود، وأخبره بما اكتشفته، فلعله يكون أكثر تفهما!"

أرادت لينا أن تغادر، عندما أمسك جمال بذراعها في محاولة ليثنيها عن الذهاب.

- "دعك من فؤاد وسعود الآن، فلدينا ما هو أهم... قررت أن أذهب إلى نادي الروتاري، بعد انتهاء الدوام، وأنتظر هناك؛ حتى تظهر دلال ثم..."

خطفت لينا ذراعها من يد جمال الذي أخذت تمعن النظر فيه، وكأنها كانت ترى أمامها رجلا غير ذلك الذي اتخذته صديقا، أو كأنما غشاوة على عينيها قد أخذت تنزاح.

- "ألهذه الدرجة أنت إنسان أناني؟!... أنت لا تفكر إلا في نفسك، أما بالنسبة للآخرين ومشاعرهم..."

- "لينا.."

- "أرجــوك!... ابحث أنت عن زوجتك الغائبة بعيدا عني؛ أما أنا فلدي ما هو أهم؛ لكي أبحث عنه!"

انطلقت لينا غير آبهة بجمال الذي أصابته حالة من الذهول لما قد سمعه للتو... انطلقت وقد عزمت أمرها، بعد أن اتخذت قرارا لا رجعة فيه!

23

لكل إنسان نقطة ضعف؛ نقطة "أكيليس" التي من خلالها تستطيع أن تصل إلى الشخص، وتكشف عن مكنونه، وتطوعه، ليصبح صيدا سهلا، مهما كانت مكانته، وبلغت قوته! تماما مثل حال البطل الأسطوري اليوناني "أكيليس" الذي غطَّسته أمه، عندما ولد في بحيرة الخلود، ولكنها نست تلك النقطة عند كاحله التي أمسكته بها، فلم يمسها ماء الخلود؛ لتصبح نقطة الضعف... نقطة "أكيليس"!

* * *

أدرك رجب غول بحس الصياد الذي ورثه عن جده نجم الدين، أن تلك المرأة التي كانت تدخل، وتخرج خلسة من جناح كمال أغلو هي "كرت" الرهان الذي سيلعب به! "الكرت" الذي من خلاله سيكشف عن كامل أوراقه، فيقش به خصمه الذي ظل يحلم بالقضاء عليه طيلة السنوات الثلاث الماضية... أخيرا بدأ يشعر بشيء من الارتياح، وقد تبين له أن لحظة النهاية قد اقتربت، ليأخذ بثأره وثأر زوجته وابنه! لا يهم ماذا يحدث له بعد ذلك، فحياته كانت قد فقدت كل معنى بعد ذلك اليوم الذي شاهد فيه أعز ما في دنياه يتلاشى تحت عجلات الظلم والجبروت، وبالرغم من كون ذلك المنظر هو الذي أفقده طعم الحياة، إلا أنه هو ذاته الذي تكفل بجعله يقاوم كل الصعاب، ويتغلب على جميع العقبات في سبيل أن يقطع رأس الأفعى التي كان يتتبعها ويراها، وهي تبث بسمومها شرقا وغربا، دون أن يقف أمامها أحد!... ولكن قريبا...

أخذ يفكر رجب غول... قريبا سينتهي كل شيء... فقط عليه الآن أن يعــرف من هي تلك المرأة الجميلة صاحبة السيارة "البورش" الصفراء!

24

شعر نعيم الوزان، وكأن جميع الأنظار كانت عليه، وهو يجلس على مقعده بالدرجة الأولى بعد صعود الطائرة متأخرا في رحلة دبي - بيروت...

كان المقعد الذي بجواره خاليا، بالرغم من وجود آثار عليه تدل علـــى أنـــه لم يكن شاغرا، ولكن كان يبدو أن صاحبه قد ذهب إلى المـــرحاض. نظـــر نعيم إلى يساره، وإذا برجل في المقعد الموازي يبتسم له، وهو يقول بصوت منخفض يملؤه الغبطة:

- "يـــا لـــك مـــن رجل محظوظ... في حياتك لن تنسى رحلة اليوم!"

لم يفهم نعيم مقصد الرجل، ولكنه شعر، وكأن جميع الرجال في الدرجة الأولى يشاركونه الرأي من نظرات أعينهم التي ظلت ترمقه، أو ربما كانت ترمق الكرسي الذي كان يجلس عليه... أو ربما كانت تسترق النظر إلى شيء آخر!

لـــم يأبـــه نعيم الوزان كثيرا لمن حوله، فقد كانت هناك أمور كثيرة تشغل باله، مما جعلته يستغرق في تأمل ما مر به من أحداث، منذ أن أتته مكالمة جاسم الفراج:

خطـــاب نجـــم الدين غول... حديثه مع طلعت نجاتي... دانيال جولد... موشي جولد، والطرد الذي أرسله قبيل وفاته إلى ذلك العنوان ببوســـطن، 150 شارع هنتنجتون... إنهاء العروة الوثقى للمهمة التي كلفته إياه بشكل مفاجئ... ثم لقاؤه مع جعفر الأشعري، وما سمعه منه فـــي تلـــك الليلة، والنص الكامل لخطاب نجم الدين غول الذي أطلعه عليه، والذي كان موجها إلى جده خليل ولكن لم يصله... لماذا لم يره

جاسم الفراج إلا جزءاً من الرسالة وأخفى عنه الباقي؟ هل من الممكن أن يكون جاسم هو ذلك الخائن الذي كان يعتقد جعفر الأشعري بوجوده بين قادة العروة الوثقى؟!... كان هناك خيط رفيع لا يكاد يراه نعيم، شعر به يربط ما بين جميع تلك الأحداث المتلاحقة، منذ أن وقعت عينا نجم الدين غول على تلك الجماعة في المغارة... **مغارة غريبة بنهر وادي الكلب**، هكذا كتب نجم الدين... هل هي ذاتها التي أصبحت تعرف اليوم بمغارة جعيتا؟ أخذ يتساءل نعيم.

شيء ما بداخله كان يقول له بأن الإجابة على الكثير من التساؤلات تبدأ من على بعد 20 كلم شمال بيروت...

– "عفوا..." باغت نعيم صوت رقيق تعرف على صاحبته، فورما التفت إليها، وهو يزيح ساقيه من الطريق؛ لكي تتمكن من الجلوس على مقعدها الواقع بينه وبين النافذة.

– "المعذرة إن كنت سببت لك أي إزعاج." أكملت سمر القلوب جملتها، بعدما جلست بجواره.

اكتفى نعيم الوزان بإلقاء ابتسامة، وقد أدرك سر تلك النظرات التي صاحبته، منذ أن صعد إلى الطائرة!

* * *

– "شكلك ليس غريبا علي، هل سبق أن التقينا من قبل؟" بادرت سمر القلوب بالحديث مع نعيم، بعد إقلاع الطائرة بمدة وجيزة، في خضم استعجابها لأمر ذلك الرجل الذي يجلس بجوارها، وقد انشغل عنها بالتفكير، وكأنه لا يجلس بجوار فاتنة الرجال، ومحسودة النساء! نجمة نجوم العرب!...

– "أعتقد بأننا تواجدنا في أكثر من مكان في ذات الوقت، ولكننا لم نلتق بشكل مباشر." أجاب نعيم على تساؤل سمر القلوب التي أخذت تتأمل أكثر وجه نعيم، وكأنها بدأت تتذكر أين رأته.

- "نعم... صحيح... رأيتك مع طلعت نجاتي في حفل مهرجان الإعلام... هل أنت صحفي؟"

- "لا، أنا رجل أعمال، ولكن تربطني صداقة قديمة بطلعت، لذلك دعاني إلى الحفل."

- "حبيب قلبي طلعت..." قالت سمر القلوب، وقد رسمت على وجهها ابتسامة سرور لاكتشافها وجود صديق مشترك بينها، وبين جليسها في الرحلة..." ولو أني آخذة على خاطري منه، تصور أن كل القنوات تتحدث عن برنامجي الاستعراضي الجديد، وقناته لم تذكره إلا مرة أو مرتين فقط!... لا أخفيك، أنا أخبرته بأنني زعلانة من هذا التجاهل، فكان رده بأن قناته إخبارية سياسية، ومع ذلك غطت خبر البرنامج الجديد بما يتناسب مع حجم المواد المنوعة التي تبثها القناة؛ تصور يا أستاذ.. آه... عفوا أنت لم تخبرني اسمك؟"

- "نعيم الوزان."

- "تصور يا أستاذ نعيم، أن طلعت يظن أن أخبار السياسة مازالت تهم المشاهدين!... الناس طِفشت خلاص من السياسة، وتريد ما ينسيها هذا الهم.. يكفيهم هَم البيتَ والشغل!"

صمتت سمر بعض الشيء، وهي تنظر إلى نعيم، منتظرة منه الموافقة على ما قالته، ولكنه اكتفى فقط بالابتسام، وقد شعر بأن التعليق لن يكون له أية جدوى، فآثر السكوت، ولكن ذلك الصمت لم يدم طويلا، إذ سرعان ما طرأ على ذهن سمر القلوب أمر، شعرت أنه هو الذي سيثير لعاب هذا الرجل الذي يتثاقل في حديثه معها، وكأنه غير آبه لوجودها بجواره!

- "هل استطعت الحصول على دعوة إلى إحتفال بعلبك؟"، سألت، وقد رسمت على وجهها ابتسامة ماكرة.

- "احتفال بعلبك؟!"

لم يفهم نعيم المقصود من ذلك السؤال الذي باغته.

- "لا تقل بأن طلعت لم يستطع تأمين دعوة لك؟" أطلقت ضحكة خفق لها قلوب رجال الدرجة الأولى ثم استطردت..." الحقيقة أنا لا ألومه، فعدد المقاعد محدود جداً، خاصة وأن أغلب المدعوين هم من قادة الدول، وبعض كبار رجال الأعمال في العالم... هل تعلم أنني الفنانة الوحيدة من العالم العربي التي ستشارك في هذا الاحتفال الضخم الذي لم تشهد له المنطقة مثيلاً!... أقول لك خبراً لا يعلمه إلا عدد محدود من الناس." أمالت رأسها قليلا نحو نعيم، ثم بصوت منخفض همست..." الرئيس الأمريكي سيحضر الإحتفال بنفسه! ولكنه لم يعلن هذا الخبر بعد لأسباب أمنية؛ أخبرتني صديقة تقيم في أمريكا على علاقة مع أحد كبار مستشاري الرئيس."

- "في الحقيقة أنا لا علم لي بأمر هذا الاحتفال، ولا أعتقد أني..."

- "لا تحمل هما سأحصل لك على دعوة خاصة، فمُنتج الحفل من أعز أصدقائي!" لم تمهل سمر نعيم فرصة للتحدث، فقد كانت على ثقة بأن لعابه سيسيل لهذا العرض السخي.

- "أشكركِ على..."

- "لا داعي للشكر، فصديق طلعت هو صديق لي، ولو أني مازلت زعلانة منه، ولكن لا بأس هذه المرة، سأصفح عنه من أجل خاطرك، وخاطر رفقة السفر."

- "أريد أن أقول فقط، لو سمحت لي... أنا لست من هواة مثل هذه الاحتفالات، ولا أعتقد أن وقتي سيسمح لي بالحضور، فأنا كثير الانشغال... و..." شعر نعيم بالحرج، وهو يحاول الاعتذار بلباقة في الوقت الذي كانت سمر القلوب تنظر إليه بدهشة شديدة، غير مصدقة لما كانت تسمعه للتو، بل إنها للحظة شعرت بخدش في كبريائها... شعورا لم تصادفه من قبل!

ساد الصمت أغلب ما تبقى من الرحلة، وفي حين كان نعيم منهمكا في قراءة كتاب كان بحوزته، أخذت سمر القلوب تتأمل هذا الرجل الذي لم يكترث لها، ولا لدعوتها... تجاهله لها جعلها تشعر بانجذاب غامض نحـــوه. أخذت تختلس النظر له دون أن يشعر، فبدأت ترى في ملامح وجهه وسامة غريبة، ذكرتها بشخصية الرجل الغامض في بعض أفلام هوليوود؛ ذلك الذي تراه، وتتجذب إليه البطلة، دون أن تعرف سر ذلك الإنجـــذاب... ذلـــك الـــرجل الذي عادة ما كان يخفي من ورائه أمرا خطيـــرا، لا يريد البوح به لأي مخلوق؛ خوفا من أن ينكشف أمره، أو أمر تلك المهمة التي يحضر لها!... شعرت سمر في تلك اللحظة كما لو أنهـــا تعـــيش أحداث فيلم تقوم هي ببطولته، ونعيم الوزان الذي يجلس بجوارها هو البطل الذي يشاركها الأحداث!

- "ما هذا الكتاب الذي تقرؤه؟"

هـــذه المـــرة كانت سمر مصممة على أن يأخذ الحوار مجرى آخر، مع بطلها الغامض!

- "عفـــوا؟.." جاء رد نعيم، وكأنه كان في عالم آخر، ثم فجأة تنبه لمن كانت بجواره...

- "كـــنت فقط أسألك عن الكتاب الذي تقرؤه؛ يبدو لي من مدى استغراقك فيه، أنه كتاب ممتع."

-"هـــذا كـــتاب يتحدث عن الدولة الفاطمية، وتأثيرها في بعض عادات سكان العالم العربي اليوم."

- "واو!... يـــبدو أنه كتاب دسم... قلت لي إنه عن... **الدولة الفاطمية؟**"

كـــان من الواضح لنعيم، من طريقة السؤال، وعلامات التعجب التي بدت على ملامح سمر القلوب، أنها لم تسمع من قبل عن الدولة الفاطمـــية، أو ربمـــا قـــرأت عنها منذ زمن بعيد في حصة التاريخ بالمدرسة ثم نسيت أمرها.

- "يبدو أنك لست من هواة التاريخ."

- "في الحقيقة أنا كنت دائما ضعيفة في مادة التاريخ." ردت سمر، ثم أطلقت ضحكة خافتة مكسوة بشيء من الدلال قبل أن تكمل..." ثم ما أهمية قراءة الماضي، دعنا نهتم بالمستقبل أفضل؛ فما فات مات، وانتهى."

استثارت تلك الجملة نعيم الذي شعر بأنه لا يمكن أن يتركها تمر، هكذا دون رد.

- "اسمحي لي بأن أخالفك الرأي تماما، فمن قال إن الأحداث عندما يمر عليها الزمن تنتهي، ولا يبقى لها أهمية. على العكس تماما، فالنظر إلى الماضي بعين مجردة يساعد كثيرا في فهم ما يجري حولنا، وفي التنبؤ بما قد يحدث غدا."

- "اسمح لي! وهل القراءة عن الدولة الفاطمية مثلا سيفيدك في فهم ما يجري حولنا من أحداث؟!" تساءلت سمر بنبرة تحد.

- "بكل تأكيد، وبما أنك استشهدت بالدولة الفاطمية، فدعيني أرجع بك أكثر من ألف عام إلى الوراء... كانت الدولة العباسية تعاني من ضعف، نتيجة هوان خلفائها، وعدم قدرتهم على السيطرة على ولاة الأقاليم التي أصبحت شبه مستقلة، وإن كانت مرتبطة برابط شكلي مع بغداد عاصمة الخلافة. في ذلك الوقت ظهر رجل ينتمي إلى الطائفة الإسماعيلية... هذه طائفة باطنية تعتبر من أشد الطوائف الشيعية غلوا." قال نعيم جملته الأخيرة الاعتراضية بعد أن رأى علامة استفهام، مرة أخرى، في عيني سمر، عندما ذكر الطائفة الإسماعيلية..." ذلك الرجل، الذي عرف في كتب التاريخ باسم عبيد الله المهدي، استطاع أن يؤسس في شمال أفريقيا مع مجموعة من أتباعه نواة دولة استطاعت أن تحكم فيما بعد شمال أفريقيا، ومصر، والشام، بالرغم من كون أغلب سكان تلك المناطق هم من السنة، أي يتبعون عقيدة مختلفة تماما عن العقيدة التي كان يتبعها عبيد الله المهدي وأتباعه!... لكن السؤال كيف؟"

بدأت سمر القلوب تنجذب إلى الحديث الذي بدا لها، وكأنه لغز على وشك أن يفك نعيم طلاسمه... كما أعجبها أسلوبه في طرح موضوع يدخل في قائمتها للموضوعات الجافة والمملة!

- "الفاطميون هم من أوائل الجماعات التي استطاعت تحقيق المعادلة الصعبة."

- "عن أية معادلة تتحدث؟"

- "كيفية سيطرة الأقلية على الأغلبية!... نعم، فهذه المعادلة الصعبة استطاعوا أن يتقنوها بحرفية، ويؤصلوا لها، بحيث أصبحت المثال المحتذى لكل الأقليات، والفئات السرية الراغبة في الوصول إلى سدة الحكم."

- "كيف؟"

كان الفضول بالنسبة لسمر قد وصل إلى ذروته.

- "أولا لاحظي المسمى الذي اتخذته تلك الفرقة... **الفاطميون...** وهي نسبة إلى فاطمة الزهراء ابنة الرسول عليه الصلاة والسلام، مع العلم أنهم لا ينتسبون إليها لا من قريب ولا من بعيد، ولكنهم اتخذوا ذلك الاسم من أجل إيهام العامة بأنهم من آل البيت، وبناء عليه يحصلون على ثقتهم، وعطفهم... الأمر الآخر هم لم يعلنوا عن حقيقة مذهبهم، ومعتقداتهم للشعوب التي حكموها في الأقطار السنية في بادئ الأمر، بل أوهموا الناس بأنهم على معتقداتهم نفسها، في حين كانوا، في سرية تامة، يحضرون ويؤسسون الدعاة لمذهبهم في محافل قائمة في المدن تحت مرمى الأبصار، دون أن يلتفت إليها أحد... هناك مثل يقول بأنه إذا أردت أن تخبئ شيئا عن أحد، فأفضل مكان تضعه فيه هو تحت نصب عينيه، فالإنسان لا يبحث عادة عما هو أمامه."

ابتسمت سمر لمقولة نعيم، ثم أخذ يراودها سؤال ملح.

- "ولكن هل بهذه السهولة يمكن خداع عامة الناس؟"

- "أي مخلــوق يمكن خداعه إذا هيأتِ له الظروف المناسبة... وهــنا يأتــي الأمر الثالث الذي استخدمه الفاطميون ببراعة." صمت نعــيم قليلا، وقد بدأ يشعر بالتردد مما سيقوله، ولكنه سرعان ما قرر أن يكمــل..." تتفيه، العقول وتهميش المعتقدات، والعبادات من خلال تحويل المعاني الإيمانية إلى خرافات، والتعبدية إلى احتفالات."

ساد الصمت برهة، حيث أخذت سمر تشك في المعنى الذي كان يحاول نعيم أن يوصله لها، وكأنه كان يقصد من آخر حديثه أبعد مما كان يبدو للوهلة الأولى.

- "كيف؟" سألت، وقد أخذت تستشعر الإجابة قبل أن تأتي.

- "جُردت المناسبات الدينية من معانيها الروحية، ولُبست أثوابا مــن الاحتفالــية، فأصبح رمضان مثلا هو شهر الفوانيس والأغاني، ولــيس شــهر الصوم، والعبادة... أصبح العيد مقرونا بالمأكولات، ولــيس بالطاعات، بل إنه أصبح لكل مناسبة دينية أكلة تختص بها، مــثل كعــك عــيد الفطر، وفتة لحم عيد الأضحى، وعاشورية يوم عاشوراء، وحلويات شهر رمضان... جردت المعاني الروحية وحلت محلهــا معــان إستهلاكية بحتة من أجل انتزاع الدين من القلوب، ثم تحــويله إلى معتقدات شكلية لا قيمة لها، وتم تتفيه العقول من خلال شَغلها بالاحتفالات لكل ما يخطر للبال من مناسبة، لأجل شغل الناس عــن واقعهم، وما يجري من حولهم." صمت نعيم برهة، ثم بابتسامة خبيثة أكمل..." ألا زلت تعتقدين بأن التاريخ لا يعيد نفسه؟"

لــوهلة شعرت سمر القلوب، كما لو أنها تريد أن تصفع نعيم على وجهه..." هذا التافه، إلى ماذا يلمح بجملته الأخيرة؟"... ولكنها تماسكت بعد أن امتعض وجهها، وازدادت شفتاها إحمرارا من أثر العض عليها بأســنانها. أما نعيم، الذي شعر بارتباك جارته في الرحلة، فقد آثر أن يكتفي بهذا القدر من الحديث عن الفاطميين، وأن يعود مجددا إلى دفات كتابه؛ حتى تحط به الطائرة في وجهته التالية...

استغرقت الرحلة نصف ساعة أخرى، ثم هبطت الطائرة في مطار بيروت الدولي... قام نعيم من مقعده، ثم اتجه نحو باب الطائرة، بعد أن أخذ حقيبته اليدوية، وفي ذات الأثناء تجمع عدد من رجال الدرجة الأولى حول سمر القلوب، مصافحين ومتباركين، وفي مخيلة كل منهم أن يحظى بشرف التعارف...

في ظل هذا الجو من تكدس المعجبين، كان هناك رجل، من دون غيره، ينظر إلى نعيم بنظرات مملوءة بمزيج غريب من الغبطة والاحتقار. كان ذلك الرجل جالسا خلف نعيم وسمر طوال الرحلة، وقد استمع إلى ما دار من حديث بينهما. ظل يطالع إلى نعيم الذي خرج مسرعا من الطائرة، ثم تمتم في سره:

- "صحيح، يعطي الحلق للذي بلا أذنين!"

25

كانــت الشمس قد اقتربت من المغيب، حين ركب نعيم الوزان السيارة المستأجرة، وطلب من السائق أن يأخذه إلى وادي نهر الكلب. لــم يرغب في الذهاب إلى الفندق أولا، بل كان حماسه في أوجه، إذ شــعر بأنــه قد اقترب خطوة من فك لغز ذلك الخطاب الغريب الذي تركه نجم الدين غول!..

المغــارة الغــريبة بنهــر وادي الكلب..." حتما هي مغارة جعيــتا!" أخذ يفكر نعيم، تلك المغارة التي اكتشفها مبشر أمريكي يدعى وليام تومسون في أثناء رحلة صيد في أواسط القرن التاسع عــشر. تذكر نعيم أنه في زيارة سابقة للمغارة، منذ عدة سنوات، كان قد استوقفه موضع يطلق عليه **مجمع الآلهة**. عندما حاول أن يعرف لم سمي هكذا، لم يجد إجابة شافية. ترك الموضوع، وشأنه، ولم يعره اهتماما بعد ذلك، ولكن هاهو ذا يعود مرة أخرى!... منذ أن قــرأ الــنص الكامــل للخطــاب الذي تركه نجم الدين غول، وبالــتحديد عندما قرأ الجزء الذي يتحدث فيه عن قربان كان يقدم لإله تلك الجماعة، خطر على باله **مجمع الآلهة** بمغارة جعيتا..." لا يمكــن أن تكون هذه مجرد مصادفة! هل من الممكن أن تكون هي ذاتها؟!..."

– "أســتاذ نعيم، وصلنا إلى مغارة جعيتا." قاطع السائق سلسلة أفكار نعيم.

اســتغرب بائع التذاكر من ذلك السائح الذي جاء قبيل انتهاء وقــت الــزيارة ببضع دقائق، وحاول إقناعه بأن يأتي غدا؛ حتى يتمكن من مشاهدة المغارتين السفلى والعليا، لكن نعيم لم يكن يريد

الانتظار، كانت وجهته محددة، وأراد أن يذهب إليها اليوم، وليس غدا...

أخذ التذكرة، ثم اتجه إلى المغارة السفلى... إلى **مجمع الآلهة**.

* * *

بالرغم من كونه قد دخل مغارة جعيتا من قبل، إلا أن نعيم ظل مشدوها لروعة التكوينات الطبيعية للصواعد والنوازل الكلسية التي كونت تضاريس جمالية متناغمة، كما لو أنها قد نحتت نحتا؛ لكي تضفي الروعة والجمال على المكان، ومع الإضاءة الخافتة، أصبح للمغارة طابع أسطوري، لا يوجد له مثيل في كافة بقاع الأرض...

لسبب ما شعر نعيم، كما لو أنه كان يدخل المكان لأول مرة، فنظرته لمغارة جعيتا كانت غير نظرة السائح الذي جاء لكي يرى روعة التضاريس التي خلفتها الطبيعة. هذه المرة، كانت نظرته وزيارته تحملان طابعا آخر... كان حماسه في أوجه لشعوره بالقرب من ذات المكان الذي كان فيه، منذ قرن من الزمان، الرجل الذي شاهد ما لم يكن من المفترض أن يشاهده مخلوق لمناسك جماعة لا يعرف عن وجودها غير المنتسبين إليها... جماعة استطاعت أن تحافظ على سريتها مئات السنين، وربما أكثر!...

- "عفوا، ولكن انتهى وقت الزيارة." جاء صوت شاب نحيل لا يتجاوز العشرين من عمره، لكي يقطع حبل أفكار نعيم الذي كان يتأمل في مجموعة الصواعد التي سميت بمجمع الآلهة، في محاولة لاكتشاف أمر ما قد يفيد في فك بعض الطلاسم.

- "هل تعلم لماذا سميت هذه الصواعد بمجمع الآلهة؟" سأل نعيم غير مكترث بموعد إنتهاء الزيارة.

- "آه... كل ما هو معروف أنه اسم أطلقه أحد المستكشفين لهذا المكان في السبعينيات من القرن التاسع عشر... كان بودي أن أشرح لك أكثر تاريخ المغارة ولكن، مع الأسف، وقت الزيارة..."

- "السبعينيات من القرن التاسع عشر..." ردد متأملا ما قاله الشاب..." إذاً، مجمع الآلهة كان معروفا منذ ذلك التاريخ."

شيء ما كان في غير موضعه، أخذ نعيم يفكر، وقد شعر كما لو أن الضوء الخافت، الذي ظنه سيضيء له الطريق إلى الحقيقة، قد تلاشى؛ وفي محاولة يائسة سأل:

- "هل تعلم إن كان أمر اكتشاف هذا المكان قد أحيط بالسرية إلى ما بعد العقد الأول من القرن العشرين؟"

استغرب الشاب من هذا السؤال الغريب الذي لم يتلقه من قبل، بل إنه أخذ يشك في أن وراء هذا السائح الذي لا يرغب في الانصراف أمر ما قد يكون مريبا.

- "أنا فعلا آسف، ولكن وقت الزيارة قد انتهى، إن أردت المزيد من المعلومات فبإمكانك زيارتنا غدا... المغارة مفتوحة من الصباح، حتى هذا الوقت مساء."

شكر نعيم الشاب، ثم أخذ يتجه نحو المخرج، وقد أدرك لتوه أنه قد أخطأ تقدير المكان الذي يريده..." فإن كانت مغارة جعيتا قد اكتشفت في القرن التاسع عشر، وقد توافد المستكشفون على المكان منذ ذلك التاريخ، فكيف يمكن لجماعة مريبة، تقيم طقوسها بسرية قاتلة، أن تكون قد أقامت اجتماعا لها هنا في العام 1909، عشرات الأعوام بعد اكتشاف المغارة وذيوع صيتها. هناك خطأ ما، "أخذ نعيم يفكر..." لا بد أن نجم الدين غول كان يقصد مكانا آخر في خطابه غير مغارة جعيتا!... ولكن أين هذا المكان؟!... أين؟!..."

26

اتخـــذت لينا قرارا بأنه يجب عليها إخبار سعود عن شكوكها، فأمـــر مـــريب كان يحدث لفؤاد شوكت يبعث الشك في النفوس!... صـــورة أشـــعة حديثة تظهر وجود الورم الذي كان من مفترض أنه استؤصـــل قبل عدة أسابيع، والدكتور بيرسون يعزو ذلك الأمر إلى مجـــرد تغيـــرات ما بعد الجراحة... ثم حادث إصابة الدكتور لويد، والإتـــيان بأخِـــصَّائي أنسجة بديل هو في الوقت ذاته صديق للدكتور بيرســـون، وبعد ذلك فقدان عينة الورم... فكل تلك الأمور لا يمكن عزوها للمصادفة!...

كانـــت الحيرة تملأ لينا، وهي تستعرض الأحداث غير مصدقة لمـــا قـــد أخـــذ ينكشف أمامها، لدرجة أنها لوهلة ظنت أنها ربما قد أصـــيبت بوهم نظرية المؤامرة، وأنها أصبحت مثلها مثل المعتوهين الـــذين يعـــتقدون أن هناك دائما من يحيك المؤامرات للسيطرة على العالم، وعلى أقدار البشر!

لا بـــد مـــن الـــتحدث مع سعود..." ولكن أين هو؟! فالرجل لا يجاوب على جهاز النداء! وهاتفه الجوال مغلق!"...

راودت ليـــنا فكـــرة الذهاب إلى منزل سعود في أثناء ما كانت تشعل محرك سيارتها من داخل مرآب المستشفى، فالوقت لم يكن بعد قـــد تأخـــر؛ لكي تقوم بزيارة لمنزله الواقع في ضاحية مالدن، حيث يـــسكن العديد من المبتعثين السعوديين... نصف ساعة الطريق... لا بـــأس، وســـتخبره عـــن كل شكوكها... ففؤاد شوكت رجل طيب لا يـــستحق أن تغض الطرف عما يحدث له، ثم إن الرجل وضع كامل ثقته فيها، وفي سعود، ولا يمكن لها أن تخذله... ولكن، يبقى السؤال

الـــذي لم تجد له إجابة، فلماذا يحدث له هذا؟ كيف يمكن لجراح في مكانـــة الدكـــتور بيرسون أن يقوم بمثل هذا الخطأ، ثم يداري خطأه بمـــثل هـــذه المؤامرة؟ كيف لم يكن الدكتور بيرسون أكثر حذرا في أثناء قيامه بإجراء عملية لأحد أهم متبرعي مستشفى بوسطن، لرجل أعمـــال لـــه من النفوذ، والصداقات ما ليس للكثير من رجال أعمال المدينة؟

هـــذه التساؤلات، وغيرها أخذت تنهمر على ذهن لينا كزخات المطر في تلك الليلة من شتاء بوسطن العاصف، فجعلت الطريق يمر علـــيها دون أن تشعر به، بالرغم من أن الزحام كان أكثر من المعتاد في مثل ذلك الوقت من المساء.

كان الشارع المؤدي للحي الذي يسكن فيه سعود يعج بالسيارات التـــي كانت تسير ببطء شديد، وكأن حادثا قد وقع، فأعاق الطريق... حاولـــت لينا أن تَلمَح من نافذة سيارتها سبب تلك العطلة، ولكن دون جدوى، فالزحام كان على امتداد البصر!...

بعـــد نـــصف ســـاعة، استطاعت لينا بصعوبة شديدة أن تتبين الإضاءة المتقطعة لسيارات الشرطة في آخر الشارع... وشيئا فشيئا، مـــع كـــل مسافة كانت تقطعها سيارتها، أخذت تكتشف أنه لا وجود لآثار حادث، بل كانت هناك حواجز شرطة، وبجانبها عربات عليها أحـــرف إستغربت من وجودها هنا في هذا المكان!... **FBI**... مكتب التحقـــيق الفدرالي... كانت الحواجز أمام المنعطف الذي أرادت أن تسلكه، غالقة إياه!؟؟

– "عفوا، هل أنت من سكان الشارع؟" سأل أحد رجال الشرطة عند الحاجز.

– "لا، بـــل جئت؛ لكي أزور زميلا لي في العمل." ردت لينا، وقد انتابها شعور شديد بالريبة.

– "آسف، لا يمكنك الدخول... هناك تحقيق جار."

- "ما الخطب؟ هل وقع حادث؟"

لم يجب الشرطي، واكتفى بالإشارة للينا؛ لكي ترجع بسيارتها، وما كادت أن تعيد السؤال الذي لم تتلق عنه إجابة، حتى لمحت عن بعد كاميرات، وعربات المحطات التليفيزيونية، والإذاعية، فعلى الفور فتحت مذياع سيارتها على محطة الأخبار المحلية، والتي كانت في وسط إذاعة الأنباء العاجلة االمتوافدة منذ ساعات... أخذت لينا تستمع في أثناء ما كانت تحرك سيارتها بعيدا عن منطقة الازدحام، ثم فجأة ضغطت على المكبح! فكادت تصطدم بها السيارة التي كانت تسير خلفها... تغيرت ملامح وجه لينا لتصبح خليطا عبثيا ما بين الاستعجاب والفزع! ثم وصل الاضطراب إلى ذروته..." الاسم الذي نطق به مذيع نشرة الأخبار!... لا يمكن!... هناك خطأ ما!"

- "تود تذكير المستمعين بالخبر العاجل... مكتب التحقيقات الفدرالية يؤكد القبض هذا الصباح على أحد المشتبهين بهم في مؤامرة تفجير مطار بوسطن الدولي، وعلى ما يبدو أنه طبيب سعودي إسمه سعود النجيدي. سنوافيكم بالمزيد من التفاصيل، حين وصولها!"

27

يقال في الأمثال إن كل ممنوع مرغوب، أو كما في بعض الأقوال، بعيد المنال مطلوب؛ هكذا هو الإنسان يبحث عما ليس لديه، ويتعفف عما بين يديه... لماذا؟ لا أحد يدري... ربما هو ذلك الشعور بالتحدي الذي يبحث عنه بنو آدم، أو ربما هو ذلك الشعور بالملل من كل ما هو "روتيني"، مما يجعل الإنسان يبحث عن المغامرة التي تخرجه من سأم الحياة بغض النظر عما قد تؤول إليه نتائج الأمور...

* * *

مرت الساعة تلو الأخرى، وجمال جداوي قابع في سيارته الكورفيت الزرقاء، على مسافة من باب مبنى نادي الروتاري. كان الانتظار مليئا بالذكريات والتأملات حول دلال رحال، بدءاً من أول لقاء بينهما على رصيف "البورتا بانوس" بمربيا إلى آخر مرة رآها فيها بحديقة الهايد بارك في لندن... كان شيء ما بداخله يؤكد له أنه سيراها الليلة، بل وقد يلتقي بها أيضا، كما كان شيء ما بداخله يريده أن يجيب على السؤال الذي ظل يلح عليه، منذ أن رآها قبل عدة ليال، ذلك السؤال الذي كلما خطر على باله أزاحه واستبدل به ذكرى جميلة من ذكرياته معها، متفاديا بذلك الإجابة عليه... ولكن هذه المرة كان السؤال يلح عليه أكثر من العادة، وكان لا مناص من محاولة التفكير في كيفية الإجابة عنه... فإن كانت هذه المرأة هي فعلا دلال، فما الذي تفعله هنا في بوسطن؟ ولماذا لم تتصل به أو بأهلها منذ ثلاث سنوات إلى الآن؟!

"لا بد أن محاولة اختطافها أدت إلى نوع من فقدان الذاكرة... نعم، الصدمة كانت أقوى من أن تتحملها... ربما بعد ذلك تعرفت على رجل رأف بحالها... أتى بها إلى هنا... لا شك عندي أنه جورج روكفلر... كانت نظرته لي مريبة عندما التقيت به أنا ولينا، وأخبرناه عن المرأة التي رأيتها أمام نادي الروتاري... كيف عرف أني أبحث عن زوجتي؟" ظل جمال يصارع أفكاره إلى أن فجأة توقف ذهنه عن التفكير، وأسرعت دقات قلبه، وهو يشاهد عن بعد السيارة البورش الصفراء، وهي تقف أمام مدخل نادي الروتاري الذي كان واقفا أمامه رجل لم ينتبه إليه جمال، حتى توقفت أمامه السيارة، وقد بدأ بالسير نحوها، وكأنه كان ينتظر مجيئها؛ حتى تقله من المكان... أمعن جمال النظر في الرجل، وهو يركب السيارة... لقد رآه من قبل... شكله ليس بالغريب... ولكن أين رآه؟... أين؟... وفجأة تذكره... فرانك روكفلر!...

أقبلت السيارة البورش نحو جمال الذي حاول إمعان النظر فيمن كان وراء عجلة القيادة، ولكن ضوء الكشافات كان ساطعا في عينيه، فلم يستطع أن يتبين إلا جانبا من وجه امرأة بدت له شديدة الشبه بالتي رآها تلك الليلة...

"إنها حتما هي!... دلال!"... ودون أدنى تردد، أدار عجلة سيارته، وأخذ يتتبع السيارة البورش الصفراء.

28

توقفت سيارة جمال جداوي أمام فيلا مسورة أنيقة في منطقة نيوتن، الضاحية الثرية لمدينة بوسطن. ظل مترددا هل يذهب، ويدق جرس المنزل الذي دخلت إليه المرأة مع رفيقها؟ ولكن كيف سيقدم نفسه؟ ماذا سيقول؟...

في ذات الأثناء توقفت سيارة خلفه، وخرج منها رجب غول الذي أخذ يتوجه نحو هاتف عمومي على الرصيف المقابل للمنزل. وضع السماعة على أذنه، وكأنه كان يتحدث مع شخص، في حين أنه كان يخاطب نفسه، وهو ينظر إلى الفيلا التي دخلت إليها السيارة البورش الصفراء التي ظل يتتبعها، منذ خروج صاحبتها من الفندق:

"من تكونين يا ترى؟ إحدى عشيقات كمال أغلو أم أن المسألة أبعد من ذلك؟ ومن هذا الذي دخلت معه المنزل؟ زوج مخدوع؟ حتما زوج مخدوع تخونينه... فيبدو عليك أنك امرأة خائنة، وإلا ما الذي جمعك بشخص وضيع على شاكلة كمال أغلو، فالخائنون للخائنات، والطيور على أشكالها تقع..."

ظل رجب في سلسلة تأملاته هكذا، حتى تنبه على حين غرة برجل يخرج من السيارة التي كانت قد توقفت أمامه، متجها نحو باب سور الفيلا...

– "من؟" جاء صوت عبر نظام الاتصال الداخلي الملحق بجرس السور.

– "اسمي جمال جداوي... أريد مقابلة دلال..." كان جمال قد قرر أنه لا مناص من المواجهة!

- "عفـــوا، ولكـــن يبدو أنك مخطئ في العنوان، فلا يوجد هنا شخص بهذا الاسم."

- "أريد مقابلة صاحبة البورش الصفراء، التي دخلت مع فرانك روكفلر!"

- "لحظة من فضلك."

بعـــد أقل من دقيقة فتح باب السور، مؤذنا لجمال بالدخول فأخذ يتوجه على فور إلى الباب الداخلي للمنزل، وقد شعر أن ساعة الحسم قد أتت وأنه سيتأكد من كون هذه المراة التي رآها هي دلال... ولكن ماذا سيقول لها إن كانت فاقدة للذاكرة؟..." أنا زوجك الذي فقدك في شـــهر العـــسل؟!... أنـــت امرأة سعودية ولك أهل بجدة؟!... اسمك الحقيقـــي هـــو دلال رحـــال، ابـــنة رجل الأعمال المعروف سمير رحـــال؟!..." كـــان مـــع كـــل خطوة يخطوها يشعر، وكأن الطريق الحجري داخل الحديقة يزداد طولا، ولا يريد أن ينتهي..." أخيرا، ها هي ذي عتبات الباب!"

مـــا إن وصـــل حتى كانت الخادمة قد فتحت له الباب، مرحبة بالزائر الذي جاء دون موعد.

- "السيد روكفلر ينتظرك في حجرة المكتب، اتبعني رجاء..."

قـــادت الخادمة جمال عبر ردهات المنزل الذي كان أوسع مما يـــبدو علـــيه من الخارج. طرقت على باب مغلق، ثم فتحته مشيرة للزائر بالدخول.

- "دكـــتور جمال، تذكرت الإسم عندما أخبرتني إميلدا بأنك في الخارج، وترغب في مقابلة دولي زوجتي." قال فرانك دون أن يخفي تعجبه لهذه الزيارة غير المتوقعة.

- "نعـــم... أنا... لا أدري كيف... أبدأ..." كان الحرج الشديد واضـــحا علـــى جمال الذي كأنه فجأة تنبه إلى مدى حرج الموقف، خاصة وأن المسألة قد تعقدت بوجود زوج في الصورة.

- "مع الأسف دولي مرهقة، ولا تستطيع مقابلة أحد الآن، ولكن باستطاعتك التحدث معي إن كان الامر مهما."

لـم يعـرف جمال كيف يبدأ حديثه... كيف يخبر فرانك بأن دولـي هـي دلال، وأنهـا متـزوجة مـنه هو، وبناء عليه يريد استردادها!...

- "هـل تـسمح، وتخبرنـي كيف تعرفت على دلال... أقصد دولـي؟" قال بعد أن استجمع كل قطرة من قطرات مخزون الشجاعة لديه.

- "عفـوا!... ومـا شأنك أنت بهذا الأمر؟" أبدى فرانك دهشة شديدة، ولكن جمال لاحظ بعض علامات القلق، مما جعله يشعر بأن سـؤاله قـد أصاب وترا حساسا! أخذ يفكر في أن فرانك حتما يخفي شيئا!... يخفي دلال!

- "ربمـا مـن الأفضل أن تنادي دلال... نعم دلال، هذا هو إسمها الحقيقي... كونها فاقدة للذاكرة لا يعني أنها لم تكن لها حياة قـبل أن تلتقـي بـك... نعـم، فدلال لها أهل، ولها زوج يحبها، وتحبه!" وصل حد الانفعال بجمال، لدرجة أن صوته كاد يسمع كل من في البيت! كل هذا على مرمى سمع وبصر فرانك الذي وقف، غير مصدق لما كان يحدث، مندهشا من المشهد العبثي الذي وجد نفسه فيه!

- "أنـت حـتما مجـنون!... اخـرج من هنا، وإلا استدعيت الشرطة!"

- "لن أخرج قبل مقابلة دلال!... من حقها أن تعلم الحقيقة!"

- "عـن أية حقيقة تتحدث؟!... أنت بحاجة إلى طبيب نفسي... ما تقوله هو مجرد توهمات... دلال ليست دولي!"

مـا إن فرغ فرانك من جملته، حتى فتح باب الحجرة، ودخلت امـرأة جميلة سمراء ذات شعر أسود طويل، كانت هي التي شاهدها

جمـــال عـــن بعد! كاد للوهلة الأولى أن يصرخ اسمها، متجها إليها معانقـــا، ولكن سرعان ما تدارك نفسه إذ بالرغم من الشبه الكبير... إلا أنها لم تكن دلال!

- "ما الذي يجري؟... لماذا كل هذا الصراخ؟" تساءلت دولي، مـــتجهة نحو زوجها، وقد أخذت تمعن النظر في هذا الزائر الغريب، وكأنها كانت تُشبَّه عليه.

- "هـــذا المعـــتوه يعـــتقد أنك إمرأة يعرفها اسمها دلال!!" كان غضب فرانك قد وصل إلى ذروته.

- "دلال..." رددت دولي، ثم نظرت إلى جمال، وسألته..." من أنت؟"

- "عفـــوا... اسمي جمال جداوي... أنا آسف... يبدو أن سوء تفـــاهم قد حدث، وحسبتك شخصا آخر..." أخذت الكلمات تخرج منه بـــشكل متلعثم، وقد شعر بمدى حماقة الموقف الذي وضع نفسه فيه، نتيجة لاندفاعه، وعدم تأنيه.

- "دلال هذه التي حسبتني إياها... هل هي امرأة تحبها؟" سألت دولي في محاولة لتهدئة الموقف.

- "نعـــم، هي أيضا زوجتي... أنا في غاية الأسف... لا أدري ماذا أقول..."

- "ما الذي تعتقد أنه جرى لها؟"

- "دولـــي، مـــا الداعي لكل هذه الأسئلة الآن؟" قاطع فرانك الذي شعر بأنه يجب عليه إنهاء هذا المشهد الغريب على الفور..." فالأمـــر كلـــه عبارة عن سوء تفاهم غير مقصود، على العموم يا دكـــتور جمال قد تفهمنا موقفك، ولكني أعتقد أنه من الأفضل أن تذهب وترتاح الآن؛ بل من الأفضل لنا جميعا أن ننسى كل ما قد جـــرى الليـــلة؛ تفاديـــا لأية شوشرة إعلامية، وخاصة أنني على مشارف انتخابات..."

- "أهــذا كــل ما يهمك؟! انتخابات! مستقبلك السياسي! سئمت منك، ومن الانتخابات!" انفجرت دولي فجأة بالصراخ على مرمى من جمال الذي شعر بأنه ربما قد حان الوقت، لكي ينسحب!

* * *

نظــر رجب غول نحو ذلك الشاب النحيل ذي الملامح العربية، وهو يخرج مسرعا من الفيلا متجها نحو سيارته الرياضية بعد مضي أقــل من نصف ساعة منذ أن دق جرس الباب، ولكنه لم يعر الأمر اهــتماما كبيرا، فقد كان هناك ما هو أهم بعد أن استطاع في أقل من ثلاثــين دقــيقة أن يتوصــل إلى معرفة شخصية تلك المرأة صاحبة المنزل، والرجل الذي كان معها...

ابتــسم رجــب، وقد شعر بأن القدر لا يزال يلعب في صالحه، وكأنه قد كتب له أن تتيسر جميع أموره، حتى يتمكن من عدوه الذي ظل طوال تلك السنين يخطط لأفضل طريقة للقضاء عليه!...

كل ما كان عليه أن يفعله رجب هو أن ينظر حوله، ليجد منزلا مجاورا معروضا للبيع. اتصل بمكتب العقار المدون رقمه على لوحة البــيع المغروزة في الحديقة الأمامية... ردت عليه عاملة السنترال، وأخبــرته أن ساعات الدوام قد انتهت، فأخبرها بأنه على عجل، فهو رجــل أعمــال من كندا وينوي الإقامة في بوسطن وقد أعجبه ذلك المنــزل الواقع في شارع الشمس بمنطقة نيوتن، ويريد أن ينهي كل شــيء الليلة قبل أن يسافر غدا في رحلة عمل قد تستغرق أسابيع... كان رجب يعلم جيدا أن في أمريكا لغة المال هي السائدة، ومن أجل الدولارات تفتح الأبواب، وتمتد ساعات العمل...

علــى الفــور أخــذت رقم جواله، ولم تمر دقيقة، حتى جاءته مكالمة عاجلة من العقاري المكلف ببيع المنزل!

- "السيد كمال؟"

- "نعـم هــذا أنا." ابتسم رجب، وقد استخدم اسم غريمه؛ حتى تكــتمل ســخرية الموقف، فمثلما استخدم قبل ذلك جواله لجعله أداة تصنت، ها هو يستخدم اسمه لمعرفة شخصية عشيقته!

- "أنــا مايكل أورالي مندوب عقار المنزل الذي أعجبك بشارع الشمس... في الحقيقة هو منزل جميل، وعليه طلب كبير، من الجيد أنك اتصلت بي الآن، ولم تفوت الوقت."

- "المنــزل جمــيل جدا، وفي منطقة هادئة... هذا هو طلبي. المــال لا يشكل بالنسبة لي أي عائق، ولكن قبل كل شيء، أريد أن أعرف من هم الجيران؟"

- "بكل تأكيد، هذا شيء مفهوم جدا."

أخــذ مندوب العقار يخبره عن أسماء الجيران ووظائفهم، لكي يبــين له مدى عراقة السكان، فعرف منه رجب كل ما كان يريد أن يعلمه...

اسمها دولي روكفلر زوجة رجل الأعمال، والمرشح الجمهوري لإنــتخابات مجلــس النواب المقبلة، فرانك روكفلر، نجل الملياردير جورج روكفلر.

- "يــا لهــا مــن مــصادفة جميلة، فأنا صديق جورج، والآن سأصبح جارا لابنه."

- "فعلا دنيا صغيرة... وليس هذا فقط، ولكن دولي أيضا مثلك ذات أصول عربية."

- "أنا لست عربيا... أنا تركي!"

أغلــق رجــب جــواله بعد أن أخذ كل المعلومات التي كان بحاجــة إليها... ركب سيارته، ثم انطلق بها والابتسامة لم تفارق وجهه.

* * *

استلقى جمال على الأريكة فور دخوله لشقته. شعر بصداع شديد يعصف برأسه، بعد تلك المغامرة الفاشلة، تلك المغامرة التي أحسسته، بعد طي صفحاتها، بأنه قد فقد الكثير... فقد الأمل، وفقد لينا، وفقد كرامته، بعد أن تهجم على فرانك في منزله؛ لكي يقنعه بأن زوجته هي دلال!

"كان يجب علي أن أتاكد قبل اقتحام الفيلا!" أخذ جمال يفكر... ولكن الشبه من بعيد!... كأنها هي!... يا ليتها كانت هي..."

غفت عيناه قليلا، ولكن سرعان ما استيقظ عندما رن جواله. حاول تجاهل المكالمة، ولكن المتصل عاود مرة ثانية، وثالثة؛ كان مصرا على أن يتلقى ردا!

- "ألو، مساء الخير جمال." جاء صوت لم يكن بالغريب.

- "مساء الخير، من؟"

- "أنا سمير رحال..." قال بنبرة حزينة، ثم صمت قليلا قبل أن يكمل... "سكوتلاند يارد اتصلت بي... عثروا على جثتها يا جمال!... عثروا على جثتها!" ثم أجهش بالبكاء.

- "جثة من؟!... لا... لا يمكن... دلال؟!"

مرت دقيقة، وطرفا المكالمة في صمت عميق، دون إغلاق الخط، وكأنهما كانا يتأملان هول الخبر... ثم تمالك سمير نفسه، وأخذ يكمل حديثه:

- "اتصلت بي شرطة سكوتلاند يارد البارحة، بعد أن تأكدوا من هوية الجثة... كلفت المحامي في لندن بالقيام بجميع إجراءات نقل الجثمان إلى جدة... أردت أن أخبرك، لكي تحضر العزاء، إن كانت لديك رغبة."

رمى جمال الجوال على الأرض بعدما فرغ من المكالمة، وقد شعر بألم شديد، ألم فقدان دلال مرة أخرى!

29

كـــان "كورنيش" الروشة يعج بالناس كعادته في ذلك الوقت من الليـــل، ممتلـــئا بأهالي بيروت من كافة الطبقات، ميسورو الحال في المطـــاعم، والمقاهي الفاخرة؛ الأرجيلة في اليد اليسرى والكأس في الـــيد اليمنـــى، وأمـــا الغالبية المطحونة، فكانوا يكتفون بالسير على الأرصـــفة، متناســـين في تلك اللحظات البسيطة هموم يومهم الشاق الـــذي كـــان يزداد شقاء عن سابقه، وفي وسط كل هؤلاء كان هناك مزيج ممن أتوا من خارج لبنان للاستمتاع بكل ما لَذَّ وطاب من أمور قد لا تكون متوفرة بالشكل اليسير في بلدانهم...

آثـــر نعـــيم الوزان أن يسير ماشيا على الرصيف، مستلهما من صـــوت الأمواج، التي كانت تتصدى لها الصخور، حالة تأمل يراجع من خلالها آخر مستجدات الأمور...

ظل يراجع مرة تلو الأخرى النسخة التي كانت معه من خطاب نجـــم الدين غول، وبالأخص الجزء الذي كان يتحدث فيه عن مكان وقـــوع الحدث... **مغارة غريبة في وادي نـهر الكلب...** هكذا وصف المكـــان. ولكـــن عـــن أية مغارة كان يتحدث، إن لم تكن هي مغارة جعيـــتا، فالمـــنطقة معروفة الآن، ولا توجد أية مغارات أخرى؛ في الـــوقت ذاته، مغارة جعيتا كانت قد اكتشفت قبل تاريخ كتابة الرسالة بعـــشرات السنين، بما يعني أنها حتما كانت معروفة لدى نجم الدين غول الذي كان يسكن في تلك المنطقة، ثم أنه من المستحيل أن تقوم جماعة سرية خطيرة بعقد اجتماع في مغارة يتوافد عليها المستكشفون مـــن كل حدب وصوب... عن أية مغارة إذاً كان يتحدث نجم الدين غول؟!...

ساعة من الزمان مضت، بعدها وجد نعيم نفسه أمام فندق الفنيسيا، وقد قرر أن يمنح ذهنه قسطا من الراحة، بعد أن عصفت به التساؤلات. أخذ يتجه نحو البوابة المظللة، وقد شد انتباهه لافتة بالحجم الكبير تعلن عن احتفال بعلبك الذي ذكرته سمر القلوب:

مجموعة سمير رحال تقدم

احتفال القرن

احتفال بعلبك

بمشاركة نخبة من نجوم العالم

2009/12/25

تذكر نعيم أن تلك اللافتة لم تكن هي الوحيدة التي رآها منذ أن قدم إلى بيروت، بل كانت أغلب شوارع المدينة مليئة بالملصقات، واللافتات المعلنة عن هذا الحدث العظيم! ابتسم على الفور، وهو يستعيد ما حدث قبل ساعات في الطائرة، عندما حاولت سمر القلوب أن تتكرم عليه بدعوة للحفل، وكيف أنه رد لها الجميل بدرس في التاريخ عن الدولة الفاطمية، واستخدامها للفن من أجل تغييب عقول العامة وتتفيهها!...

دخل بهو الفندق الذي كان مكتظا بالناس من رجال ونساء، من كافة الأقطار العربية، في مجموعات متناثرة تجمعها رغبة واضحة في إظهار ثراء الملبس والحلي، وكأن اتفاقا مسبقا غير مكتوب قد جمع بين الرجال، والنساء في هذا المكان بأن يُظهر كل فرد منهم ما أوتي من نعم المال والجمال. فالنساء كن حريصات على إظهار مفاتنهن الطبيعية التي خلقن بها، وغير الطبيعية التي أضفنها عبر مبضع الجراح. أما الرجال، وإن كان بعضهم يشاطر النساء في الاعتماد على اظهار بعض الجماليات، إلا أن أغلبهم كانوا يستعيضون بالتركيز على قوة المال، وما يمكنه من شراء تحف الملبس والمعشر...

جلس نعيم على طاولة كانت قد خلت للتو، وبعد أن طلب عصير البرتقال الطازج، أخذ يفكر مرة أخرى في خطوته التالية... هل يذهب مرة أخرى إلى مغارة جعيتا في الصباح؟ ولكن ما الجدوى من ذلك، إن لم تكن هي المغارة المقصودة؟... كان هناك شعور ينتابه بأنه قد أغفل النظر إلى أمر ما مهم، ولكن ما هو؟ أخذ يراجع مرة أخرى كل ما كان يعلمه، وكل ما قد توصل إليه، منذ زيارة جاسم الفراج له في كوالالمبور إلى تلك اللحظة، خطوة بخطوة، فلعله يكتشف أمرا ما قد فاته، أو لم يعره انتباها، في خضم سيل الأحداث... كانت هناك خطوط كثيرة قد أخذت تتشكل؛ وكل خط من هذه الخطوط قد يشكل مدخلا لحل لغز ما رآه نجم الدين غول، ودَوّنه في خطابه، أو قد يشكل طريقا مسدود النهاية... بدأت هواجس نعيم تتزايد، فماذا لو أن ما سمعه من طلعت نجاتي، عن الطرد الذي أرسله موشي جولد إلى بوسطن، لا يتعلق بمهمته الأساسية؟ أخذ يشعر بالقلق!... ماذا لو أن السر الذي اكتشفه نجم الدين غول قد مات بوفاته؟! فمئة عام قد مرت على كتابة ذلك الخطاب، أمور كثيرة قد تحدث في قرن من الزمان! فما بالك بخطة ما، في مدينة ما، من أجل القيام بشيء ما، من قبل جماعة ما؟! مئة عام كفيلة بتغيير كل شيء... هذا إن كانت هناك بالفعل خطة لفعل شيء ما! فكل ما ورد في خطاب نجم الدين غول قد يكون في نهاية المطاف مجرد تهيؤات رجل قتلته وحدة المكان؛ حتى وإن كان ما جاء في الخطاب يحمل مضمونا صحيحا، فجماعة في غاية من التنظيم والموارد كالعروة الوثقى لم تستطع فك طلاسمه، فما الذي سيجعله يستطيع هو بمفرده أن يتوصل إلى ما لم يتوصلوا هم إليه؟!...

لأول مرة بدأ يتشكك نعيم في قدرته على السير في هذا الدرب الوعر، لأول مرة أخذ يتساءل عن السبب الذي جعله يترك أعماله، ويقبل هذه المهمة الغريبة! ربما كان طلعت محقا عندما نصحه

بالالـــتفات لعملـــه، وتـــرك كل هذه الأمور... مدينة حَدَاد!... عودة الغائب!... جماعة تتحدث بالأرامية في طقوسها!... ثم فجأة تذكر ما قـــيل لـــه عـــن كون هذا الأمر هو آخر ما بحثه أستاذه الدكتور عبد القادر بنوزّاني! فهل كان عليه إنهاء ما بدأه أستاذه الذي مات ضحية لبحثه عن الحقيقة؟ ولكن إن كان الأمر يتعلق بوفائه لأستاذه، أو ليس مـــا كـــان يخطـــط له، قبل أن يلتقي بجاسم الفراج، هو نوع من رد الاعتـــبار لـــه وللدكتور عبد القادر؟... فؤاد شوكت!... أوليس هو الشخص المسؤول عن كل ما حدث منذ ثلاثة أعوام؟!

شيئا فشيئا أخذ نعيم يستعيد ذكرى كرهه لغريمه... أخذ مجددا ذلـــك الكره يتملكه، ويسيطر على تفكيره، منسيا إياه كل ما عداه... كانت خطته التي رسمها في غاية الروعة والبساطة... مجموعة من المحافظ التي يمتلكها عدد من رجال الأعمال الماليزيين الراغبين في جنـــي الأربـــاح والانتقام مما حدث لهم إبان انهيار أسواق المال في جـــنوب شرق أسيا في أواخر التسعينيات. ذلك الانهيار الذي حمّلوا مسؤوليته الدول الغربية، وعلى رأسها الولايات المتحدة، لرغبتها في كـــبح جمـــاح الـــنمور الآسيوية... استطاع نعيم عن طريق شريكه المالـــيـــزي، الذي يحظى بتقدير وثقة الكثيرين من رجال الأعمال في مالـــيـــزيا، أن يتولى الإشراف على عدد من المحافظ التي بمجموعها أصـــبحت تـــشكل محركا لا يستهان به في أي سوق للأوراق المالية تدخله... كان المطلوب هو أن تشتري، على مدار العام، هذه المحافظ بكمـــيات مـــتفاوتة، دون أن تلفت الانتباه، أسهم شركات فؤاد شوكت المدرجـــة فـــي سوق الناسداك الأمريكية. كان عدد المحافظ، والمدة الزمنية التي تمت في خلالها عمليات الشراء، كفيلا بجعل المحللين لا يشكون في أن شخصا واحدا هو الذي يقود عمليات التجميع على تلك الأسهم، وبعد أن اشترى نعيم ثمانين بالمئة من الكمية التي كان يطمح بـــشرائها، سُـرِّب خبر للأسواق بأن المحافظ الماليزية تبدي اهتماما

خاصا بأسهم تلك الشركات. كان نعيم يدرك من خبرته السابقة أن سوق الأسهم يعتمد على الشائعات في المقام الأول، وقد دعم تلك الشائعات بشرائه بشكل مكثف ما تبقي من الحصة التي كان مقررا أن يشتريها، وبأسعار مرتفعة، مما أدى إلى تضخم غير مبرر في أسعار الأسهم... كان في أثناء ذلك نعيم يبيع من الحصة التي سبق، وأن اشتراها سابقا بأسعار زهيدة، كما استفاد من أوامر الشراء بالأجل التي كان قد وضعها منذ عدة أشهر... النتيجة؟... رد رأس مال المستثمرين زائد نسبة أرباح ممتازة، مع تبقي كمية من الأسهم ليست بالهينة كان ينوي في اللحظة المناسبة أن يلقي بها في الأسواق بأسعار زهيدة، فيصيب ذلك ذعر المساهمين الأفراد الذين سيلقون هم بدورهم بما يمتلكون من الأسهم، فيحدث الانهيار على مرآى من فؤاد شوكت الذي لن يكون بمقدوره فعل أي شيء... ولكن متى ستأتي تلك اللحظة؟... كان نعيم يتخيل ذلك اليوم الذي سيذهب فيه إلى فؤاد شوكت، ويخبره بأنه ها هو بعد ثلاثة أعوام سيرد له الصاع صاعين؛ انتقاما له وللدكتور عبد القادر... تخيل الخوف الذي سيبديه فؤاد شوكت، وهو يستمع إلى الجملة التي أعدها خصيصا لكي يقولها له:

- "شر الأعمال تلحق بأصحابها عاجلا أم آجلا. أردت فقط أن أخبرك، وجها لوجه، بأن ما ستشهده من انهيار لأسهم شركاتك هو من صنيعتي أنا!"

أخذت النشوة تملأ نعيم في أثناء ما كان يتخيل علامات الأسى التي سيبديها فؤاد، وهو يرى كل شيء ينهار من حوله، دون أن يستطيع فعل شيء؛ حتى بيع أسهمه، لكي يقلل من الخسارة، لن يستطيع فعله، فالقانون الأمريكي يحتم على أعضاء مجلس الإدارة أن يعلنوا عن نيتهم للبيع قبل شهر من طرح أسهمهم..." معنى ذلك أن فؤاد لن يستطيع البيع إلا بعد فوات الأوان!"...

ابتسامة ماكرة أخذت تفرض نفسها على وجه نعيم الوزان، وهو يتخيل وقع الحدث على فؤاد شوكت..." هذا ما ينبغي لي أن أركز فيه الآن، "أخذ يفكر..." وليس في أمر خطاب كتب منذ قرن من الزمان لم يستطع من هم أكثر مني خبرة فك طلاسمه! نعم، سأذهب بعد غد إلى بوسطن، وفور وصولي سأذهب إلى مقر فؤاد شوكت. ستكون زيارة مفاجئة، وعلى مسمع ومرأى منه، سوف أجري اتصالا هاتفيا بشريكي أنور؛ لكي يبدأ بعملية إلقاء الأسهم إلى القاع!"

30

في وسط الظلام الدامس، أخذ نعيم الوزان يشعر بالماء يغمر قدميه العاريتين... أين هو؟ وكيف جاء إلى هنا؟ أخذ يتساءل، محاولا أن يتبين مكانه، وقد بدأت عيناه تتأقلم على قلة الإضاءة. شيئا فشيئا أخذ يتنبه إلى مكان تواجده... كان هو ذاته الكهف... الماء وصل الآن إلى ركبتيه!... سمع صراخا آتيا من بعيد!... ما هذا الذي يسطع عن بعد؟ هل هو مخرج الكهف؟ كأن الصراخ قادم منه... جرى نحو النور المنبعث من بعيد، وما كاد يصل حتى لقي ما حاول تجاهله... لقي الطوفان!... جرفه الماء كما كان يجرف العديد من النساء والرجال... عرف الآن سبب الصراخ!... حاول مقاومة الغرق، فالماء كان في كل مكان. حاول أن يمسك بصخرة يقاوم بها ذلك السيل العارم، ولكن دون جدوى! كان الطوفان يسير به إلى حيث لا يعلم؛ وفجأة، وقد ملأه اليأس، انحسر الماء، ووجد نفسه خارج الكهف وانقلب البرد إلى حر شديد. سطوع الشمس الحارقة جعل العرق يتصبب من كل رقعة من جسده، وكأنه شلال منهمر. فجأة تنبه إلى حرقة شديدة منبعثة من قدميه المكشوفتين وسط الرمال!... ما الذي أتى به إلى هذه الصحراء القاحلة؟ حاول أن يتحرك لعله يجد واحة يستنجد بظلالها، ولكنه لم يستطع؛ كانت قدماه مكبلتين إلى الأرض! من أين أتت هذه الأغلال؟ حاول أن يتخلص منها بكل ما أوتي من قوة وغضب، ولكن مع كل محاولة كانت الأغلال تزداد ضراوة، وكأنها كائن حي يستمد قوته مع كل ذرة غضب كانت تنبعث منه!... أخذ يصرخ.. ويصرخ.. ويصرخ!... لا بد من فك هذه الأغلال!... ومع مرور الوقت تهالك على الأرض،

وقد خارت قواه، وبدأ اليأس يستبدل الغضب، فقرر الاستسلام لمصيره المحتوم...

- "مع... ع... را..."

تنبه نعيم إلى صوت قادم من بعيد، كان صوتا مألوفا سمعه من قبل... أخذ ينظر إلى الأفق البعيد، وإذا هو يرى شبح رجل قادما من بعيد... شيئا فشيئا أخذ ذلك الشعور باليأس الممزوج بقطرات الغضب ينكشف عنه... بدا كلام الرجل أكثر وضوحا، كلما اقترب منه... كانت عبارات تتكرر، بل كانت أعمق من مجرد عبارات! كانت...

- "ألم نشرح لك صدرك.. ووضعنا عنك وزرك الذي انقض ظهرك... ورفعنا لك ذكرك... فإن مع العسر يسرا... إن مع العسر يسرا... فإذا فرغت فانصب... وإلى ربك فارغب.."

سمع نعيم الآيات يرددها صوت مألوف يقترب منه. تبين له شكل الرجل القادم، وقد حجب بجسده الممشوق ضوء الشمس الساطع الذي كان، من شدة وهجه يمنعه، من رؤية ما حوله... تبين لنعيم على الفور صاحب الوجه المستدير الميال إلى الحمرة ذي اللحية السوداء الخفيفة.

- "دع عنك الأغلال!" قال خليل الوزان بصوت حازم.

- "ولكني... غير قادر." أجابه نعيم، وقد شعر بالخجل من جده الذي كان يراه على هذا الحال.

- "دع عنك الأغلال!"

- "كيف؟"

- "أطفئ ناره..."

استيقظ نعيم على صوت أذان الفجر المنبعث من هاتفه الجوال، وقد شعر بدقات قلبه تطرق بقوة على صدره المبتل من العرق، وكأنه كان بالفعل يقاوم أمواج عاتية تلقيه ذات اليمين، وذات الشمال!

قـــام من سريره، ثم أخذ يتجه نحو الحمام... وما إن لمس الماء الدافــئ كفــيه، حتى بدأ يشعر بسكينة تملؤه. أكمل وضوءه، ثم ذهب قرب سريره، إلى السجادة المفرودة باتجاه القبلة...

- "الله أكبــر الله أكبر، أشهد أن لا الله إلا الله، أشهد أن محمدا رسول الله، حي على الصلاة، حي على الفلاح، قد قامت الصلاة، قد قامت الصلاة، الله أكبر الله أكبر، لا إله إلا الله."

رفع يديه قرب رأسه...

- "الله أكبر..."

ثم اخفضهما...

- "بسم الله الرحمن الرحيم... الحمد لله رب العالمين.. الرحمن الـــرحيم.. مالك يوم الدين.. إياك نعبد وإياك نستعين.. اهدنا الصراط المستقيم.. صراط الذين أنعمت عليهم.. غير المغضوب عليهم.. ولا الـــضآلين..آمـــين... ألم نشرح لك صدرك.. ووضعنا عنك وزرك.. الـــذي أنقض ظهرك.. ورفعنا لك ذكرك.. فإن مع العسر يسرا.. إن مع العسر يسرا.. فإذا فرغت فانصب.. وإلى ربك فارغب."

رفع يديه قرب رأسه...

- "الله أكبر."

ركع...

- "سبحان ربي العظيم.. سبحان ربي العظيم.. سبحان ربي العظــيم.. ســبوح قدوس رب الملائكة، والروح... سمع الله لمن حمده"

وقف...

- "ربـــنا، ولـــك الحمد... يا ربنا، لك الحمد كما ينبغي لجلال وجهك، وعظيم سلطانك... الله أكبر."

سجد...

- "سـبحان ربـي الأعلى، سبحان ربي الأعلى، سبحان ربي الأعلـى.. اللهم أرنا الحق حقا، وأرزقنا اتباعه، وارنا الباطل باطلا، وارزقنا اجتنابه.. الله أكبر."

رفع رأسه...

- "رب اغفر لي، ولوالدي... الله أكبر."

سجد...

- "سـبحان ربـي الأعلى، سبحان ربي الأعلى، سبحان ربي الأعلـى.. رب اشرح لي صدري، ويسر لي أمري، واحلل عقدة من لساني يفقهوا قولي... الله أكبر."

قام...

- "بسم الله الرحمن الرحيم.. الحمد لله رب العالمين.. الرحمن الرحيم.. مالك يوم الدين.. إياك نعبد، وإياك نستعين.. اهدنا الصراط المـستقيم.. صراط الذين أنعمت عليهم. غير المغضوب عليهم.. ولا الـضآلين..آمين... قل أعوذ برب الناس.. ملك الناس.. إله الناس.. مـن شر الوسواس الخناس.. الذي يوسوس في صدور الناس.. من الجنة والناس... الله أكبر"

ركع...

- "سـبحان ربـي العظيم، سبحان ربي العظيم، سبحان ربي العظـيم.. سـبوح قدوس رب الملائكة، والروح... سمع الله لمن حمده."

وقف...

- "ربـنا، ولـك الحمد... يا ربنا، لك الحمد كما ينبغي لجلال وجهك، وعظيم سلطانك.. الله أكبر."

سجد...

- "سـبحان ربـي الأعلى، سبحان ربي الأعلى، سبحان ربي الأعلـى... ربي، أوزعني أن أشكر نعمتك التي أنعمت علي، وعلى

والـــدي، وأن أعمـــل صـــالحا ترضاه، وأدخلني برحمتك في عبادك الصالحين... الله أكبر."

رفع رأسه...

- "رب اغفر لي ولوالدي... الله أكبر."

سجد...

- "ســبحان ربـــي الأعلـــى، سبحان ربي الأعلى، سبحان ربي الأعلى... اللهم نور بصيرتي، وسدد خطاي، وأعني على نفسي؛ إن النفس لأمّارة بالسوء... الله أكبر."

رفع رأسه...

- "التحــيات لله والصلوات والطيبات، السلام عليك يا أيها النبي ورحمة الله وبركاته، السلام علينا وعلى عباد الله الصالحين، أشهد أن لا إلـــه إلا الله وأشـــهد أن محمدا عبده ورسوله... اللهم صلي علي ســيدنا محمد، وعلى آل سيدنا محمد، كما صليت على سيدنا إبراهيم، وعلـــى آل سيدنا إبراهيم، وبارك على سيدنا محمد، وعلى آل سيدنا محمـــد، كما باركت على سيدنا إبراهيم، وعلى آل سيدنا إبراهيم في العالمـــين إنك حميد مجيد... ربنا، آتنا في الدنيا حسنة، وفي الآخرة حـــسنة، وقنا عذاب النار... السلام عليكم ورحمة الله.. السلام عليكم ورحمة الله."

وقـــع نظـــر نعيم على مطوية ملقاة بجواره، كان قد أخذها مع تذكـــرة مغـــارة جعيتا؛ وضعها في جيبه ثم نسي أمرها إلى أن رآها الآن. لـــم تكن من عادته أن يهمل قراءة أي مطوية عن المكان الذي يـــزوره، ولكن لسبب ما نسي أمر هذه المطوية، مع استعجاله دخول مغـــارة جعيـــتا قبل أن تغلق، فلم يقرأها... مد يده نحوها بحركة لا إراديـــة ثـــم أخـــذ يقرأ ما فيها... كانت تتحدث المطوية عن مغارة جعيتا، وعن ظروف وتاريخ إكتشافها...

مـــا إن فرغ نعيم الوزان من القراءة، حتى ارتسمت على وجهه

ابتسامة ساكنة، ثم استنشق معها الهواء، كمن يستنشقه لأول مرة بعد الخـــروج من جحر ضيق... فقد أدرك في تلك اللحظة أن مثله كمثل الكثير من بني البشر، حيث أصاب المكان، ولكنه أخطأ الهدف!

31

هل من الممكن للإنسان أن تنقلب حياته رأسا على عقب؛ ليكتشف واقعا غير الذي كان يظن أنه يحياه، بين ليلة وضحاها؟ هل من الممكن للإنسان أن يرى فجأة الأشياء على غير حالها المعتاد كأن يرى الليل نهارا، والنهار ليلاً؟ هل الفرق بين الحقيقة، والخيال أصعب من أن تراه العين المجردة، المعتادة على نمطية الحياة التي ينشأ عليها الإنسان المُبَرمج منذ صغره على رؤية ما يراه الناس من حوله، دون أن يسأل عن ماهيته، ودون أن يحاول تلمس الحقيقة هو بذاته، وأن يكتفي بالانصياع لما يقال له؟ إن كانت الإجابة على كل هذه التساؤلات بنعم، فما الفارق إذاً بين الحقيقة والخيال؟...

كان اليوم يسير ببطء شديد على لينا، وهي تحاول فهم ما كان يدور من حولها... فما الذي يحدث لفؤاد شوكت؟ وكيف يمكن لشخص مثل سعود أن يتهم بالإرهاب؟ لأول مرة بدأت لينا تعتقد أنه ربما ما حدث لفؤاد كان أبعد من مجرد خطأ طبي وقع فيه الدكتور بيرسون... ربما... ربما... تكون **مؤامرة**!... ولكن لصالح من؟ ولماذ؟...

اقتربت الساعة من وقت انتهاء دوامها بالمستشفى، ولكن لينا شعرت بأنها تريد أن تذهب لتواسي منال مرة أخرى، خاصة بعدما تدهورت حالة فؤاد بشكل ملحوظ، مما استوجب نقله إلى غرفة العناية المركزة. كانت تشعر بالمسؤولية تجاهه أكثر مما اعتادت أن تشعر تجاه باقي مرضاها، وبالأخص الآن، بعدما اكتشفت ما جرى له... فكرت مرارا في الذهاب لمواجهة الدكتور بيرسون، ولكنها كانت في كل مرة تتذكر ما حدث لسعود في أقل من أربع وعشرين ساعة من مقابلته للدكتور بيرسون... هل واجهه بشأن أشعة فؤاد

التي أظهرت وجود الورم، كما هو بالرغم من العملية المزعومة؟ لقد قالت الممرضة إنها رأت سعود، وهو يخرج من مكتب الدكتور بيرسون غاضبا، بل كادت تجزم بأنها سمعت الدكتور بيرسون يطرده من المكتب... نعم، لا بد وأن النقاش قد احتدم بسبب ما قد اكتشفه سعود، ذلك الأمر الذي ربما يكون قد كلفه تهمة خطيرة من قبل مكتب التحقيقات الفدرالي!... هزت لينا رأسها في محاولة لنفض تلك الأفكار التآمرية عن ذهنها، فكيف يمكن لهذا أن يحدث في بلد ديموقراطي، كالولايات المتحدة، الإنسان فيه له قيمة؟ لا، لايمكن أن تكون التهمة الموجهة لسعود لها صلة، لا من قريب أو من بعيد، بما جرى لفؤاد شوكت... لا يمكن!... إنها مجرد مصادفة عبثية من مصادفات الحياة التي يواجهها الإنسان كل يوم، لا أكثر، ولا أقل!... نحن لسنا في دولة من دول العالم الثالث التي لا تحترم حقوق الإنسان!... نحن في أمريكا بلد الحرية، والعدالة، والأمان...بلد القانون...بلد ال... ولكن ماذا لو... ماذا لو أن المصادفة ليست بالمصادفة؟ ماذا لو أن للحقيقة وجها آخر؟ ماذا لو أن حرية سعود أقل قيمة من أن تصان؛ لأن هناك أمرا ما يدور خلف الكواليس، قد لا تكون هي على علم به؟ ثم فجأة أخذ سؤال آخر مخيف يلح عليها مرة تلو الأخرى... فما الذي قد يحدث لها هي، إذا علم الدكتور بيرسون ما توصلت إليه؟!

لأول مرة في حياتها، شعرت لينا بالعجز!

* * *

كان كمال أغلو في غاية اللطف مع منال، أو هكذا تظاهر، وهو يودعها بعدما انتهى من زيارة فؤاد الذي أصبح الآن تحت وطأة جهاز التنفس الصناعي الذي لم يمكنه من التحدث، بالرغم من وعيه إلى حد ما بما حوله.

- "لا تنس أن فؤاد أكثر من مجرد شريك عمل، فهو أيضا صديق عزيز منذ سنوات طويلة، لذلك إن احتجت لأي شيء... رجاء لا تتردد..."

- "شكرا كمال... أعلم مدى إخلاصك، ووفاءك لفؤاد. ثق بأني بخير، ولا ينقصني، سوى أن أرى فؤاد يقوم بالسلامة."

- "تأكدي أنه لن يجد أفضل من الدكتور بيرسون، لكي يعتني به، أنا واثق من ذلك... بالمناسبة، أعلم أن هذا ليس أفضل وقت للتحدث في مثل هذه الأمور، ولكن كان فؤاد قد أخبرني قبل أن تصيبه هذه الوعكة، بأنه أعد لي بعض الأوراق المهمة... هل لديك علم بها؟" سأل كمال، وهو يعلم الإجابة مسبقا؛ لأنه لم تكن هناك أية أوراق.

- "لا... مع الأسف لا علم لي بهذا الأمر، فؤاد لم يكن يطلعني أبدا على مثل هذه الأمور."

- "لا بأس... لا بأس... ما يهم الآن هو أن نطمئن على صحة فؤاد." قال كمال وقد رسم على وجهه ملامح التأثر، ثم أكمل بصوت منخفض، وكأنه يحدث نفسه..." ولو أن هذه الأوراق في غاية الأهمية وفقدانها قد يتسبب لنا في خسارة مالية كبيرة... ولكن كل شيء يمكن تعويضه إلا صحة الإنسان."

- "كمال... أنا واثقة بأن فؤاد لن يرضيه أن يتعطل العمل بسببه، خاصة إذا كان هذا سيعرض أحد أصدقائه للخسارة."

- "لا تشغلي بالك، ففؤاد هو الوحيد الذي يعلم مكان هذه الأوراق، ولكنه مع الأسف لا يستطيع التحدث في وضعه الراهن... لا بأس، عندما تتحسن حالته، ويرفع عنه جهاز التنفس سيستطيع إخبارنا عن مكان الأوراق."

- "ولكنك تعلم بأن هذا الأمر قد يطول، وآخر ما أتمناه هو أن يتضرر أحد بسبب مرض فؤاد... اسمعني، لماذا لا تذهب إلى المنزل وتبحث عن هذه الأوراق بنفسك، فأنت لست بالغريب...

صدقني لولا أن حالة فؤاد كما ترى ما زالت حرجة لذهبت أنا بنفسي من أجل البحث عنها..."

- "وأنا لن أقبل بأن تتركي فؤاد في هذه الحالة، وهو بحاجة إليك... سأذهب أنا بنفسي، وأبحث عنها، فهذا أقل واجب... ولكن مهلا.." صمت كمال قليلا، ثم هز رأسه... "لا أعتقد أن هذا سيجدي، فالأوراق هذه في غاية الأهمية، وأنا واثق بأنه لن يتركها ملقاة هكذا على مكتبه... فأغلب الظن أنها ستكون في خزنته الخاصة... يبدو أنه لا نصيب لي في أن أحصل على هذه الأوراق قبل أن يتعافى فؤاد."

- "لا توجد أية مشكلة، فهذا هو مفتاح الخزنة، وملصق به الرقم السري... أعطاني إياه فؤاد البارحة، عندما شعر بأن صحته..." صمتت منال، وقد أخذت تذرف بعض العبرات.

- "أنا دائما أقول بأن فؤاد رجل حكيم، يعلم كيف يحتاط لكل طارئ... لقد أحسن التصرف بإعطائك مفتاح الخزنة، والرقم السري... تأكد بأن مستقبل الكثيرين مرهون بإيجادي لتلك الأوراق."

أخذ كمال ما كان قد جاء من أجله، ثم ترك منال؛ لكي تبقى مع زوجها، وتشاركه مابقي له من أيام!

* * *

أدركت لينا أن قهوتها قد بردت بعد أن احتست جرعة من الفنجان الذي ظل على طاولة المقصف قرابة الأربعين دقيقة. لم تستطع ترك المستشفى، وقد مضى على إنتهاء الدوام أكثر من ساعتين، وظلت تفكر في الحزن الشديد الذي بدا واضحا على وجه منال، وهي تحتضنها عندما ذهبت لزيارة زوجها في العناية المركزة. أخذت تلوم نفسها؛ لأن علاقتها بفؤاد شوكت، وزوجته لم تعد علاقة طبيب بمريض، بل تجاوزت ذلك، مما أشعرها بأنها

ربما أصبحت تفكر بعاطفتها، أكثر من التفكير بعقلها. فالعقل يقول إنهـا مجـرد طبيبة مقيمة في قسم الجراحة، أي أنها لا تزال في طـور الـتدريب، لمـاذا إذاً تشكك في جراح شهير مثل الدكتور بيرسـون؟ ولمـاذا تخاطـر بمستقبلها الطبي من أجل مريض لا تـربطه بها لا صلة قرابة، أو حتى صداقة؟... "دع الأمر وشأنه"، أخذت تفكر، "ففي النهاية هذا مريض الدكتور بيرسون، فما شأني أنا بما يحدث له؟"

ولكـن علـى الرغم من محاولات لينا الحثيثة من أجل التبرير لنفسـها السبب الذي يجعلها تترك الأمر برمته وتلتفت لمستقبلها، إلا أنها كانت تدرك أن كل هذا لن يجدي. فهي لا تستطيع أن ترى إنسانا يغـرق، وتقـف ساكنة، دون أن تحاول إنقاذه، فما بالك بشخص قد وضع كل ثقته بها... لا، لا يمكن أن تتركه هكذا دون أن تفعل شيئا، حتى وإن لم تستطع إنقاذ حياة فؤاد شوكت، فلا بد وأن يدفع الدكتور بيرسون ثمن فعلته! هذا أقل ما يجب!

قامـت لينا، ثم أخذت تتجه نحو المصعد المؤدي إلى المرآب. كانـت أروقة المستشفى في هذا الوقت من الليل شبه خالية، فلم تكن تعج بالأطباء والعاملين والمراجعين من المرضى، كما هو حالها في سـاعات الـنهار. ضغطت على زر البهو، ثم أخذت تفكر في أثناء هبوط المصعد في الخطوة الآتية التي يجب أن تخطوها... هل تذهب غـدا إلى رئيس قسم الجراحة وتخبره بكل شيء؟... ولكن لا بد من دلـيل لا يقبل الشك، فهل تكفي صورة الأشعة... لا، سيقول الدكتور بيرسـون إنهـا مجرد آثار ما بعد العملية أو شيء من هذا القبيل... مـاذا لـو ذهبت إلى منال، وأخبرتها عن شكوكها، فقد تستطيع هي بـصفتها الـزوجة أن تطلب رأي طبيب آخر... لا، فهذا لن يجدي، فمـن سـيخالف رأي أحد اشهر جراحي الصدر في العالم؟ فما بالك بالتشكيك في نواياه...

كانت لينا تصارع الأفكار، الواحدة تلو الأخرى، وهي تمشي متجهة نحو سيارتها، وعلى الرغم من أنها قد عزمت على أن تفعل شيئا، إلا أنها لم تكن قد توصلت إلى ماهية هذا الشيء، فما الذي يمكن فعله تجاه مسألة حساسة كهذه دون وجود دليل ملموس؟... لو أن عينة المختبر لم تفقد، لأخذتها لكي تعيد قراءتها مع طبيب أنسجة آخر تثق به، وبذلك يتم إثبات أن الجزء الذي استأصله الدكتور بيرسون من رئة فؤاد خال من الورم، على عكس ما جاء في التقرير الملفق الموجود الآن في الملف...

وضعت لينا يدها في حقيبة اليد لكي تخرج منها مفتاح سيارتها، ولكن سرعان ما أدركت أنه لم يكن في موضعه. تذكرت على الفور أنها كانت قد وضعته صباحا في خزانتها بقاعة الجراحين. هزت رأسها، وتمتمت غضبا من هذه الغفلة التي قد أصابتها، ثم أخذت تعيد خطواتها نحو المصعد مرة أخرى. ما كادت تقطع نصف الطريق، حتى شعرت بصوت خافت آت من خلفها. أدارت رأسها، وهي تسير، ولكنها لم تر شيئا، بل غن الصوت توقف. فجأة شعرت بالقلق، والذي أخذ يتزايد مع كل خطوة تخطوها في المرآب الخاوي. دون أن تشعر، وجدت نفسها تسرع في المشي حتى كادت تهرول نحو المصعد، وبالرغم من عدم تيقنها من أمر ذلك الشيء الذي سمعته، إلا أنها لم تشعر برغبة في اكتشاف شأنه في تلك اللحظة! كل ما كانت ترغب فيه الآن هو أن تحصل على مفتاح سيارتها من الخزانة، حتى تتمكن من ترك المستشفى التي أصبحت تمثل لها مصدر قلق وحيرة!...

فتحت لينا الباب، ثم دخلت القاعة التي كانت تضم مجموعة من الخزانات المغلقة، مصفوفة بشكل طولي إلى الجدار الخلفي، مكونة بذلك عدة ممرات. لم يكن هناك أحد سواها، وهي تخطو نحو خزانتها الواقعة في الصف الثالث قرب دورة المياه. رفعت

من حول رقبتها مفتاحا وحيدا كان معلقا في سلسلة ذهبية، ثم فتحت به باب الخزانة. تنفست الصعداء، حين وجدت مفتاح السيارة كما ظننت، فلوهلة انتابها هاجس بأنه ربما قد نسيته في مكان آخر، فعليها البحث عنه في كافة أرجاء المستشفى. لحسن الحظ لم يكن الأمر كذلك. أخذت مفتاحها، ثم استدارت متجهة نحو الباب، ولكن لفتة رأس دون قصد جعلتها تقف بعد بضع خطوات قرب صف الخزانات الأول. أخذت تنظر بتمعن نحو خزانة كانت تعرف جيدا هي لمن. اقتربت منها أكثر غير مصدقة ما كانت تراه، لكن لم يكن هناك مجال للشك!... فيبدو أن الدكتور بيرسون قد نسي مفاتيحه على باب خزانته! فجأة خطر على بالها أن تقوم بعمل لم تتخيل نفسها فاعلة إياه في يوم من الأيام. ترددت وهي تتجه نحو باب الخزانة. كان يجب عليها إما القيام بما فكرت فيه الآن، أو أن تنسى الأمر برمته، فالدكتور بيرسون قد يظهر في أية لحظة؛ لكي يستعيد مفاتيحه، بل قد يكون في هذه اللحظة على وشك دخول القاعة... ترددت قليلا، ولكنها لم تستطع مقاومة فضولها! "قد يكون هذا هو الأمل الوحيد في إيجاد الدليل الذي أبحث عنه." أخذت تفكر في أثناء ما كانت تتجه نحو الخزانة...

بدأت لينا عملية التفتيش في بعض الأوراق التي لم تجد بها شيئا ذا أهمية، فقط بعض التقارير الطبية التي كان عليه أن يوقعها، وصورة من بحث طبي كان قد نشر في مجلة جراحة الصدر. بدأت تعيد الأوراق إلى مكانها، عندما لمحت شريحة عينة مخبرية... على الفور أخذت دقات قلبها تتسارع..." لا يمكن! هل تكون هذه شريحة من شرائح فؤاد شوكت المفقودة؟"

ولكن سرعان ما جاءها الجواب عندما قرأت اسم صاحب العينة على الشريحة، فلم يكن الاسم الذي تمنت قراءته...

فـــي تلك الأثناء، دون أن تشعر لينا، كان باب القاعة قد فتح... وما كادت أن تفرغ من قراءة اسم صاحب العينة، حتى سمعت صوتا أرعبها، بل جعلها تشعر، وكأن صاعقة من السماء قد أصابت قلبها، فأردفته يتخبط على الأرض!

- "لينا، ما الذي تفعلينه!؟..."

32

كان على مايكل كوان أن يخبر قسم الأشعة بمستشفى بوسطن بأمر سفر صديقه المفاجئ من أجل حضور الدفن والعزاء في زوجته بالسعودية. تلقى الخبر من جمال في الصباح الباكر، وقد شعر بمدى الأسى الذي كان واضحا على صوت صديقه، وهو يحدثه على هاتفه الجوال في أثناء طريقه إلى المطار. تمنى مايكل لجمال العودة بالسلامة قريبا بعد تجاوز المحنة، وطمأنه بأنه سيتولى أمر تبليغ سكرتيرة القسم من أجل إعداد الأوراق اللازمة لأخذ إجازة اضطرارية، وغيرها من الأمور الإدارية الروتينية المتعارف عليها في مثل هذه المناسبات الأليمة...

هكذا كان حال بداية اليوم الجديد لمايكل كوان الطبيب المقيم في السنة الثانية من قسم الجراحة، وباستثناء تلك المكالمة الصباحية كان حال اليوم يسير مثل سوابقه، منذ أن أتى إلى مدينة بوسطن، بعد أن قبل في برنامج الجراحة، كأحد الثلاثة الذين يقبلهم القسم كل عام من ضمن أكثر من مئتي متقدم للوظيفة التدريبية التي يتهافت عليها الكثيرون ممن تخرجوا من كلية الطب في كافة أنحاء الولايات المتحدة، وبالرغم من هذا الإنجاز الكبير، إلا أن مايكل كان يشعر بأنه لا يزال في بداية الطريق من أجل تحقيق الحلم الأمريكي، ذلك الحلم الذي أتى بأبيه، وأمه من كوريا الشمالية قبل خمسة عقود، كمهاجرين من ضمن من هاجروا إلى أمريكا، منذ أن اكتشف كريستوفر كولومبس العالم الجديد.

كان على مايكل من أجل أن يحقق حلمه أن ينهي مدة التدريب في قسم الجراحة، والتي تمتد من خمس إلى ثماني سنوات، على

حـسب التخـصص الذي سيختاره، بعد ذلك سيستطيع أن يجني من عمله الجراحي ما قد يساعده على تسديد ديونه الطلابية، والتي بلغت حوالي مئتين وخمسين ألف دولار. بعدها سيتمكن من إقحام نفسه في دين جديد من أجل شراء منزل أحلامه، وما بين الدين الأول والثاني لا بـأس مـن شـراء سـيارة بالتقسيط، فواحد من جماليات النظام الرأسـمالي هـو استطاعة المرء أن ينفق ثلاثة أضعاف دخله عبر مـنظومة الاستدانة، والأقساط، وبطاقات الائتمان المتوفرة بكل يسر فـي العالم الجديد... فما قيمة الحياة إن لم يستمتع الإنسان بكل لحظة فيها... هكذا كان شعار مايكل هو وكثير من أقرانه ممن يرغبون في تحقـيق الحلم الأمريكي الذي طالما باغت الكثيرين حول العالم، وإن كان الثمن هو سلاسل الدَّيْن وأغلاله!

* * *

كان عناء يوم المناوبة كسوابقه من الأيام، حيث لم ينقطع جهاز الـنداء من فرض نغمته الرتيبة على مايكل الذي ظل يسعى ما بين جناح مرضى قسم الجراحة، وقسم الطوارئ، منذ أن استلم المناوبة، وإن تخللـت بعض اللحظات التي استطاع من خلالها قضاء حاجته. كانت إحدى هذه اللحظات عند الساعة التاسعة مساء، عندما قرر أن يذهب إلى قاعة الأطباء من أجل تناول شطيرة "السلامي" التي أعدها لنفـسه مـن الصباح قبل مجيئه إلى المستشفى..." نصف ساعة من الراحة، هذا كل ما أتمناه الليلة." أخذ يفكر، وهو يدخل الرقم السري الـذي يفتح باب القاعة، ولكن شيئا ما جعله يشعر بالقلق، فالباب لم يفتح! حاول مرة ثانية، وثالثة، ولكن دون جدوى..." تبا! لا بد، وأن الرقم السري قد تغير اليوم!"

أخـذ يطرق على الباب، فلعله يكون بالداخل غيره من الأطباء المناوبـين، فيفـتح له الباب... ولكن حتى هذا لم يجد... لوهلة أخذ

يشعر بإحباط شديد، وقد بدأ يلعن حظه العثر، ولكن سرعان ما رأى بصيصا من الأمل يفتح بابا في آخر الممر الطويل؛ ليدخل قاعة كان يعرفها جيدا، فشعر بأن حظه قد لا يكون بالسوء الذي توقعه، ثم بدأ يتوجه نحو تلك القاعة. فتح الباب، وبابتسامة الغريق الذي حطته الأمواج على شاطئ الأمان، قال:

- "لينا! ما الذي تفعلينه؟! ألا يوجد لديك ما هو أهم من المستشفى، حتى تبقي إلى هذه الساعة المتأخرة، أم أن الأقدار هي التي أرسلتك إلي؛ لكي تنقذيني من هذه الورطة التي وجدت نفسي واقعا فيها؟"

* * *

تنفست لينا الصعداء، بعدما تبين لها أن الشخص الذي فاجأها ليس بالدكتور بيرسون. لوهلة شعرت، وكأن قلبها قد تلاشى من شدة الخوف.

- "مايكل، أفزعتني! ماذا تريد، وعن أية ورطة تتحدث؟" بادرت هي بالهجوم، بعدما تبين لها أنه لم ينتبه إلى موضعها أمام خزانة لا تخصها.

- "الرقم السري لقاعة الأطباء يبدو أنه قد تغير، وأنا الآن لا أستطيع الدخول."

- "لو أنك راجعت بريدك الإلكتروني، ولم تهمله كعادتك، لوجدت الرقم الجديد الذي أرسلته سكرتيرة القسم."

- "لينا، ارحميني رجاء من تأنيبك المستمر." قال بعد تنهيدة عميقة أطلقها، ولكن سرعان ما حاول أن يرسم على وجهه ابتسامة تملق وهو يضيف قائلا..." هل بإمكانك أن تخبريني بالرقم الجديد؟"

- "لا بأس، هو ثلاثة، واحد، خمسة."

- "شكرا! لقد أنقذت حياتي البائسة، الليلة على الأقل، فكم أنا بحاجة للخلود إلى تلك القاعة الآن."

ما كاد أن ينهي جملته، حتى انطلق صوت جهاز النداء مرة أخرى، معلنا عن قدوم حالة إصابة سير جديدة إلى قسم الطوارئ!

- "سأقتل نفسي في يوم من الأيام! لا يوجد حل آخر من أجل التخلص من هذا الجحيم!"

لم تتمالك لينا نفسها من الضحك، وهي ترى مايكل يركض مسرعا نحو الباب، متجها إلى المصعد...

مرة أخرى هدأ المكان، وشعرت برغبة ملحة في الاستمرار بتفتيش خزانة الدكتور بيرسون، فهذه فرصة لن تتكرر، ولكن صوت داخلي أخذ ينبهها إلى أنها، وإن سلمت في المرة الأولى قد لا يكون كذلك الحال في المرة القادمة..." دع الأمر، وشأنه، مستقبلك على المحك!" أخذت تخاطب نفسها... "ولكني قد أجد الدليل الذي أبحث عنه!"..." صاحب الخزانة قد يحضر في أية لحظة، كيف سيكون موقفك، حينما يراك تعبثين بحاجاته؟!"

وهي في هذه الحيرة من أمرها بين إقبال وإدبار، فجأة سمعت صوتا من خارج القاعة تعرفت عليه على الفور. كان بداية مقطع سمفونية بيتهوفن الخامسة، الرنين المميز لجوال الدكتور بيرسون...

شعرت لينا بالربكة، وعلى الفور أغلقت باب الخزانة. أرادت أن تذهب بعيدا عن هذا الصف من الخزانات إلى صف خزانتها؛ حتى لا يشك في أمرها الدكتور بيرسون، عندما يدخل إلى القاعة، ولكنها تأخرت! فقد فتح الباب، وكان من المستحيل أن تتجه إلى الناحية التي ترغب بالاتجاه إليها دون أن يراها. نظرت حولها، فلعلها تجد مكانا آخر تتجه نحوه قبل أن يأتي الدكتور بيرسون، الذي كان قد تباطأ في القدوم؛ لكي يرد على جواله.

- "نعـــم، نعـــم كمال أنا قادم في الحال، لن أتأخر. تستطيع أن تنتظرني في المكتب..."

استغلت لينا تلك اللحظات، فذهبت إلى الجهة المقابلة من صف الخزانات، حيث كانت هناك فجوة بسيطة استطاعت أن تحشر جسدها النحيل فيها؛ حتى لا يراها الدكتور بيرسون.

- "أعلــم بــأن جورج وفرانك في الطريق، قلت لك لن أتأخر! تذكرت أني نسيت سلسلة مفاتيحي، سآخذها، وآتي في الحال."

كـــان القلـــق والاضطراب قد بدا واضحا على صوت الدكتور بيرســـون فـــي أثناء محادثته؛ حتى إنه فور إنهائه للمكالمة ذهب إلى خـــزانته، وأخذ المفاتيح من على بابها، ثم بخطوات متسارعة خرج من القاعة، دون أن يلتفت...

مـــرة أخرى تنفست لينا الصعداء، وقد شعرت، وكأنها استنفذت كل ما لديها من مخزون حسن الحظ...

تـــوجهت نحو باب القاعة، بعد برهة من الزمن كان فيها الدكتور بيرسون قد ابتعد. وضعت يدها بشكل تلقائي في جيبها للتأكد من أنها لم تـــنس مجددا مفتاح سيارتها. اطمأنت عندما شعرت به، ولكنها شعرت بـــشيء آخـــر يلامـــس أطراف أصابعها، شيء ما له ملمس زجاجي. مـــسكت به وأخرجته... كانت الشريحة التي أخذتها من خزانة الدكتور بيرسون، فمع سرعة الأحداث، نسيت أن تضعها في مكانها!

"لا بـــأس ســـألقي بهـــا في أي مكان، وشخص غيري سيجدها ويأخـــذها إليه." أخذت تفكر، وما إن كادت تلقي بالشريحة في ركن من أركان القاعة، حتى تنبهت إلى أمر ما. فقد شد انتباهها تاريخ أخذ العينة، المكتوب على جانب الشريحة...

31 أكتوبـــر 2009. هـــو ذاته التاريخ الذي أجريت فيه عملية فـــؤاد شوكت؛ ليس هذا فقط، ولكنها انتبهت أيضا إلى نوعية أنسجة عينة الشريحة... كانت مأخوذة من الرئة!

نظـرت مرة أخرى إلى اسم صاحب العينة... "ستيفن كونلي." سـرحت ليـنا قليلا، ثم أخذت تتساءل..." هل من الممكن أن يكون الدكتور بيرسون قد..."

لـم تكمـل السؤال. خطر أمر على بالها، فأرادت أن تتأكد؛ وسـرعان مـا أخـذت تتوجه نحو أقرب حاسب آلي، نحو قاعة الأطباء.

* * *

أكثـر مـن نـصف سـاعة قد مضت، ولينا تنظر عبر شاشة الحاسوب إلى التقارير الطبية الخاصة بستيفن كونلي؛ تراجعها المرة تلـو الأخـرى للتأكد من أنها قرأت بالفعل ما تظن أنها قرأته. كان الرجل يعاني مثل فؤاد شوكت من ورم خبيث بالرئة، بل وأجريت له عملـية في ذات اليوم. إلى الآن الخبر ليس بذلك الغريب، ففي العادة كان يجري الدكتور بيرسون أكثر من عملية استئصال للرئة في يوم عملـياته، وذلك لكثرة ما تحول إليه من حالات؛ ولكن ما شد انتباهها وأثـار دهشتها أن تقرير المختبر للعينة التي استؤصلت أظهر أنه لا يوجد هناك أثرا للورم، فالعينة كانت سليمة!

فـي تلـك الأثناء دخل إلى القاعة مايكل الذي سرعان ما ألقى بجسده على أقرب أريكة من الباب.

– "يا إلهي! لكم وددت أن ألقي بجهاز النداء هذا في المرحاض! لا يريد أن ينقطع رنينه، لقد أصبح يشكل لي كابوسا... أشعر وكأني لن أصحو من هذا الكابوس أبدا!"

– "كفاك شكوى، كالأطفال."

– "مـا لا أفهمه، كيف تستطيع امرأة مثلك أن تتحمل مثل هذه المـناوبات، وأنا الرجل بالكاد أتحملها!" قال مايكل ممازحا، وقد كان يدرك أن مثل هذه العبارات تثير غضب لينا.

- "دعك من هذه الغطرسة الرجولية، وأجبني... هل تذكر حالة مـــريض يدعـــى ستيفن كونلي كان يعاني من ورم خبيث بالرئة قام الدكتور بيرسون باستئصاله منذ عدة أسابيع؟"

- "هـــل أذكـــر الحالــــة! وكيف أنسى حالة كهذه؟ وقد أمضيت ســـاعات في كتابة ورقة علمية عنها على أمل أن أنشرها في إحدى الدوريات الجراحية المرموقة، وبعد كل هذا التعب، صدمني الدكتور بيرسون برفضه أن أنشر الورقة... يا له من وغد!"

- "ولمـــاذا يرفض أمرا كهذا؟" سألت لينا، وقد كانت تبحث عن إجابة تؤكد شكوكها.

- "حجـــته أن هـــذه ليست أول مرة يختفي فيها ورم خبيث من تلقـــاء نفـــسه، هـــناك حـــالات مماثلة، وقد كُتب عنها في الدوريات الجراحية... قال لي إن مثل هذا التكرار لا يليق بسمعته، وبحكم أنه الاستشاري المسؤول عن الحالة، فلن يسمح لي بنشر ما كتبته."

- "هل تذكر من هو الشخص الذي أخذ العينة إلى المختبر بعد استئصالها؟"

- "هـــو الذي أخذها بنفسه... أمر بأن تحفظ في الفورمالين، ثم أخـــذها، بعـــدما فـــرغ من العملية هي، والعينة الأخرى من العملية السابقة."

أخـــذت دقات قلب لينا تتسارع، وكأنها كانت تجري في إحدى الماراثونات، وهي تفكر فيما قد سمعته للتو... "**هي، والعينة الأخرى من العملية السابقة**"... هذا ما قاله مايكل... عينة فؤاد شوكت!

- "مـــن حسن الحظ أني احتفظت بإحدى الشرائح معي بغرض تـــصويرها، ووضـــع الصورة في الورقة العلمية، التي لم يسمح لي بنشرها، لولا ذلك لضاعت مع باقي العينات الخاصة بالعملية."

- "ولكن الدكتور بيرسون أخذها منك."

- "صحيح... ولكن كيف عرفت ذلك؟" سأل مايكل، مندهشا.

- "خمّـنت ذلـك." ردت لينا، وقد لمعت عيناها، وهي تمسك بالشريحة داخل جيبها، بعدما أدركت أنها قد وجدت الدليل الذي كانت تبحث عنه!

* * *

لم يكن يعتقد تيري بيرسون أن الأمر سيصل به إلى هذا الحد، ليصبح أداة قتل في يد المتنورين. لم يكن ليتصور قبل خمسة وثلاثين عاما عندما تم إبلاغه بأنه قد اختير للانضمام إلى نادي الجماجم، بعد سـنة من قدومه إلى جامعة برينستون بأن قبوله كان سيغير مجرى حياته إلى الأبد، وأنه سيدخل عالما لا يمكن الخروج منه، عالما جذابا بقدر ما هو فتاك، عالما يتحكم فيه القلة بمصائر الكثرة، عالما يكمن سـر قوته في خفائه عن أنظار الآخرين..." إن أكبر عملية خداع قام بها الشيطان هو إقناعه للكثيرين بألاّ وجود له!"... لطالما ظل يتذكر تلـك المقولة التي كانت بمنزلة شعار له، ولأقرانه، بعدما ارتقى في هرمية الجماجم؛ ليصبح عضوا فعالا في جماعة المتنورين، الجماعة الأم لنادي الجماجم.

كم من الأبواب المغلقة فتحت له، وكم من المصاعب والعراقيل قد أزيحت من دروب حياته؛ ليصل إلى ما لم يكن يتخيل أنه سيصل إليه من مجد وجاه ومال وفير، فما من حلم حلمه، إلا وأصبح واقعا، وما من شيء دار في مخيلته، إلا وتحقق. كل هذا بفضل المتنورين، ولكـنه أخذ يدرك أن الحياة لا يوجد فيها غداء بلا ثمن، وأن كل حلم جمـيل لا بد، وأن يتبعه كابوس ليفيق النائم من غفوته، فيتجرع من مرارة الحياة...

- "انتظـرناك كثيرا، كدنا نمشي." قال جورج روكفلر فور ما دخـل تيـري بيرسون إلى مكتبه الذي كان قد سبقه إليه هو مع ابنه فرانك، وكمال أغلو الذي حضر قبلهم جميعا.

- "عفـوا، ولكنـي نـسيت مفاتيحي على باب الخزانة، ولذلك اضطررت للرجوع من أجل..."

- "لا بأس، لا بأس، فليس لدينا وقت لسماع قصتك مع المفاتيح الآن..."

قهقه كمال، ناظرا إلى فرانك الذي اكتفى بالابتسام.

- "أخبرني، كم تبقى من الوقت؟"

- "مـاذا تقـصد؟" تساءل تيري، حيث لم يدرك المعنى وراء سؤال جورج.

- "فؤاد شوكت، كم تبقى له من الوقت؟"

- "آه، فهمـت... مـن الصعب أن أحدد، ولكن ربما أيام، وقد يصل الأمر إلى أسبوع أو أسبوعين."

- "لماذا لا ترفع عنه جهازالتنفس وتنهي الأمر الآن؟!" سأل كمـال، وقـد أزعجه احتمال أن يطول الأمر أكثر من مجرد أيام قليلة.

- "المـسألة ليـست بهـذه السهولة، عليك أن تدرك أنني لست الوحيد المعني بحالة فؤاد، خاصة بعدما تدخل سعود في الأمر." قال تيري، وقد بدا عليه الارتباك.

- "لا أعـتقد بـأن سـعود سيزعجك بعد الآن." طمأن جورج تيـري، ثم إلتفت إلى كمال..." لا تقلق بشأن فؤاد، أنت رأيت كيف أصـبحت حالته الآن، فالرجل ينازع الموت، ولذلك لن يشكل لك، أو لنا أي تهديد. إنس أمره، ودعنا نلتفت إلى ما هو أهم."

- "ثـم إنـه لـو أراد التحدث لكان قد فعل منذ أن تركنا. فؤاد يـدرك جيدا أننا نستطيع النيل من زوجته وباقي أسرته، لذلك هو لم، ولـن يتحدث." أضاف فرانك روكفلر بثقة، داعما قول أبيه، في حين اكتفـى كمال بتمتمة عدم رضاه عن هذه الثقة التي شعر بأنها كانت أكثر مما ينبغي، ثم قام من مجلسه، وهمَّ بالانصراف.

- "طب مساء تيري، لقد أبليت بلاء حسنا." قال جورج، بعدما خـرج كمال، وقد همّا هو، وفرانك بالذهاب عندما أمسك تيري بيده قبل أن يغادر.

- "رجـاء جورج... لا تطلبوا مني أمرا كهذا في المستقبل... رجاء!..."

ابتسم جورج، قابضا كتف صديقه الأيسر، ثم انصرف.

ذهب تيري بيرسون إلى كرسي مكتبه فاستلقى عليه. فتح درج المكتب السفلي، ثم مد يده إلى داخله؛ ليخرج منه قنينة ويسكي كانت نـصف فارغة. نظر إليها، وقد حاول أن يمسح من ذاكرته الأسابيع الأخيـرة من حياته، ولكنه لم يستطع... أخذ نفسا عميقا، وكأنه كان يريد ملأ رئتيه بكل ما في مكتبه من هواء، ثم أغمض عينيه، وتجرع ما تبقى من السائل الأصفر.

* * *

ظـل جـورج روكفلر صامتا لا ينطق بكلمة بعد خروجه من مكتب الدكتور بيرسون، حتى دخل إلى المصعد المؤدي إلى المرآب، ثم فجأة دون سابق إنذار أدار وجهه إلى فرانك، وقال:

- "نحن الآن في مرحلة، الخطأ فيها غير قابل للتصويب، أرجو أن تكون مدركا لذلك."

استغرب فرانك من هذه النبرة الحادة التي خوطب بها.

- "موضوع فؤاد شوكت تحت السيطرة، فلا داعي لهذا..."

- "أنا لا أتحدث عن أمر فؤاد." قاطع جورج..." ولكني أتحدث عن الذي جرى في منزلك البارحة."

- "الـبارحة.." لم يتوقع فرانك أن يكون أبوه قد علم بما جرى، وأن يفاتحـه فـي هذا الموضوع الآن، وفي هذا التوقيت. من حسن حظه أن المصعد قد وصل إلى المرآب، وأخذ الباب يفتح، مما أعطاه

فرصة للتفكير فيما يجب أن يكون رده، ولكن لسوء حظه، الحيلة لم تنطلِ على جورج.

- "متــى كنت تنوي إخباري بزيارة جمال لك، أم أنك حسبت أني لن أعلم بالأمر؟"

- "أنت تعطي الموضوع أكبر من حجمه..."

- "بــل أنت الذي لا تريد أن تفهم! نصحتك منذ ثلاث سنوات، ولكــنك لــم تــستمع إلي، بل ذهبت أنت وصديقك الآخر من وراء ظهــري، وأقنعــتما كمال بخطتكما. عرضتنا جميعا للخطر من أجل نزوة من نزواتك!"

- "دولي ليست بنزوة."

- "حقــا!... إذاً أخبرنــي كــيف تفسر لورا، ودنيس، وكايت، وباقــي عشيقاتك اللواتي كنت تبدلهن، كما يبدل الرجل جواربه، بعد أقل من عام من زواجك من دولي!"

- "الأمر ليس كما يبدو..."

- "اسمعني جيدا!... لقد بذلت الكثير من الجهد من أجل جعلك تحــصل علــى ثقة المتنورين؛ حتى يرشحوك إلى تحالف بولدربرج لكــي تحصل على دعمهم من أجل المرحلة المقبلة. أمضيت سنوات حياتــي مــنذ أن ولــدت، وأنا أهيئك لكي تصل إلى أعلى الهرم في الــسلطة التنفيذية الأمريكية. سنوات قليلة فقط هي التي تفصلك عن الرئاسة... يجب أن تسيطر على نزواتك! وإلا..."

- "لا داعي للتهديد والوعيد، فأنا أعلم جيدا دوري. قلت لك إن أمــر جمــال قد انتهى... قابل دولي وأدرك أنها ليست زوجته، أما علاقاتــي، فهــذا أمر لا يخصك. الشعب الأمريكي لم يعد يهتم بهذه الأمور، كما كان في السابق، اسأل بيل كلينتون."

أراد جــورج أن يــرد، ولكن سيارة عابرة تخرج من المرآب جعلته يصمت...

واصل سيره باتجاه سيارته البينز السوداء، وبجانبه فرانك الذي آثر الصمت هو الآخر. كان المكان خاليا باستثناء بضع سيارات متناثرة هنا وهناك، مما جعل حديثهما بمنأى عن أسماع الآخرين، بمن فيهم كمال الذي كان قد سبقهما بالمغادرة.

- "كما قلت لك، الخطأ الآن لن يغفر... أرجو أن تكون على يقين بهذا."

لم ينتبه فرانك إلى جملة أبيه الأخيرة، حيث كان قد تلقى رسالة على جواله في تلك اللحظة سببت له شيئا من الربكة. أرسلت الرسالة من شخص مجهول. سرعان ما حاول الاتصال على رقم الجوال الذي ظهر له، ولكن دون جدوى؛ فقد أغلقه صاحبه...

قرأ فرانك الرسالة مرة أخرى، ثم وضع هاتفه الجوال في جيبه. لم يهتم كثيرا بما قاله جورج روكفلر، ففي تلك اللحظة كان جل اهتمامه هو التحقق مما جاء في الرسالة!

33

أدرك نعيم الوزان لماذا وصف نجم الدين غول المغارة بالغريبة؛ فالذي تنبه إليه أخيرا، بعدما قرأ المطوية التي أهملها في بادئ الامر، هو أن مغارة جعيتا قد اكتشفت على مرحلتين. في المرحلة الأولى تم اكتشاف الجزء السفلي من المغارة من قبل المبشر الأمريكي ويليام طومسون في الثلاثينيات من القرن التاسع عشر. ولكن الجزء العلوي لم يكتشف حتى الخمسينيات من القرن العشرين، أي بعد وفاة نجم الدين بنحو نصف قرن!... لا شك إذاً أن المغارة المقصودة هي العلوية التي لم تكن في ذلك الوقت معلومة لدى عامة الناس. مكان يصلح لجماعة تريد أن تلتقي في سرية تامة، ودون علم الآخرين...

كانت المغارة العلوية شبه خالية في الصباح الباكر، لولا وجود نعيم وسائحان غربيان، لبدا وكأن المكان مغلق. بل إن أحد المرشدين استغرب وجود سائح عربي في هذا الوقت المبكر، وكان استغرابه أعظم، عندما سأل نعيم عن جنسيته، فعلم منه بأنه سعودي؛ فقد جرت العادة على أن تكون بيروت وضواحيها ملكا للعرب في الليل، وأن يتركوا نهارها للأجانب؛ لكي يستمتعوا باكتشاف تاريخها، وآثارها..." لكن لسبب ما، "أخذ يفكر المرشد، مستغربا..." يبدو أن هذا الشاب السعودي قد أخل بالمتعارف عليه!"

ظل نعيم يتأمل الصواعد والنوازل الكلسية، وكانها كانت تشير إلى تاريخ مفقود قد صادف هذه الرقعة من الأرض. شيء ما في داخله أخبره بأنه يسير على الدرب الصحيح، فقد انتابه شعور لم يكن موجودا البارحة، في أثناء ما كان يتفقد المغارة السفلية. لم يكن فقط

الاخـــتلاف فـــي عدم وجود نهر يشق طريقه، وفي مياهه المراكب الصغيرة التي تقل السائحين، بل كان هناك شيء آخر غير ملموس، لا يراه إلا الباحث عنه؛ شيء يستمد بقاءه من الماضي وخباياه؛ شيء كان ينادي نعيم، وكأنه يعلم بوجوده ويشعر بخطواته...

"يـــا تـــرى كـــيف كان شعور نجم الدين غول، وهو يدخل هذا المكان لأول مرة،" أخذ يتأمل.. "هل كان في مخيلته أن الأقدار كانت تـــسوقه إلى اكتشاف سيغير مجرى حياته، وحياة كل من يأتي بعده؟ هل خطر على باله أن هذا الاكتشاف سيقوده إلى قدره المحتوم؟" ظل ينظر نعيم حوله، ومع كل خطوة كان يخطوها، كانت الصورة تتضح لـــه أكثـــر فأكثر، وكأنه كان متواجدا هنا منذ قرن من الزمان، يرى الأحـــداث، وهـــي تقع، يتتبع خطوات نجم الدين، وهو يكتشف عالما غريبا، قل من رآه!

ظـــل نعيم يمشي، ويتأمل، حتى وصل إلى سياج حديدي ينتهي عنده الجزء المسموح به للزيارة.

- "لماذا هذا السياج؟" سأل نعيم أحد المرشدين.

- "باقي المغارة غير مهيأ بعد." أجابه باقتضاب.

- "غير مهيأ لماذا؟ كأني أرى ممرا عبر السياج." أصر نعيم.

- "طـــول المغـــارة مـــئات الأمتار، فمن الصعب تهيئتها كلها للسواح، ثم إنه ما يوجد بالداخل لا يختلف كثيرا عما رأيته إلى الآن."

أخـــذ نعـــيم يطل عبر السياج، وكأنه يبحث عن شيء بعينه لم يجده في الجزء الأول من المغارة.

- "هـــل تعلم إن كان قد تم العثور على أي أثر في هذا الجزء العلوي، مما قد يدل ربما على اكتشاف بعض الناس لهذه المغارة قبل التاريخ المذكور في المطوية؟"

اندهش المرشد من هذا السؤال الذي لم يتلق مثله من قبل!

- "ناس مثل من؟ حضارات قديمة مثلا، أم تقصد شيئا آخر؟"

- "لقد لفت انتباهي، عندما زرت الجزء السفلي، وجود صواعد تسمى بركن الآلهة..."

- "نعم هذا صحيح. يبدو أنك من المغرمين بالكهوف، فقليل من الناس على دراية بهذه المعلومة." قاطع المرشد نعيم، وقد أعجب باهتمامه بمثل هذه التفاصيل.

- "ولكن أليس من الغريب ألاّ أحد يعلم لماذا سميت تلك الصواعد بهذا الاسم؟" استطرد نعيم.

- "الحقيقة لم أفكر في الأمر كثيرا، فهو مجرد اسم على ما يبدو."

- "أعتقد أن الأمر أبعد من أن يكون مجرد اسم. تلك الصواعد، كأنها تشير إلى المغارة العلوية."

- "ولكن جميع الصواعد تشير إلى الأعلى، لهذا سميت صواعد؛ لأنها تصعد من أرض المغارة على عكس النوازل التي تنزل من الأسقف."

- "صحيح." صمت نعيم قليلا، وهو يحاول تخيل موقع تلك الصواعد بالتحديد، ثم استطرد.." إذاً السؤال إلى ماذا صواعد ركن الآلهة تشير؟... المغارة السفلية تقع مباشرة تحت هذا الجزء العلوي أليس كذلك؟"

- "هذا صحيح، ولكن فيمَ تفكر؟ هل تعتقد أن تلك الصواعد تشير إلى مكان ما هنا؟" تساءل المرشد بنبرة استعجاب تخللها شيء من التهكم المبطون..." لماذا، وما الهدف من ذلك؟ هل هي إشارات سرية لجماعة ما؟! يبدو، وكأنك تأثرت برواية شفرة دافنشي!" صمت المرشد قليلا، وكأنه كان يحاول تذكر أمر ما ثم إستطرد..." مهلا، مهلا، الآن فهمت. أنت من طرف زكريا شاهين أليس كذلك؟"

- "زكريا شاهين؟"

- "ركن الآلهة، والإشارات المختلفة في مغارة جعيتا، وغيرها من الخزعبلات التي يطلقها ذلك الرجل المعتوه عن أقوام أتوا إلى هنا من أجل العبادة منذ القدم، وغيرها من الآراء الغريبة التي كلفته وظيفته في الجامعة الأمريكية... أنت من طرفه إذاً."

- "عم تتحدث؟ أنا لا أعرف هذا الرجل، بل لم أسمع به من قبل." رد نعيم بنبرة حادة جعلت المرشد يشعر بأنه ربما قد تسرع في ظنه.

- "المعذرة... ولكن أسئلتك هي التي جعلتني أعتقد..."

- "إذاً، أفهم من كلامك أني لست أول شخص يبدي مثل هذه الملاحظات."

- "سيدي، صدقني لا يوجد في مغارة جعيتا أي أثر يدل على تواجد أي جماعة في يوم من الأيام."

- "ولا حتى في الداخل، بعد هذا السياج؟"

لم يعجبه المرشد هذا السؤال، وما كان يلمح إليه نعيم الوزان.

- "كأنك بسؤالك هذا تريد أن تقول إننا وجدنا أمرا ما، وقررنا إخفاءه عن عامة الناس!"

- "المعذرة أنا لم أقصد هذا... دعك من هذا الأمر، أخبرني من يكون هذا الرجل الذي ذكرته، زكريا شاهين؟"

- "عالم آثار، كان يُدرّس في الجامعة الأمريكية قبل أن يفصل، منذ حوالي ثلاث سنوات، بسبب آرائه الشاذة، وقد جلب لنا الكثير من المتاعب، بسبب إصراره على التنقيب في الداخل حيث، على حد زعمه، تشير صواعد ركن الآلهة. الرجل مع الأسف أصبح لا يحمل أية مصداقية في الحقل الأكاديمي. الكل يعتبره أضحوكة."

- "وأين هو الآن؟"

- "عفوا؟!... وماذا تريد منه؟"

- "لــم أضحك منذ زمن، وبما أنه قد أصبح أضحوكة على حد زعمك، فقد أجد عنده الخلاص!"

لم يستسغ المرشد جملة نعيم الساخرة، بل أخذ يشعر بشيء من عــدم الــراحة مــنه، فقــرر أن يجيبه على ما سأل عنه، فلعل هذا يصرفه.

- "سمعت أن لديه متجرا لبيع التحف والآثار المقلدة في شارع الحمراء بجوار مكتبة الشرق."

شكر نعيم المرشد، ثم انصرف بعد أن شعر بأنه قد حصل على أقــصى ما يمكن الحصول عليه من زيارته للمكان الذي عاد به مئة عام إلى الماضي. كما أدرك أن عليه القيام بزيارة أخيرة، قبل مغادرة لبنان إلى بوسطن...

34

خرج نعيم من السيارة التي أقلته إلى شارع الحمراء، وبدأ على الفور يبحث عن متجر التحف الذي يخص زكريا شاهين. في أثناء بحثه رن الهاتف الجوال، لم ينتبه له في بادئ الأمر، ولكن مع إصرار المتصل تنبه نعيم إلى الهزات المنبعثة من جيب معطفه، المصاحبة لرنين خافت.

- "السلام عليكم."

- "وعليكم السلام يا نعيم، أين إختفيت؟ قلت بأنك ستعاود الاتصال بي، ولكنك لم تفعل." انبعث صوت أنور من سماعة الجوال، وقد بدا عليه شيء من القلق.

- "انا آسف... نسيت الأمر مع كثرة الانشغال."

- "الجماعة هنا في كوالالمبور قلقون، هناك شائعات قوية بأن بنك الاحتياط الفيدرالي الأمريكي ينوي رفع الفائدة في اجتماعه القادم. أنت تعلم ماذا يعني هذا... أسعار الأسهم ستنخفض."

- "لا تقلق، نحن في مأمن."

- "متى تنوي إلقاء ما تبقى من أسهم شركات فؤاد شوكت في السوق؟"

لم يجب نعيم على هذا السؤال، بل ظل صامتا.

- "نعيم، هل تسمعني. لقد سألتك متى تنوي..."

- "سمعتك... ولكن لا توجد عندي إجابة."

- "ماذا تقصد؟ ألم تكن هذه هي خطتك منذ البداية؟ الآن هو أفضل وقت، خاصة مع تنامي شائعة رفع الفائدة."

- "أنور، اسمعني جيدا، وافهمني... فؤاد شوكت... لم يعد يعنيني، فلدي ما هو أهم. أما بخصوص أسهمنا، وأسهم باقي المستثمرين، فهي في مأمن، ولدينا كما تعلم سيولة كبيرة، فلا تخف من أي انخفاض قد يطرأ على السوق."

- "كلنا على ثقة كبيرة بك، وبقراراتك، أنت تعلم ذلك جيدا... بالمناسبة هل بحثت أمر الطلب المتزايد على البيع الآجل لأسهم شركات العقار اللبنانية، والتي أخبرتك عنها في المكالمة السابقة؟"

- "ماذا؟... تصور أني نسيت الأمر... فعلا، الأمر يدعو إلى الاستغراب. كأن أحدا يتوقع هبوط أسعار تلك الأسهم بشكل كبير، مع العلم بأن جميع التحاليل الاقتصادية تشير إلى العكس، وخاصة بعد المصالحة الوطنية." صمت نعيم قليلا، وقد أخذ يفكر في مسألة ما قد طرأت على باله، ثم استطرد..." تذكرت للتو أمرا مشابها قد جرى منذ ثماني سنوات... أنور، دعني أفكر في المسألة أكثر، ثم سأعاود الاتصال بك. أعدك بأني لن أنسى هذه المرة."

أنهى نعيم الوزان المكالمة على عجل، بعد أن وجد متجر التحف والآثار المقلدة الذي كان يبحث عنه بجوار مكتبة الشرق.

دقت أجراس فوق الباب إثر فتحه، مما أثار انتباه رجل قصير القامة يملأ الشيب شعر رأسه، بدا عليه آثار ما لا يقل عن ستة عقود من الزمان. لم يكن في المتجر سواه، وعدد قليل من المتسوقين، كلهم من الأجانب الباحثين عن قطعة تذكارية زهيدة الثمن، يحملونها معهم إلى أوطانهم. دخل نعيم، وأخذ يتفحص المكان الذي كان ممتلئا بمنحوتات ومقتنيات من مختلف الأحجام من مختلف بقاع الأرض، أو هكذا كان يبدو عليها. في إحدى أركان المتجر، خلف خزانة زجاجية، كانت توجد بعض أوراق البردي، والتماثيل الصغيرة التي كانت تعود إلى عصور قديمة مع بعض النقود المعدنية، كلها كانت مقتنيات أثرية

غير مقلدة، فقط للعرض، وليست للبيع، على عكس باقي ما هو موجود في المتجر. ظل نعيم يتأمل هذه الآثار القديمة، ولكن أكثر ما لفت نظره كانت مقطوعة من ورق البردي عليها رموز هيروغليفية. أخذ يتأمل جيدا إحدى تلك الرموز التي كانت على شكل دائرة مفرغة تتوسطها نقطة. هو ذاته الرمز الذي احتواه خطاب نجم الدين غول! الرمز ذاته الذي يستخدم الآن في إشارات المرور للدلالة على وسط المدينة... بل الرمز ذاته الذي رآه في دبي، أخذ يتذكر... في المصعد... فندق جميرا...

فجأة أدار نعيم رأسه نحو الواجهة الزجاجية للمتجر المطلة على الخارج، كأنه لمح طيف إنسان كان يراقبه، ثم اختفى، وانصهر وسط المارة في اللحظة التي أخذ يدير فيها رأسه.

- "هل بالإمكان أن أساعدك في أي شيء؟" اقترب الرجل القصير القامة من نعيم، بعدما غادر أغلب زبائن المتجر، وقد قرر أن يلتفت إلى الزبون المتبقي.

- "شكرا..." ابتسم نعيم نحو الرجل الذي لاحظ صوره، في عدة أماكن أثرية حول العالم، معلقة على إحدى الحيطان، ثم استطرد..." هل أنت صاحب المتجر؟"

- "نعم، تحت أمرك."

- "أنت إذاً الأستاذ زكريا شاهين؟"

استغرب الرجل من هذا الزبون الذي لم يره من قبل، وكان يعرف اسمه.

- "سمعت عنك من أحد المرشدين في مغارة جعيتا." استطرد نعيم بعد أن لاحظ الدهشة التي بدت واضحة على الرجل.

- "آه... مغارة جعيتا، الكل هناك يعرفني جيدا، ولكن لم أكن أدرك أنهم أصبحوا يدلون الزبائن على متجري المتواضع." قال زكريا بنبرة ساخرة.

ابتسم نعيم، ثم أدار رأسه نحو ورقة البردي القديمة التي لفتت انتباهه.

- "هل لديك فكرة إلى ماذا تشير هذه العلامة؟"

وضع زكريا نظارته، ثم نظر إلى ما كان يشير إليه زبونه الجديد.

- "آه... بالطبع، هذا رمز رع... إله الشمس لدى الفراعنة... على الأقل هذا ما تشير إليه العلامة في هذا الموضع."

استغرب نعيم من كون العلامة التي رسمها نجم الدين غول في خطابه تشير إلى إله فرعوني!..." فما علاقة هذا بجماعة تتحدث بلغة آرامية؟"

- "ماذا قصدت بأن هذا هو ما تشير إليه في هذا الموضع؟ هل لهذه العلامة معاني أخرى؟"

ابتسم زكريا من هذا السؤال، وكأستاذ جامعي يشرح لأحد تلاميذه، أخذ يتحدث:

- "الدائرة التي تتوسطها نقطة هي من أقدم الرموز التي عرفتها البشرية، وأكثرها استخداما إلى اليوم. حتما أنت لمحتها في إشارات المرور لعديد من الدول كإشارة لوسط المدينة، على سبيل المثال، ولذلك لفتت انتباهك، أليس كذلك؟"

هز نعيم رأسه، ولكن سرعان ما واصل زكريا حديثه:

- "هذه العلامة استخدمت أيضا للرمز إلى الشمس عند المنجمين، منذ أن بدأ الإنسان يهتم بالسماء، وما تحويه من أجرام قبل آلاف السنين في منطقة ما بين النهرين، دجلة والفرات... بل أنا شخصيا أرى أن من هذا الرمز تولدت رموز عديدة تشير إلى الأمر ذاته."

- "الشمس؟" قاطع نعيم.

- "بل الإله الشمس... أقدم من عبد الإنسان من دون الله... هل تذكر شكل العلم الياباني؟"

لم ينتظر زكريا إجابة نعيم.

- "علم أبيض تتوسطه دائرة حمراء، الشمس! في التراث الياباني الإمبراطور هو ابن إله الشمس. في جميع الحضارات تقريبا كانت الشمس تلعب دورا محوريا، بل كان الاعتقاد السائد أن إله الشمس هو أقوى الآلهة على الإطلاق. هذا تراه في الحضارة السومرية، والبابلية، والفرعونية بل وفي حضارات أمريكا الجنوبية القديمة، كحضارتي الأزتك والمايا."

- "ولكن هذه الحضارات التي ذكرتها قد بادت، ولم يعد لها وجود."

- "الحضارات يا أستاذ... عفوا لم أتعرف شخصك الكريم."

- "اسمي نعيم، نعيم الوزان."

- "تشرفنا يا أستاذ نعيم... وكما كنت أقول، الحضارات تولد وتموت، ولكن المعتقد يبقى، طالما أن هناك فردا واحدا متمسكا به."

شعر نعيم برغبة في سماع المزيد من آراء زكريا، وإن بدت غريبة بعض الشيء، خاصة فيما كان يلمح إليه من تأثير عبادة الشمس على مختلف الحضارات.

- "ولكن لا يكاد أحد يعبد الشمس اليوم، فهذا المعتقد قد اندثر." قال نعيم، بالرغم من شكه في أن لزكريا رأيا آخر.

- "إحدى الحقائق التي تعلمتها من تجوالي حول العالم يا أستاذ نعيم، هي أن المعتقد لا يندثر، وإن بدا كذلك، ولكنه يظهر بشكل مغاير، عما ألفه المعادون له."

- "كيف؟"

ابتسم زكريا، ثم صمت قليلا قبل أن يجيب على السؤال، وكأنه كان راغبا في إضافة عنصر التشويق لحديثه.

- "أخبرني أولا... هل تؤمن بأن الحياة قد قامت على صراع بين الخير والشر، بين آدم وإبليس؟"

- "نعم، ولكن ما علاقة هذا..."

- "صبرا، سيتضح لك كل شيء، ولكن أجبني أولا على سؤالي الثاني... هل تعتقد بأن ما يجري لك اليوم هو بمعزل تام عما جرى لـــك بـــالأمس، أو بمعنـــى آخر، القرارات التي ستتخذها اليوم، وما سيترتب عنها من أفعال، هل ستؤثر على مستقبلك، ومسار حياتك، أم أن الحياة لا يوجد بها ترابط؟"

- "بالتأكيد لكل فعل ردة فعل، ولكل قرار نتيجة."

- "إذاً لكـــي تفهم الحاضر، لابد وأن تنبش في الماضي، وكلما رجعـــت إلى الوراء، كلما إتضحت لك الصورة أكثر. هل تعلم لماذا؟ لأن فهم الإنسان لمجريات الحياة تتعقد مع مرور الزمن، ومع تراكم الأحـــداث. لهـــذا أنـــا أخـــذتك إلى بداية التاريخ البشري... إلى آدم وصراعه مع إبليس، إلى بداية الصراع بين الخير والشر، بين الرغبة فـــي الحـــياة والرغبة في تدميرها، بين الحقيقة والوهم، بين المعتقد والخرافة... بين عبادة الخالق وعبادة المخلوق."

- "هل تريد القول بأن هناك طائفة قديمة ذات معتقد قديم يرجع نسبها إلى إبليس وصراعه مع آدم؟!"

- "الـــصراع يـــا أســـتاذ نعـــيم في نهاية الأمر هو صراع بين المعـــتقدات، على هذا قامت أغلب حروب الإنسان، والمنتصر فيها هو الـــذي يـــستطيع أن يتـــرك الأثر الأقوى، فتبقى أفكاره حية تنبض في شرايين المجتمع، وليس الذي يحتل الأراضي، كما يعتقد العامة... دعني أريك شيئا."

ذهب زكريا إلى خزانة في طرف المتجر، وأخرج منها شمعدانا قديما ذا سبعة أطراف للشموع.

- "هل تعلم ما هذا؟"

- "نعـــم، هـــذه المينورة... الشمعدان الذي يستخدمه اليهود في أعيادهم."

- "معلـــوماتك صـــحيحة، لقد أهداني إياه صديق يهودي كندي توفى منذ عدة أعوام... هل تعلم ما هو الاسم الذي يطلق على جزع الشمعدان الذي يحمل الأطراف السبعة؟"

- "لا."

- "يطلق عليه الشمش."

- "الشمش؟"

- "نعم الشمش... كلمة قديمة في اللغة العقَّادية التي كان يتحدث بهـــا أهـــل بابل بالعراق منذ آلاف السنين، وهي تعني إله الشمس... لـــيس هـــذا فقط، بل إن عدد أطراف الشمعدان هو سبعة، نفس عدد الأجرام السماوية التي كانت تعبد عند الكثير من الحضارات القديمة، بما فيها الحضارة البابلية... دعك من هذا، هل تعلم ما هو أقدس يوم عـــند عـــبدة الشمس؟... هو اليوم الموافق لما كان يعتقد بأنه ولادة الشمس، حيث تبدأ ساعات النهار في الازدياد."

- "الخامس والعشرون من ديسمبر!"

- "يـــوم الكريستماس، اليوم الذي هو من المفترض يوم ولادة المـــسيح عليه السلام، مع العلم بأنه لا يوجد دليل واحد من الإنجيل يفيد بأن هذا هو يوم مولده؛ بل أن الطائفة الأرثوذكسية التي انتمي انا إليها، لا تؤمن بهذا التاريخ، كيوم مولد المسيح عليه السلام."

- "التـــسلل إلـــى المعتقدات، وتحويلها من الداخل، هل هذا ما تشير إليه؟"

ابتـــسم زكـــريا، هازاً رأسه بالموافقة، وهو ينظر إلى نعيم، ثم قال:

- "ولك أن تتخيل الباقي."

صـــمت نعـــيم قليلا متأملا ما قد سمعه للتو، ثم أخذ يفكر مرة أخرى في علاقة رمز الشمس مع ما جاء في خطاب نجم الدين غول الـــذي كـــان قد حفظه عن ظهر قلب، ومرة اخرى بدات تتوافد على

ذهـــنه ذات الأسئلة المحيرة التي شرع يجيب عليها... أين هي مدينة حَـــدَاد؟ مــا هـــو ذلك الأمر الذي سيحدث بها ويعيد الغائب؟ ومتى سيكون الحدث؟... حدَاد... فجأة خطر على بال نعيم أمر!

- "إله الشمس كان له أسماء مختلفة عند مختلف الأقوام، أليس كذلك؟"

- "نعم هذا صحيح."

- "هل مر عليك اسم حَدَاد؟"

ما إن نطق نعيم بهذا الاسم، حتى تجهمت ملامح زكريا شاهين، واخـــتفت الابتـــسامة التي كان قد رسمها على وجهه، وكأنه قد رأى فجأة موجة تسونامي تسلك طريقا متجها إليه!

- "أين... أين سمعت بهذا الاسم؟"

استغرب نعيم من هذا القلق الذي بدا واضحا على زكريا بمجرد ســؤاله عـــن حَـــدَاد، ولكن سرعان ما تحول الاستغراب إلى شعور بالإثـــارة، مع إدراكه بأنه قد أصبح قاب قوسين أو أدنى من معرفة شيء عن أمر هذا الاسم المبهم!

- "أرجو ألاّ أكون قد ضايقتك بكثرة أسئلتي."

- "ســـؤالك عن ذلك الرمز لم يكن فقط من باب الفضول، أليس كـــذلك؟ أنت تبحث عن شيء ما..." نظر زكريا إلى نعيم بتمعن، ثم أكمـــل..." أنصحك بالابتعاد عن هذا الطريق الذي تسير فيه، هذا إن كانت لديك أسرة، لا تريد لها الحسرة على ما قد يجري لك، أو حياة مستقرة لا تريد لها أن تنقلب رأسا على عقب."

ابتسم نعيم، ثم قال:

- "الحمد لله، فليس لي لا هذا ولا ذاك؛ ومع ذلك أشكرك على النصيحة، ولكنك لم تجب على سؤالي."

ظـــل زكريا صامتا لبضع ثوان، ثم اتجه نحو صورة له قديمة بعـــض الشيء تجمعه مع شاب وسيم في سن نعيم الذي لفت إنتباهه

كـون بـرواز هذه الصورة هو الأكبر من بين باقي الصور المعلقة على الحائط...

- "كان إلياس ابني من الشباب الرافضين للمشاركة في الحرب الأهلـية، وفي الوقت ذاته لم يرغب في ترك لبنان، والهجرة مع من هاجـر مـن رفقائه، والكثيرين غيرهم. ظل هنا معي في بيروت... كان شابا شجاعا؛ ورث مني حب المغامرة والبحث، كما كان مغرما بإستكـشاف بلاده والكشف عن مناقبها وآثارها..." تنهد زكريا تنهيدة مليئة بالذكريات، ثم استطرد حديثه..." في مساء ذات ليلة، قبل انتهاء الحـرب الأهلـية بنحو سنة، رن جرس باب المنزل. عندما فتحته، وجـدت إلياس، وقد بدت عليه دهشة لم أر مثلها من قبل. علمت منه أنـه كان في رحلة استكشافية في مغارة جعيتا؛ وقتها كانت المغارة مغلقـة أمـام الزوار بسبب الحرب، ولم تأبه لها كثيرا الدولة... في أثـناء استكشافه للمغارة السفلية، وجد إلياس في منطقة تسمى بركن الآلهة قطعة كلسية كان محفورا عليها نقش غريب من صنع إنسان، كانـت عـبارة عن حروف ظن عند رؤيته لها بأنها باللغة العبرية، فتـضايق جـدا لاعـتقاده بـأن هـذا النقش كان ربما لأحد الجنود الإسرائيليين الذين اجتاحوا لبنان في سنة اثنتين وثمانين، فأراد وضع اسمه على سبيل الذكرى. كان إلياس يكره إسرائيل، ويعتبرها السبب الحقيقـي وراء مـا أحاط بلبنان من حروب ودمار، لذلك لم يستطع تحمـل رؤيـة تلك الحروف، فأخذ يزيحها بالمعول الذي كان معه؛ ولكـن سـرعان ما اكتشف أن الأمر لم يكن مجرد نقشة نقشها أحد جـنود الجـيش الإسـرائيلي، بل كان الأمر أبعد من ذلك، فقرر الاستعانة بي."

- "ماذا وجد؟" سأل نعيم، وقد شده الحديث.

- "وجـد مزيدا من تلك النقوش محفورة تحت طبقة كلسية، مما كان يعني بأنها قديمة جدا. ليس هذا فقط، ولكن الحروف التي

ظـــنها إلـــياس هي باللغة العبرية لم تكن كذلك، بل كانت حروفا آرامية."

– "آرامـــية؟" أخذت نبضات قلب نعيم تزداد، وقد شعر بالرابط يقوى بين ما كان يقصه زكريا، وما بين رسالة نجم الدين غول!

– "نعم، فلم يكن إلياس على دراية باللغات القديمة مثلي، ولذلك تشابهت عليه الحروف."

– "لم أفهم قصدك."

– "اللغـــة الآرامـــية هي أم اللغات الشرقية، منها أتت العربية والفارســـية، وحتـــى اللغـــات الهندية. كل هذه اللغات تطورت، هي وحروفها عن الآرامية، ولكن بقيت لغة واحدة لم تتغير حروفها كثيرا عن الحروف الآرامية وظلت شديدة الشبه بها."

– "العبرية!"

– "بالضبط، ولذلك وقع إلياس في الخطأ."

– "وماذا عنك، هل استطعت قراءة تلك الحروف؟"

– "كانت الحروف مهترئة مع مرور السنين، وما أصابها من ترسبات كلسية، ولكني استطعت أن أتهجى كلمتين... **أبناء حدَاد**."

– "أبناء حدَاد!... ولكني لم أر تلك المنقوشات التي تتحدث عنها في مغارة جعيتا."

– "أنت لم ترها، لأنها لم تعد هناك. إلياس لم يكن بمفرده عندما اكتشف المنقوشات الحجرية. كان معه رفيق... يبدو أن الطمع تسلل إلـــى قلـــبه، عـــندما علم بقيمة الكشف الأثري... قام بقص القطعة الحجرية، ثم هرب بها إلى خارج لبنان."

– "وماذا فعل إلياس؟"

– "لا شـــيء... أصيب بالإحباط من جراء خيانة رفيقه. شعر بأنـــه المـــسؤول عما حدث؛ لأنه دل كمال على الموقع، واصطحبه معه."

- "كمال؟"

- "كمـال أغلـو... قرأت عنه بعد تلك الحادثة بسنوات، وقد أصبح من كبار رجال الأعمال، يبدو أنه استثمر الأموال التي جناها من سرقته جيدا."

- "كمال أغلو البليونير التركي! يا لها من دنيا صغيرة... لا بد وأن إلياس يشعر بالغصة، كلما قرأ خبرا عن كمال أغلو."

- "لو كان على قيد الحياة لشعر بالغصة." غرغرت عينا زكريا الـذي حاول منع دموعه من أن تذرف، ولكنه في النهاية لم يستطع، فأطلق لها العنان.

- "أعـتذر مـنك إن كـنت تـسببت في استعادتك لذكريات حزينة."

- "أنا لم أنس إلياس أبدا، فهو دائما في بالي."

- "إن كنت لا ترغب في تكملة الحديث، فأنا متفهم."

- "علـى العكس، أريدك أن تعرف ماذا حصل بعد ذلك، حتى تفهـم قصدي، عندما حذرتك من مغبة ما أنت بصدده... فبعد حادث السرقة، ذهب إلياس إلى السلطات من أجل إخبارهم بما حدث، وطبعا لـم يصدقه أحد لعدم وجود دليل على كلامه. طلب منهم على الأقل تـشديد الحراسـة علـى مغـارة جعيتا، خوفا من أن يتسرب خبر الاكتشاف، فيأتي المزيد من المستكشفين من أجل التنقيب عن المزيد مـن الآثار وسرقتها، ولكن لا حياة لمن تنادي، فقد ظن المسؤولون بأنـه مجـرد شاب يحاول لفت الأنظار إليه. بعدها قرر إلياس بأن يكـرس حـياته من أجل التنقيب عن آثار أخرى بمغارة جعيتا، دون علم المسؤولين، بل إنه تعلم مني اللغة الآرامية؛ حتى يستطيع فهم أية منقوشات أخرى قد يجدها، وفي ذات الوقت أخذ يبحث عن المقصود بكلمتي أبناء حدَاد."

- "وهل استطاع أن يصل إلى شيء؟"

- "بالنسبة لمغارة جعيتا، لم يجد في الجزء السفلي بعد بحث حثيث أي أثــر مشابه، وعندما همَّ باستكشاف الجزء العلوي كانت السلطات قد علمت بما كان يقوم به، فمنعته لعدم حصوله على التراخيص المناسبة، بل كادت تقاضيه لولا تدخل بعض الأصدقاء النافذين. أما بالنسبة لأبناء حَــدَاد، فقــد ساعدته أنا في البحث؛ واستطعنا، بعد مراجعة العديد من المراجع القديمة، الوصول إلى أمر ذكر، وكان محطة استفهام كبير لدى بعض المؤرخين وعلماء الآثار."

- "وما هو ذلك الأمر؟" سأل نعيم بشغف بدا واضحا.

- "فــي سهل البقاع، تم العثور منذ زمن على مخطوطة قديمة باللغــة الآرامــية كانــت مدفــونة في معبد أثري. الغريب في هذه المخطــوطة هو أنها كانت عبارة عن مجموعة من الابتهالات دونها كهنة المعبد لإله الشمس... **حَدَاد**."

- "مهلا، مهلا... ماذا قلت، إله الشمس حَدَاد؟"

- "حتى أنا وإلياس استغربنا من هذا الأمر، فنحن لم نسمع من قــبل أنه كان هناك إله للشمس يدعى حَدَاد، وما زاد من حيرتنا أكثر هــو أن ذلــك المعــبد الذي اكتشفت فيه المخطوطة كان من المعابد المعروفة لبعل."

- "بعل؟ الذي ورد في القرآن؟"

- "نعــم، ومن المعروف أن بعلا كان يُعبد من قبل الكنعانيين في الشام والعسيريين في العراق، بل كان هو المعروف بإله الشمس... إذاً، مــا معنى وجود مخطوطة تتحدث عن إله آخر للشمس يدعى حَدَاد في معبد يخص بعلا؟ كان هذا هو السؤال الذي ظللنا أنا وإلياس نبحث عن إجابــة لــه. وبعــد مــراجعة كل ما كتب، وكل ما تم العثور عليه من مخطــوطات تتحدث عن معتقدات الحضارات الغابرة استطعنا الوصول إلى تصور اعتقدنا بأنه هو الأقرب إلى الحقيقة، وقد أثبتت لنا الأيام بعد ذلك صحة ما وصلنا إليه، وإن كان الثمن باهظا."

صمت زكريا قليلا، مستجمعا قواه لمواصلة الحديث الذي كان مؤلما بالنسبة له، ثم استطرد:

- "عليك أن تدرك يا أستاذ نعيم بأن عالمنا هذا متصل مهما ابتعدت الأقطار، ومهما طالت الأزمان، ومن الأخطاء الجسيمة التي يقع فيها الكثير من الناس، أنهم ينظرون إلى الشجرة الواحدة، ولا يرون الغابة بأكملها... بعل، رع، آتون، حورس، كوازيلكوت، جوبتر، وغيرهم كثير عُبدوا من دون الله من قِبَل مختلف الحضارات عبر أزمنة متفاوتة، كان يجمعهم جميعا أنهم اعتُبروا من قبل أتباعهم آلهة للشمس. وفي جميع تلك الحضارات كان إله الشمس يمثل السلطة الإلهية العليا فوق باقي الآلهة. تستطيع القول بأن كل تلك الأسماء المختلفة التي ذكرتها هي في نهاية الأمر لشيء واحد اسمه حَدَاد... لا تستغرب، فمنذ القدم وكانت هناك فئة من المجتمع تسعى إلى السيطرة على الجماهير، ولكن من وراء الكواليس، فئة ظلت تصارع الأنبياء، من خلال تشويه ما كانوا يدعون إليه، وتحويره إلى ما يناسب رغبتهم في السلطة، وإخضاع الجماهير عبر التحكم في المعتقد، ووضع حاجزا بين الإنسان وربه، بحيث يمثل السلطة الدينية التي تعطي الشرعية لسلطة الحاكم الذي نصب نفسه إله الأرض ابن إله الشمس... لا تستغرب يا أستاذ نعيم، فمنذ القدم وطبقة الكهنة في مختلف الحضارات كانت تمثل سلطة يستعين بها الملك أو الفرعون من أجل إضفاء الشرعية على حكمه المطلق لشعبه، وطبقة الكهنة هذه كانت طبقة في غاية من السرية، لديها طقوسها الخاصة التي لا يعرفها إلا المنتمون إليها، وعلى رأس هذه المجموعة كان الحاكم الذي نصبوه ابنا للإله، الحاكم بأمره الذي لا يُرد له طلب ولا يُناقش له أمر. وعلى اختلاف أسماء الآلهة عبر الأزمنة والأماكن، كان لا بد وأن يكون هناك اسم واحد لا يعلمه إلا النخبة، ولا تعلمه العامة. اسم شكل بؤرة لأتباعه منذ القدم، منذ أن قرر نفر من الناس أن

يتبعوا خطوات الشيطان. ومن هنا تولدت أقدم جماعة سرية في تاريخ البشرية، جماعة استطاعت أن تسيطر على الكثير من الشعوب عبر تحريف معتقداتهم، بما يتناسب مع مصلحتها.. جماعة **أبناء حَدَاد!**"

- "حكومة الظل..." همس نعيم، متأملا ما قاله زكريا شاهين.

- "أستاذ نعيم، لا ترتكب الحماقة التي ارتكبتها أنا، والتي كلفتني سمعتي العلمية، ووظيفتي، وأعز الناس إلى قلبي... إلياس. النفوذ الذي استطاعت أن تصل إليه هذه الجماعة اليوم يفوق كل تصور؛ يفوق نفوذ الماسونيين، والإلوميناتي المتنورين، والسبئيين، ويهود الدونمة مجتمعين. لذلك أنصحك بألاّ تسأل أحدا غيري عن حَدَاد وألاّ تظهر أي معرفة بما قلته لك الآن، وإلا فتحت على نفسك أبواب جهنم! صدقني، ساعتها ستكون أنت أول المحترقين، ولن تكون آخرهم!"

- "مدينة حَدَاد... الحدث الأكبر... يا إلهي! بالطبع هو ذاك!" ردد نعيم، مخاطبا نفسه، دون أن يلتفت إلى نصائح زكريا، وهو يخرج من جيبه هاتفه الجوال؛ ليكتب نص رسالة عاجلة لجعفر الأشعري.

- "أشكرك يا أستاذ زكريا جزيل الشكر! ما قلته لي كان في غاية الأهمية!"

ما إن أنهى نعيم جملته، حتى ضغط على زر الإرسال. كان نص الرسالة:

انفكت الطلاسم. وجب اللقاء.

توجه نعيم مسرعا نحو باب المتجر أمام دهشة زكريا الذي لم يتوقع مثل ردة الفعل هذه! ما إن خرج إلى الهواء الطلق، حتى استنشقه بعمق، وكأنه مولود قد خرج للتو من ضيق الأرحام إلى

ســعة الحــياة، بعدها بثوان أصدر الهاتف الجوال رنة منبهة بقدوم رسالة من جعفر الأشعري، كان نصها:

لقد وصلت اليوم إلى مدينة بوسطن. أنا في انتظارك مع رجل آخر، يرغب في محادثتك.

35

توقفت سيارة لكزس زرقاء أمام المبنى رقم 150 بشارع هنتنجتون في مدينة بوسطن؛ خرج منها جعفر الأشعري، ثم أخذ يتوجه إلى داخل المبنى الذي أدرك من واجهته أنه عمارة سكنية فاخرة؛ وعلى الرغم من يقينه بأنه في الغالب لن يحصل على معلومة ذات فائدة من هذه الزيارة، إلا أن جعفر قرر المحاولة، ومن يدري، فلعل الحظ يسعفه اليوم كما أسعفه مرارا من قبل. كان يدرك بأن ليس لديه القدرة التحليلية ولا المعرفة الموسوعية التي كان يتمتع بها حليفه الجديد نعيم الوزان، ولكن ما كان دوما يعوضه هذا النقص هو تواجده في المكان المناسب في الوقت المناسب... البعض يسمي هذا الحظ، والبعض الآخر ينعته بالقدر، ولكن مما لا شك فيه أنه لا يتسنى لجميع البشر. تذكر كيف كان الدكتور عبد القادر يصفه بالبراجماتي الواقعي الذي يجيد استخدام أبسط الفرص من أجل تدعيم قضاياه، على خلاف نظرة غالبية قادة العروة الوثقى له بأنه إنسان انتهازي همه الأول هو الوصول إلى أعلى هرم السلطة...

- "ومنذ متى كان الطموح عيبا أو جرما، فعلى الأقل أنا أسعى في الضوء، في حين أن غيري يسعى في الظلام، ويدعي كذبا ألاّ رغبة له في العلو."

كانت تلك الجملة التي قالها ذات مرة أمام أحد قيادي الجماعة، والتي نقلت إلى مجلس القادة، هي الكفيلة بفصله، بالرغم من اعتراض الدكتور عبد القادر، وبالرغم من اعتراض الرجل الآخر الذي كان على مر السنين يزداد اقتناعا بأن العروة الوثقى قد أصابها الوهن؛ ذلك الرجل الذي قرر التعاون معه، بعد فناء غالبية أعضاء

جماعة الحسيني، من أجل اكتشاف شخصية الخائن الذي وشى بالدكتور عبد القادر بنوزّاني، ورفاقه!

* * *

– "مساء الخير، أبحث عن ساكن اسمه طلعت نجاتي." سأل جعفر موظف الاستقبال الذي بادره فور دخوله إلى المبنى بابتسامة ودودة.

– "طلعت نجاتي؟ لا أظن أنه يوجد ساكن بهذا الاسم، ولكن دعني أتأكد."

راجع موظف الإستقبال الحاسب الآلي الذي كان أمامه، ثم بعد فراغه، أكد لجاسم عدم وجود اسم طلعت نجاتي بين أسماء المستأجرين، وذويهم.

– "ربما يكون قد ترك المكان، فأذكر أني أرسلت له طردا إلى هذا العنوان، منذ نحو ثلاث سنوات."

– "لدي في قاعدة البيانات أسماء كل من استأجر هنا منذ أكثر من عشرين عاما، ولا يوجد اسم طلعت نجاتي... آسف... هل أنت متأكد من العنوان؟"

– "نعم، مئة وخمسون شارع هنتجتون بمدينة بوسطن."

– "آسف، ولكن هذا كل ما لدي."

خرج جعفر من المبنى، وعلى الرغم من أن الحظ لم يسعفه هذه المرة، إلا أنه على الأقل تأكد مما قاله له نعيم من أن طلعت نجاتي لم يكن هو المقصود بذلك الطرد الذي أرسله موشي جولد منذ ثلاث سنوات...

36

للمـــرة الرابعة طرقت لينا أبواب مختبر الحمض النووي، ولكن على خلاف المرات السابقة في الأربع وعشرين ساعة الماضية، كان سام قد أعد التقرير الذي ظلت تنتظره على شغف.

– "فـــي العـــادة مثل هذه التقارير تأخذ أكثر من ثمانٍ وأربعين ساعة. تذكري أني أنجزتها لك في نصف المدة، مما يعني أنك مدينة لي بالعشاء."

تلقفـــت ليـــنا التقرير من يد سام، ثم أخذت تلتهمه قراءة، وما ان فرغت من آخر سطر فيه، حتى انطلقت نحو المصعد المؤدي إلى وحدة العناية المركزة، في وسط دهشة سام الذي كان يتأمل ردة فعل مختلفة!

* * *

– "منال... يجب أن نتحدث!"

– "مـــساء الخير لينا، أكل شيء على ما يرام؟" تساءلت منال، وقد فوجئت بطلب لينا التي بدت في شدة الاضطراب.

– "لا، كـــل شـــيء ليس على ما يرام. يجب أن تعلمي بما قد توصـــلت إلـــيه، فالأمر لا يحتمل أي تأجيل!... قاعة الاجتماعات لا يوجد بها أحد، لنتحدث هناك على انفراد."

قادت لينا منال إلى قاعة صغيرة بالقرب من مدخل وحدة العناية المركزة، وما إن دخلتا، حتى أغلقت لينا الباب بالترباس.

– "فكرت كثيرا قبل أن أفاتحك في هذا الموضوع... لكن لا بد، وأن تعلمـــي الحقيقة، مهما كانت مفزعة، وخاصة الآن بعد حصولي على الدليل القاطع!"

- "الدليل القاطع على ماذا؟ لينا ما خطبك، لم أرك من قبل في مثل هذه الحالة... أرجوك أنا أعصابي لا تتحمل!... كفاني ما أنا فيه!"

- "أعلم حبيبتي، صدقيني أعلم حجم المعاناة التي تمرين بها... يا ليتني لم أكتشف ما أكتشفته، فلربما جهلي كان سيريحني، وما كنت لأضطر اخبارك، فأزيد من عنائك... ولكن... ولكن حبي وإحترامي لك ولفؤاد هما اللذان يضطراني للحديث معك الآن، لا بد للمجرم أن ينال جزاءه، لا بد!"

- "مجرم؟! من تقصدين؟"

بدأت لينا تحكي لمنال ما جرى منذ عدت أيام، عندما قرأت مع سعود وجمال أشعة فؤاد في الليلة التي دخل فيها المستشفى، وما تبع ذلك من أحداث وشكوك إلى أن وصل حديثها لليلة الماضية، عندما عثرت على شريحة مختبر المريض الذي أجريت له عملية مشابة للتي أجريت لفؤاد.

- "وهذا تقرير الحمض النووي الخاص بتلك الشريحة، حصلت عليه للتو."

ناولت لينا التقرير لمنال، فتلقفته، ثم أخذت تقرؤه على مهل، وما إنَ فرغت من قراءته، حتى رفعت رأسها، ناظرة إلى لينا، وقد تحولت معالم وجهها إلى علامتي استفهام وتعجب.

- "ولكن التقرير يقول إن العينة هي لفؤاد، وليست لذلك المريض الآخر!"

- "بالضبط! وهذا هو الدليل القاطع على جرم الدكتور بيرسون!"

- "ولكني لا أفهم... كيف؟"

- "الدكتور بيرسون أجرى استئصال ورم من رئة هذا المريض، ولكنه لم يرسل العينة فورا إلى المختبر مع الممرضة،

كمـــا هـــي العادة، بل احتفظ بها حتى فرغ من عملية فؤاد، ثم قام باســـتبدال العينتين ببعضهما. عينة الورم الخاصة بالمريض الآخر ذهـــبت إلـــى المختبـــر على أنها عينة فؤاد، وعينة الرئة السليمة الخاصة بفؤاد ذهبت إلى المختبر تحت اسم المريض الآخر. وبذلك يتوافر دليل لدى الدكتور بيرسون على أنه استأصل ورم فؤاد، في حـــين أنـــه فـــي الواقع لم يستأصل سوى الجزء السليم من الرئة، وتـــرك الـــورم كما هو... إنها جريمة قتل جراحية، جريمة ظن الدكتور بيرسون أن أحدا لن يستطيع كشفها، بشرط أن يقوم بإخفاء جميع الشرائح الخاصة بالمريضين، بعد إصدار التقارير المخبرية، ولولا إحتفاظ أحد الأطباء المقيمين بإحدى تلك الشرائح، وتواجدي أنا في المكان المناسب في الوقت المناسب، لفلت الدكتور بيرسون بعملته!"

شـــعرت مـــنال برغبة ملحة في التقيؤ، مما اضطرها أن تهرع إلى المرحاض الخاص بقاعة الاجتماعات؛ ما إن توقفت من إفراغ ما كـــان في جوفها، حتى انتابها بكاء هستيري، من شدته أخذ كل جزء من جسدها النحيل في الانتفاض.

- "كيف... لما... لماذ... لماذا؟... ماذا... ف.. فعل... فؤاد.. للد.. دكتور بيرسون... لكي... لكي يستحق هذا؟"

تلقفـــت لينا منال بين أحضانها، في محاولة للتهدئة من روعها. ظلتا هكذا على أرض المرحاض، ولينا تمَسِد على شعرها، الذي كان قد انكشف من تحت خماره، وتقبل رأسها.

- "لا أدري لماذا فعل ما فعل. هذا ما يكاد يقتلني من الحيرة... ولكن مهما كانت الأسباب، فيجب أن ينال بيرسون جزاءه!"

- "ليـــنا... خذي... خذي... جوالي... كلمي... كلمي كمال... أخبريه بما جرى."

- "كمال؟"

- "نعـــم... كمال أغلو... صديق فؤاد وشريكه... يجب أن... يعلـــم. أنـــا واثقـــة... أنـــا واثقة بأنه... بأنه سيتخذ... الإجراءات المناسبة."

أخرجت لينا جوال منال من حقيقبتها، ثم بعد إيجادها لاسم كمال أغلـــو فـــي قائمة المعرفين، ضغطت على زر الاتصال. بعد ثلاث رنات، جاء صوت كمال عبر السماعة من الخط المقابل.

* * *

أنهـــى كمال محادثته مع لينا، وكان قد ملأه الغضب مما سمع، فالأمـــر قـــد أخـــذ منحا غير الذي كان متوقعا له. رمى جواله على الأريكة المجاورة وظل يسب ويلعن..." بيرسون لا بد، وأن يدفع ثمن غـــبائه واستهتاره." أخذ يفكر، ولكنه كان مدركا أنه لن يستطيع فعل شـــيء في بوسطن، فهي ليست ضمن منطقة نفوذه. الوحيد صاحب السلطة هنا هو جورج روكفلر، وحسب ميثاق بولدربرج، فمن يتعدى على سلطات معلم أكبر في منطقة نفوذه يعرض نفسه لحساب عسير، قد يكلفه الكثير!...

انتـــزع كمـــال جواله من فوق الأريكة، ثم قام بالإتصال على مضض!

- "مساء الخير جورج، لدينا مشكلة!"

37

أيام معدودات هي التي تبقت على الحدث الأكبر الذي أعدت له جماعة أبناء حَدَاد، هكذا أدرك نعيم، والأيام كانت تمر مسرعة، كجواد يعدو في حلبة سباق يريد الوصول إلى خط النهاية...

"لا بد وأن تصل المعلومة، ولكن لمن؟" لم يكن أمامه سوى جعفر الأشعري، وصديقه الذي يمده بالمعلومات من داخل العروة الوثقى؛ "ذلك الرجل، من يكون؟" شيء ما في داخله مده بالإجابة، ولكن كان عليه أن يتأكد... إن كان هو من يظن، فسيستطيع فعل شيء؛ هكذا تأمل نعيم وهو يقود السيارة المستأجرة إلى فندق الكوبلي بمنطقة باكباي، حيث الموعد بعد نصف ساعة، كما جاء في الرسالة التي وجدها على جواله فور وصول الطائرة إلى مطار بوسطن الدولي. المعلومة، التي بحث نعيم عنها، فوجدها ثم حللها، كان ينقصها شيء؛ لكي تكمل له الصورة، صورة ما سيحدث، تلك الصورة التي رسمها منذ قرن من الزمان أبناء حَدَاد! كان ينقصها تلك القفزة التي برع فيها نعيم الوزان، وأتقنها... قفزة الخيال التي بها استطاع أن يجتاز بحر الجمود، وعراقيل الهون، فأصبح يرى ما لم يره الآخرون، والتي بها استطاع أن يصل إلى ما لم تصل إليه العروة الوثقى بكل ما لديها من رجال، ونفوذ... والتي بها استطاع نعيم الوزان أن ينزع عنه الأغلال!

* * *

صف السيارة أمام الفندق، ثم توجه إلى الداخل. كان رواق الاستقبال يعج بالناس كعادته في وقت الإجازات والأعياد. نظر نعيم

إلى ساعته، أدرك أنه لم يتبق سوى ثلاث دقائق كان عليه خلالها أن يذهب إلى الطابق الأول، جناح 114. توجه إلى المصعد بعد أن نظر حوله؛ لكي يمسح المكان ويتأكد أن أحدا لا يتتبعه. كان يراوده شك، خاصة بعدما أخذ يربط بين أمور كثيرة قد جرت في الآونة الأخيرة منذ، أن غادر ماليزيا؛ لكي يبدأ هذه الرحلة. كان الأمر يتطلب الحذر...

دخــل المصعد، وما كاد يقفل بابه، حتى امتد ذراع من الخارج مــا بــين مصراعيه، مانعا إياه من الانغلاق، ليدخل بعدها رجل ذو ملامــح قاتمة، قوي البنيان. نظر إلى نعيم بعينين ساكنتين، وكأنهما مــصنوعتان من زجاج داكن، لا يستطيع المرء أن يرى روحا قابعة مــن ورائهمــا، لكن أكثر ما لفت انتباه نعيم كانت تلك الوشمة التي ظهــرت فــوق بــاطن معصمه لحظة ما مد ذراعه؛ لكي يفتح باب المصعد. تذكر على الفور أين رأى صاحبها من قبل!

مــد نعــيم يــده نحو زر الطابق الأول، ولكن سرعان ما غير الاتجــاه نحو الطابق الخامس. حاول ألاّ يبدي أية علامات للقلق، بل رسم على وجهه ابتسامة، وهو يسأل الرجل عن الطابق الذي يرغب في الصعود إليه، حتى يضغط له على زره.

- "الطابــق الــسادس." قال بصوت، لا يقل سكوناً عن عينيه، يملؤه الجمود.

أخــذ نعــيم نفــسا عميقا، محاولا بكل ما أوتي من قدرة على التظاهــر كما وكأن كل شيء على ما يرام، وكأنه لم يكتشف للتو أن هذا الرجل كان يتتبعه، منذ أن كان في دبي... فتِح باب المصعد في الطابق الخامس. خرج منه نعيم، بعد أن سلم على الرجل. ظل يمشي بثــبات، مقاوما رغبته في الالتفات خلفه إلى ناحية المصعد، حتى لا يشك الرجل في أنه قد اكتشف أمره. ما إن سمع صوت باب المصعد يغلــق، حتــى اختلس نظرة إلى الوراء، فقط لكي يتأكد بأنه لا أحد وراءه، وعندما تأكد، ركض بكل ما أوتي من قوة نحو السلالم، وأخذ

يــتجه نزولا نحو الطابق الأول. كان على يقين بأن الرجل سيستخدم هــو الآخــر السلم لكي ينزل إلى الطابق الخامس، ليحاول تتبعه خلــسة. وبالفعل، ما كاد نعيم يصل إلى الطابق الرابع، حتى سمع أصوات أقدام تقفز قفزا على عتبات السلم من فوقه، مما اضطره إلى التوقف والتواري جانبا؛ حتى لا يفتضح أمره. بعدما دخل الرجل إلى الطابق الخامس، عاود نعيم نزوله مسرعا قبل أن يكتشف الرجل أنه لــيس فــي ذلــك الطابق الذي دخله للتو. أخذ يقفز هو الآخر فوق العتبات حتى وصل إلى الطابق الأول. نظر خلفه مرة أخيرة، وعندما اطمــأن بألاّ أحد وراءه، فتح الباب المؤدي إلى الردهة، ثم اتجه إلى الجناح رقم 114.

* * *

في اللحظة ذاتها في الطابق الخامس، أخرج رحيم هاتفه الجوال مــن جــيب معطفه، ثم ضغط على زر الرقم واحد. بعد رنتين جاء صوت كمال:

- "ماذا تريد؟... اختصر."

- "نعيم كشف أمري." قال بصوت هادئ.

- "تبا!.. كيف حدث هذا؟!"

- "لا أدري، ولكــنه حاول جاهدا أن يخفي تعرفه علي، عندما دخلــت معــه في مصعد الفندق، ولكن ما أقلقني أكثر هو ردة الفعل التي لاحظتها عليه، عندما وقعت عيناه على الوشمة."

- "ما الذي تريد قوله؟!"

- "نعيم توصل إلى شيء."

- "لقــد اســتهنا كثيرا بذلك الوغد!" قال كمال وقد بدا الغضب واضــحا على صوته... "كان يجب التخلص منه منذ سنين!... لا بد من تصحيح الخطأ، اعثر عليه، ثم بلغه تحياتي!"

38

بادر نعيم بإغلاق باب الجناح رقم 114 فور دخوله، أمام دهشة جعفر الذي أخذ يشعر بالقلق تجاه العجلة التي بدت واضحة على ضيفه المنتظر، وكأن شخصا كان يلاحقه.

– "حمدا لله على سلامة الوصول أولا. أكل شيء على ما يرام؟" سأل جعفر بارتياب.

– "لا أدري... لقد اكتشفت للتو أني مراقب، منذ أن كنت في دبي على الأقل."

– "ماذا!... من قبل من؟ العروة الوثقى؟"

– "لا، بل من قبل أبناء حدَاد!"

– "أبناء حدَاد؟!"

– "لا أدري كيف، ولكنهم كانوا على دراية بكل تحركاتي منذ البداية."

– "مستحيل! كيف استطاعوا بهذه السرعة... هل أنت واثق مما تقول؟ ربما يكون في الأمر لبس ما، وقد هُيِّء لك بأنك..."

لم يمهل نعيم جعفر، لكي يكمل جملته، حيث قاطعه، مؤكدا بعد أن التقت عيناه بعيني مضيفه:

– "أقول لك أنا مراقب! لا يوجد لبس في الموضوع... علينا التصرف بأسرع ما يمكن، فلا أدري إن كانوا قد علموا بما توصلت إليه أم لا. اسمعني جعفر، الأمر الآن لا يحتمل أية مراوغات، عليك أن تخبرني بكل شيء... كل شيء!"

– "بالطبع، فنحن فريق واحد الآن."

- "إذاً أخبرني، من الذي يمدك بالمعلومات من داخل العروة الوثقى، وهل لازلت على اتصال به؟"

- "نعيم، لقد وعدتك في الرسالة التي أرسلتها لك البارحة بأني لن أكون الشخص الوحيد في انتظارك، وأنا عند وعدي... الإجابة على جميع تساؤلاتك ستجدها بالداخل."

قاد جعفر نعيم على الفور إلى صالة الاستقبال الخاصة بالجناح، حيث كان ينتظرهما رجل ما إن رأى نعيم، حتى تقدم نحوه مرحبا، مادّا ذراعيه.

- "ما هذه الغيبة الطويلة يا نعيم، ثلاث سنوات!"

عانق الشيخ عمر الحسيني نعيم الذي لم يتفاجأ كثيرا لرؤيته هنا، حيث كان قد انتابه شعور بأنه هو الشخص الوحيد من داخل العروة الوثقى القادر على مثل هذه المجازفة من التصرف خارج نطاق الجماعة، وما قد يؤدي إليه من إبعاد يصل إلى الفصل من دائرة القادة.

- "أنت دائما في البال يا شيخ عمر، حتى وإن تباعدت الأجساد."

- "أنا آسف على المقاطعة، ولكن بما أن بالك الآن قد ارتاح، بعدما أدركت بأنني أعمل مع الشيخ عمر، لماذا لا تخبرنا إلى ماذا توصلت." قال جعفر بشغف، مخاطبا نعيم.

- "صبرك يا جعفر، دع الرجل يرتاح بعد رحلته الطويلة. لا تكن عجولا."

- "جعفر محق في استعجاله، فالأمر لا يحتمل أي تأجيل." بدأ نعيم حديثه، بعدما أشار عليه الشيخ عمر بالجلوس..." الأمر خطير جدا، وينبغي لنا التصرف بشكل أو بآخر لتنبيه كل ذي شأن قبل فوات الأوان."

- "التنبيه من ماذا؟" سأل جعفر.

- "من الحدث الأكبر الذي ورد في خطبة أبناء حَدَاد، كما كتب نجم الدين غول. ذلك الحدث الذي سيقع بعد أقل من أسبوع، في الخامس والعشرين من ديسمبر!"

- "ماذا؟!"

- "هو كما أقول لكما، في الخامس والعشرين من ديسمبر في مدينة حَدَاد سيقع حادث كبير سوف يهز العالم، قد يؤدي إلى دمار الشرق الأوسط بأكمله، وقد يدفع العالم بأسره إلى الفوضى."

- "عمَّ تتحدث يا نعيم؟ وأين تقع مدينة حَدَاد هذه؟"

- "مدينة حداد هي بعلبك يا جعفر... المدينة التي شيدها الفينيقيون لتمجيد بعل، أحد الأسماء التي كان يطلقها العامة على حَدَاد... هي ذاتها المدينة التي أطلق عليها الرومان اسم هيليوبوليس، عندما احتلوها... هيليوبوليس، مدينة الشمس بالرومانية."

- "ما تقوله يا نعيم أمر خطير، هل أنت واثق من معلوماتك؟" سأل الشيخ عمر، مبديا قلقا مما سمع.

- "دعني أشرح لكما من البداية، وستدرِكان كيف توصلت إلى ما توصلت إليه..."

تحدث نعيم عن تفاصيل ما جرى له، منذ أن غادر دبي، بما فيها ما علمه عن الاحتفال الكبير الذي سيحضره عدد كبير من قادة العالم، ومن ضمنهم الرئيس الأمريكي في الخامس والعشرين من ديسمبر في بعلبك؛ ثم أخبرهم عن مغارة جعيتا، وذهابه إلى زكريا شاهين، وعن كل ما دار من حديث في ذلك اللقاء.

- "أخشى يا نعيم أن يكون ما تقوله مجرد استنتاج، تخمينات ذكية، ومن الصعب أن نتصرف بناء على..."

- "انظر إلى الحقائق يا جعفر، وسترى بأن قطع الأحجية تقع في موضعها الصحيح... نحن نعلم أن الاجتماع الذي دار لجماعة أبناء حَدَاد كان في العام ألف وتسع مئة وتسعة، أي قبل قرن بالتمام.

نحــن الآن فــي الــوقت الذي وعدت به الجماعة بأن يتحقق الحدث الأكبــر. نحن نعلم أن أعظم يوم عند جميع الشعوب التي كانت تتخذ من الشمس إلهاً هو الخامس والعشرون من ديسمبر؛ لأنه بمنزلة يوم مولد الشمس. وما هو أهم حدث سيجري في ذلك التاريخ؟!... احتفال بعلــبك الذي سيحضره عدد من رؤساء العالم، وعلى رأسهم الرئيس الأمريكي. تخيل إذا وقع انفجار كبير في موقع الحفل... انفجار يؤدي إلى مقتل كل هؤلاء من قادة العالم."

– "ولكــن مــثل هــذا العمــل مخاطرة كبيرة سيجعل من تلك الجماعــة، أبناء حَدَاد، هدفا لكل جيوش العالم. لا أعتقد بأن جماعة اســتطاعت أن تــستمر، على حد زعمك، عبر آلاف السنين، ستقوم بعمل أحمق مثل هذا يدر عليها وبال العالم بأكمله."

– "إلا إذا جعلــت ذلــك العمل يبدو، وكأنه من صنع طرف آخــر... طرف من داخل لبنان، أو بلد من بلدان الشرق الأوسط، وبحجــة مكافحــة الإرهــاب تأتــي جيوش العالم، كما حدث في السابق!"

– "لا أدري يا نعيم، هذا الذي تقوله أمر يصعب تصديقه." قال جعفر بصوت مرتجف، ثم وجه نظره إلى الشيخ عمر الحسيني الذي ظل صامتا متأملاً الحديث..." ما رأيك فيما سمعت؟"

– "هناك أمر آخر يجب أن يوضع في الاعتبار." قاطع نعيم..." أوامر البيع الآجل التي وضعت على أسهم العقار اللبنانية في بورصة الناسداك الأمريكية، هي عشرون ضعف المعتاد... ما الذي يجعل أي شــخص يضع مثل هذه الأوامر، إلا إذا كان يتوقع هبوطا حادا يصل إلــى درجــة الانهــيار فــي تلك الأسهم. أنا تأكدت بنفسي من هذه الأوامــر، كلها قصيرة الأجل، بل أغلب تلك الأوامر ينتهي أجلها في شــهر ينايــر القادم، أي مباشرة بعد وقوع الحدث... هناك أشخاص يراهنون على جني أموال طائلة خلال الأيام القادمة!"

- "تعـيم، إذا افترضـنا أن ما تقوله صحيح، فمن أين جاءت جماعة أبناء حَدَاد بكل هذا النفوذ، والقوة؛ لكي تقوم بمثل هذا العمل الكبير؟" كسر الشيخ عمر صمته بهذا السؤال.

- "انظرا إلى هذه الرسمة، جيدا."

رسـم نعيم على ورقة بيضاء رمز حَدَاد، الدائرة المفرغة التي تتوسطها نقطة أشبه بدائرة صغيرة ممتلئة.

- "بماذا توحي هذه الرسمة بخلاف ما قد ذكرته لكما؟"

صـمت جعفـر والشيخ عمر منتظرين الإجابة تأتيهما من نعيم الـذي رسم بعد ذلك رمز حَدَاد آخر بجانب الرسمة الأولى، ثم رسم حولهما دائرة على شكل وجه.

- "تقـصد العين." بادر جعفر بالإجابة، عندما تبين له إلى ماذا كان نعيم يشير.

- "نعم، فالأمر لا يتطلب خيالا كبيرا؛ لكي نرى أن هذه الرسمة تـشبه إلـى حد كبير صورة العين... وليس من قبيل المصادفة أن ترمـز العين الواحدة لدى قدماء المصريين إلى عين رع إله الشمس وهـو الرمـز نفسه الـذي اتخـذه الماسـونيون والمتنورون في شعاراتهم..."

- "تقصد العين المبصرة التي تتوسط الهرم؟"

- "بكل تأكيد، ذلك الشعار الذي ظلت دلالته تحير الباحثين، هو ذاتـه الـشعار الـذي دونه جدي خليل في مذكراته، عندما كان في إسـتانبول! ألا تريان بأن هناك ترابطاً كبيراً بين كل هذه الإشارات، مما يدل على وجود ترابط بين كل هذه الجماعات، أو بالأحرى انقياد أغلـب تلـك الجماعات تحت لواء جماعة واحدة لم يسمع بها عامة الناس، بالرغم من قدمها... جماعة أبناء حَدَاد!"

سـاد الـصمت قليلا، وكل من الشيخ عمر وجعفر يفكران فيما سـمعاه للتو من نعيم. لم يتوقع أحد منهما أن يبلغ حجم المؤامرة إلى

هـذا الحـد، ولكن أدلة نعيم وحججه كانت متماسكة إلى درجة كان يصعب نقدها، أو الإتيان بتفسير منطقي بديل.

- "ما رأيك فيما سمعت يا شيخ عمر؟" بادر جعفر بالسؤال.

- "لا يـزال هناك أمر واحد يحيرني، ويجب التأكد منه... إلى أي مدى استطاع أبناء حَدَاد التغلغل في العروة الوثقى؟!"

تفاجـأ نعـيم بهذا السؤال الذي جاء ليؤكد ما سبق وسمعه من جعفر، عندما التقى به في الشارقة.

- "هل تعتقد أن الأمر قد وصل إلى هذا الحد؟!"

- "إلـى هـذا الحـد وأكثـر. أقول لك إن هناك خائناً، وربما مجمـوعة من الخونة في أعلى هرم العروة الوثقى. وإلا كيف تفسر مقـتل جمـيع أعـضاء جماعة الحسيني المعروفين فقط لدى القادة؟ وكـيف تفـسر إنهاءهم المفاجئ لعملية البحث التي كلفوك بها، بعدما اكتـشفت أمر ذلك الطرد الذي أرسله موشي جولد إلى شخص ما في بوسطن؟!" قاطع جعفر، وقد ملأه الحماس.

- "ولكـن لماذا تم تكليفي بالمهمة إذا لم يكن هناك رغبة في أن أصل إلى الحقيقة؟"

- "لا تنس بأن تكليفك بالمهمة تم بناء على موافقة غالبية القادة، ولـيس جميعهم، وأنا لم أقل بأن كل قادة العروة الوثقى خونة، ولكن هناك واحد على الأقل؛ وأنا أعلم من هو..."

- "جعفـر، كفى! سبق وأن حذرتك من اتهام شخص بعينه دون دلـيل!" قاطـع الشيخ عمر بحزم، قبل أن ينطق جعفر باسم الشخص الذي كان يشك فيه.

- "ولكـن المسألة واضحة وضوح الشمس في وسط النهار... مـن الـشخص الـذي أوقف نعيم، بعد إقناعه لباقي القادة بأن عملية الـبحث قـد وصـلت إلى طريق مسدود، بعد أن تم إكتشاف الخيط المـؤدي إلـى بوسطن؟ من كان متواجدا هنا في بوسطن، منذ ثلاث

سنوات، عندما أرسل موشي جولد طرده؟ ومن الذي تسبب في طرد عدد كبير من كفاءات العروة الوثقى، بمن فيهم أنا ونعيم؟ أقول لك لا يوجد شخص غيره، إنه هو..."

- "قلت لك كفى يا جعفر!"

- "جاسم الفراج!"

لم يكن جعفر الذي نطق بالاسم، ولكن نعيم الذي توصل إلى استنتاج من هو الشخص المقصود من الحديث.

- "لا نستطيع اتهام أحد أهم قادة العروة الوثقى دون وجود دليل قاطع، عليكما أن تفهما هذا جيدا!... نعم، هناك قرائن تبدو مريبة، ولكن هذا لايكفي بالنسبة لي لكي أدين شخصا في مكانة جاسم!"

وقف الشيخ عمر الحسيني فجأة ثم أخذ يتوجه نحو باب الجناح. توقف قبل أن يفتحه، ثم استدار نحو نعيم، مخاطبا إياه:

- "لقد أبليت بلاء حسنا. لطالما حدثني أبي، رحمة الله عليه، عن مآثر جدك خليل، لدرجة أني تمنيت لو كنت قد خلقت في زمنه... يبدو وكأن الله قد حقق لي أمنيتي." ابتسم الشيخ عمر، ثم أكمل حديثه..." بالنسبة لاحتفال بعلبك، فسوف أتولى أمره."

- "ولكن كيف، وقد تمت جميع الترتيبات، ولم يتبق عليه سوى أيام معدودة؟" سأل نعيم.

- "لا تقلق، فقريبا سيأتيك الخبر."

* * *

ظل جعفر، بعد أن غادر الشيخ عمر الحسيني الجناح، يراقب نعيم الذي كان قد ذهب إلى النافذة المطلة على الشارع، ثم أخذ بدوره يراقب السيارات في أثناء ما كان يفكر في خطوته التالية... كان بوسعه الآن أن يعود إلى كوالالمبور، حيث ينتظره عمله، بعدما

استطاع أن يتوصل إلى ما سعى من أجله، منذ أن غادر ماليزيا، ولكن كان هناك أمر واحد متبق، مما شكل له نقطة محيرة!...

- "كأني فهمت من حديثك سابقا، أن جاسم الفراج كان متواجدا في بوسطن، منذ ثلاث سنوات، وأنك تعتقد أنه هو المقصود بالطرد الذي أرسله موشي جولد؟" فاجأ نعيم جعفر بإستفساره، بعد أن ساد الصمت لبضع دقائق.

- "جاسم كان مقيما هنا في بوسطن، منذ منتصف التسعينيات إلى أن انتقل إلى قطر مباشرة، بعد حادثة الدكتور عبد القادر بنوَزّاني ومجموعته."

- "فهمت... أنت إذاً تعتقد بأن جاسم، عندما أدرك أني قد علمت بأمر ذلك الطرد الذي أرسله موشي إلى بوسطن، خشي من أن أكشف علاقته بذلك الحدث."

- "بالضبط... هذا التفسير هو الأقرب للمنطق."

- "ولكن على إفتراض أن جاسم هو ذلك الشخص الذي أرسل إليه موشي الطرد، فهذا لا يعني بأنه هو الخائن؛ لا أرى الرابط بين الأمرين."

- "نعيم، الطرد هو الإثبات الوحيد بأن جاسم كان على دراية بأفراد جماعة الحسيني... كما أخبرتك في الشارقة، لم يكن بين أفراد جماعة الحسيني، وبين باقي قادة العروة الوثقى أي اتصال. بل إن أغلبهم مثل موشي لم يكونوا على دراية بأنهم منتمون بشكل غير مباشر إلى العروة الوثقى، وذلك لظروف أمنية، كما سبق وشرحت لك. فإذا كان هناك إتصال بين موشي وجاسم، فمعنى ذلك أن مخالفة كبيرة لإحدى أهم قواعد الجماعة قد تمت. مما يعني أن جاسم كان يتجسس على الدكتور عبد القادر من خلال موشي الذي كان على الأرجح متواطئا معه، دون أن يدرك بأن شريكه كان ينوي الغدر به."

- "مهلا، مهلا... أنت الآن تتهم موشي بأنه هو الآخر كان ضمن المؤامرة."

- "ولمَ لا؟ أولم يكن يهوديا! منذ متى، واليهود كانوا محل ثقة؟!"

- "مثل هذه التعاميم والتنميطات هي التي تجعل الإنسان يفقد قدرته على بيان الحقيقة... إذا طبقنا منطقك هذا على الشيخ عمر، فالبعض قد يعتبره خائنا، لأنه على إتصال بك وبي، بالرغم من كوننا لم نعد من أفراد جماعة العروة الوثقى."

أطلق جعفر ضحكة مدوية أدهشت نعيم، وظل على هذا الحال عدة ثوان قبل أن ينطق.

- "عن أية جماعة تتحدث يا نعيم، ألم تدرك إلى الآن بأن جماعة العروة الوثقى هي في طريقها إلى الزوال والفناء، إذا ما استمرت على هذا الحال! هذا ما أدركه الدكتور عبد القادر قبل ثلاثة أعوام، وهذا هو ما بدأ يدركه الشيخ عمر الحسيني. العروة الوثقى يا نعيم لم تعد كما كانت، لقد أصاب قادتها الجمود، وأصبحت المصالح الشخصية هي التي تتحكم. هل تعلم ما هو السبب الحقيقي وراء فصلي من الجماعة؟... لأني تجرأت، وتساءلت عن السبب وراء ترقية صفاء الدين إسماعيل، نجل أمين عام الجماعة."

- "أليس هو أحد أفراد جماعة الحسيني الذين قتلوا؟"

- "بلى هو... كان يراد تهيئته، لكي يخلف الدكتور عبد القادر بعد إقصائه من منصبه، الكل كان يدرك ذلك بمن فيهم الدكتور عبد القادر ذاته، رحمة الله عليه؛ مع ذلك لم يعترض أحد سوى الشيخ عمر، وحفنة قليلة ممن رفضت مثل هذه المعاملة التي كانت بعيدة كل البعد عن أخلاقيات الجماعة التي نشأت عليها. مع الأسف كنا نحن القلة المشاكسة، فتم فصلي وفصل عدد آخر، وصدقني لولا

مكانـــة الشيخ عمر، لتم فصله هو الآخر. مع الأسف الوهن قد تمكن مـــن قلـــوب عدد كبير من قادة العروة الوثقى، وأصبحت المصلحة العامة هي آخر ما يفكرون فيه؛ وعلى رأس هؤلاء جاسم الفراج، فلا تقارنه بالشيخ عمر. شتان ما بين هذا، وذاك!"

أدرك نعـــيم مدى الحسرة التي كان يشعر بها جعفر، وهو الذي نـــشأ تحت كنف الجماعة. كان حديثه مليئا بالغضب والأسى من ظلم قد وقع عليه لاعتراضه على ظلم لم يرتضه لشخص آخر... لظلم لم يرتضه للدكتور عبد القادر بنوزّاني! كان هذا كفيلا بأن يرفع أسهمه لدى نعيم الذي، وإن اختلف معه في بعض الآراء، إلا أنه قدر له هذا الموقف النبيل مع أستاذه.

- "لا تجعـــل نار الغضب تعميك عن رؤية الحقيقة... كدت أن أقع في المأزق نفسه لولا أنني تنبهت إليه... لذلك، دعنا نتأكد بما لا يدع مجالا للشك إلى من أرسل موشي الطرد."

- "ولكن كيف؟ لقد ذهبت إلى العنوان الذي ذكرته لي، ولم أجد هناك سوى طريق مسدود."

- "ربما علينا أن نسلك طريقا جانبيا."

- "ماذا تقصد؟"

أخـــرج نعـــيم مـــن حقيبته إيصال الطرد الذي كان قد تركه له طلعت نجاتي في الفندق بدبي، ثم أخذ يتأمله.

- "الطـــرد أرســـل عن طريق "الدي إتش إل"... هل تعلم ماذا يحدث عندما يرسل طرد إلى عنوان لا يوجد فيه الشخص الذي كتب اسمه على الإيصال؟"

- "يتم إرجاع الطرد إلى المُرسِل."

- "ولكننا نعلم أن هذا لم يحدث؛ فدانيال زوجة موشي لم تستلم أي طرد تم إرجاعه."

- "هل تقصد أن "الدي إتش إل" احتفظت بالطرد؟"

- "لا، بـــل وصل إلى الشخص المعني... انظر إلى الإيصال."
ناول نعيم لجعفر ورقة الإيصال، ثم استطرد..." هل لفت انتباهك أي شيء فيه؟"

تأمل جعفر خانات البيانات. لاحظ أنها لم تكن جميعها معبأة.

- "لا يوجد غير اسم المرسل إليه: طلعت نجاتي، والعنوان."

- "فـــي بعض الأحيان قد يكون الشيء غير الموجود في ذات الأهمية إن لم يكن أهم مما هو موجود."

- "بـــدأت تتحدث بالألغاز؛ وأصدقك القول، لقد سئمت الألغاز! لماذا لا تخبرني بشكل مباشر، عم تشير إليه؟"

- "لا بأس... لاحظ أنه لا يوجد رقم هاتف المُرسَل له. شركات النقل السريع للطرود، لا يمكن أن تقبل إرسال أي طرد، دون وجود رقم هاتف المُرسِل والمُرسَل إليه."

تأمل جعفر مرة أخرى الإيصال، ثم قال باستعجاب:

- "كلامـــك صحيح، يوجد فقط رقم هاتف موشي جولد بمدينة تورونـــتو، ولكـــن لا يوجد رقم المُرسَل إليه هنا في بوسطن! كيف هذا؟!"

اتجـــه نعـــيم على الفور إلى الباب بخطوات سريعة. نظر من العـــين الـــسحرية إلى الخارج للتأكد من خلو الردهة من ذلك الرجل الذي كان يتتبعه، ثم نادى بصوت خافت:

- "هيا بنا."

- "إلـــى أيـــن؟" سأل جعفر، غير مدرك ما كان يدور في خلد رفيقه.

- "زيارة بسيطة، نحصل من بعدها على عنوان الشخص الذي استلم الطرد!"

39

استنشق اللورد ماير الدخان المنبعث من سيجاره الكوبي في لحظة استمتاع، وكأنه لا يريد أن يفوت ذرة من اللذة قد تنتج عن بقايا تبغه المحترق. ظل على حالته هذه، وهو ينظر من نافذة مكتبه المطلة على الحديقة الخلفية لقصره الفاخر، حتى بعدما أذن لجورج روكفلر بالدخول.

- "مساء الخير."

- "مساء الخير جورج، متى وصلت إلى لندن؟"

- "منذ قليل... تأخرت الطائرة بسبب سوء الأجواء."

- "لا بأس، هل أنتم جميعا مستعدون في أمريكا؟"

- "بالتأكيد، فكل شيء يسير كما رسم له؛ والرئيس سيغادر في الموعد المحدد إلى الشرق الأوسط؛ لكي يقوم بجولته قبل أن يختم الزيارة بحضور احتفال بعلبك."

- "وماذا عن عناصر الحرس الرئاسي الخاص التي ذهبت إلى لبنان للتأكد من الإجراءات الأمنية؟"

- "اختيرت بعناية، كلهم من الموالين لنا، ويعلمون جيدا ما الذي يجب فعله. لا تقلق، الأمر كله تحت السيطرة، على الأقل من جهتنا نحن."

التفت اللورد ماير نحو جورج، وعلى وجهه أثر من الدهشة.

- "ماذا تقصد **بعلى الأقل من جهتكم أنتم؟**"

تردد جورج قليلا، ثم قال:

- "أنت تعلم جيدا أنه منذ قيام معاهدة بولدربرج في سنة 1954 ، وجماعة إلوماناتي أمريكا، وكل الفرق التي تتبعها لم تخذلكم، على

عكـس إلوماناتـي وماسونيي الشرق الأوسط وشمال أفريقيا. أرجو المعذرة لورد ماير، ولكني لا أشاركك الثقة في كمال أغلو."

نفخ صاحب القصر في سيجاره، واكتفى بالنظر إلى جورج.

– "الـرجل لديـه اشكالية كبيرة في إختيار العناصر التي تعمل معـه. وأكبـر مثال على ذلك فؤاد شوكت، وقبله بثلاث سنوات عبد القادر بنوزّاني... لا أدري إلى متى ستظل تتغاضى عن أخطائه!"

– "كفـى! بدأت تتجاوز حدودك!" صرخ اللورد ماير، غاضبا على غير عادته، ولكن سرعان ما تماسك بعد أخذه لشفطة عميقة من سـيجاره، ثم استدار نحو النافذة..." جورج، هل تعلم ما هو أكثر ما يعجبني في الرياضة الشعبية الأولى في أمريكا، البيسبول؟... يعجبني فيها أن اللاعب لا يتم طرده إلا بعد ثلاث محاولات فاشلة من ضرب الكرة بالمضرب... لا تزال لدى كمال أغلو محاولة أخيرة، فهذا حقه علينـا كـزعيم إحدى عوائل أبناء حَدَاد. ثم أن قرار إبقاء، أو إبعاد كمـال هو ليس بيدي كأمين عام جماعة بولدربرج، ولكنه بيد المعلم الأكبر، كبير زعماء أبناء حَدَاد."

– "أعتذر إن كنت سببت لك بتحفظاتي أي إزعاج، ولكنك تعلم جيدا أن السبب عائد إلى حرصي على نجاح خطتنا، خاصة بعد نكسة العـراق، بـسبب سوء تصرف المحافظين الجدد، الذين أنشقوا عنا، وكادوا أن يفضحوا أمرنا من جرّاء غبائهم!"

ابتسم اللورد ماير، ثم أدار وجهه نحو جورج روكفلر.

– "من حسن حظكم أنهم انشقوا عنكم، فلا يوجد في الدنيا ما هو أسوأ من صديق جاهل، وإن كان نافذ القرار!"

40

بقــدر الحزن الذي شعر به جمال جداوي في أثناء أيام العزاء بجــدة، بقدر ما كان شعوره بالراحة لمعرفته أخيرا بأن دلال تركته، رغمــا عــنها، وليس بمحض إرادتها! لم تهرب منه، لم تهجره، كما اعتقد لوهلة عندما رأى تلك المرأة الشديدة الشبه بدلال، بل اختطفت من قبل سفاح الهايد بارك الذي لايزال يُرَوِّع نساء لندن، هكذا أخبره حمــاه ســمير رحــال، وقد بدا التأثر واضحا على قسمات وجهه... "جــاءت إلــى شرطة سكوتلاند يارد رسالة مجهولة، يعتقد بأنها من الــسفاح ذاتــه، أخبرتهم بموقع جثة دلال التي تم التعرف عليها عن طريق صور أشعة الأسنان التي كانت لدى طبيب أسنانها بلندن."

شــعر جمال برغبة شديدة في العودة إلى حياته الجديدة، بعيدا عــن كل ما كان يذكره بما قد فقده. أراد أن يعود إلى بوسطن، وإلى أصدقائه، وربما إلى لينا...

يــوم واحد كان كل ما تبقى، حتى موعد الرحلة التي ستقله إلى العــالم الجديد، أما في هذه الليلة، فكان موعده في أحد مقاهي شارع التحلية مع بعض أصدقائه وأصدقاء دلال، أصدقاء العالم القديم، الذين رغبوا في التخفيف عنه، وتوديعه قبل السفر.

- "ولمــاذا كل هذا الاستعجال في السفر؟ إبق معنا أسبوعين أو أسبوعا واحداً على الأقل." قال سعيد غير راض عن استعجال جمال في السفر.

- "لا أستطيع، يجب أن أعود إلى المستشفى."

- "هــذه حالة طارئة أنت تمر بها، كيف لا يسمحون لك سوى بأسبوع واحد من الإجازة؟!"

- "بل أقل من أسبوع!" أضافت خلود بغيظ.

- "هكذا أفضل له، لماذا يجلس هنا؟ وسط النكد والأحزان، ليتني أستطيع أنا السفر إلى أمريكا." قالت نسرين، إحدى صديقات دلال.

- "ومن قال بأني سأسمح لك بالذهاب؟" قاطع مهند، قارصا نسرين في خصرها.

- "حبيبي! ومن قال بأني سأسافر وحدي، كنت حتما سآخذك معي!" ردت نسرين، وهي تميل برأسها على كتف صديقها، مناولة إياه الشيشة على سبيل المراضاة.

هزت ميار، إحدى صديقات دلال، رأسها، وهي تنظر إلى دعابة نسرين مع مهند، التي شعرت بأنها جاءت في وقت غير مناسب، فقالت بنبرة تهكم:

- "يا لكما من أطفال." ثم التفتت نحو جمال..." سعيد على حق، لماذا لا تحاول أن تمدد إجازتك بضعة أيام؟ على الأقل تكون قد ارتحت من الرحلة الطويلة."

- "ميار!... أليس هذا الدكتور عادل يونس طبيب الأسنان؟" قاطعت نسرين، وهي تشير إلى رجل وسيم في العقد الخامس جلس على الطاولة المقابلة مع امرأة شقراء ذات ملامح غربية..." وهذه الممرضة التي تعمل معه! ماذا يفعلان هنا؟!"

- "نسرين! أنت دائما هكذا تعشقين النميمة... لمعلوماتك هو متزوج منها، وقد طلق زوجته الأولى منذ أكثر من سنة."

أطلقت نسرين ضحكة عالية، أثارت انتباه الدكتور عادل وزوجته، ولكن سرعان ما كتمتها...

- "نعم صحيح، أنا التي أحب النميمة!... أدركت الآن لماذا كانت دلال تقول عنك بأنك ماء من تحت تبن... تتظاهرين بالجدية أمام الناس، في حين...آخ منك، إن كيدهن عظيم!"

- "وماذا تقصدين، إن شاء الله، بهذه العبارة؟!"

- "لا شيء، فلا داعي للفضائح!"

شعرت ميار بالغيظ، لدرجة أنها كادت تنفجر في وجه نسرين، لولا أن تداركت نفسها في آخر لحظة!

- "لا حبيبتي، فأنا كتاب مفتوح، وإن كنت تلمحين إلى إعجابي بالدكتور عادل، فهذا كان قبل عدة أعوام، عندما كان عقلي صغير مثل عقلك الآن! وإن كنت لا أزال أذهب إليه حتى الآن، فذلك لأنه طبيب أسنان شاطر؛ وللمعلومية حتى دلال كانت لا تأتمن أي أحد غيره على أسنانها."

ضحك الجميع، مستمتعين بمشاكسات نسرين وميار، إلا جمال الذي لفتت انتباهه الجملة الأخيرة من الحديث، فقال مصححا، مع شيء من الريبة:

- "ولكن دلال كانت تذهب إلى طبيب أسنان في لندن."

- "حلوة يا جمال، تعجبني!" قاطعت نسرين ثم التفتت إلى ميار، مصممة على الاستمرار في المشاكسة..." شفتي! دلال لم تكن تذهب إليه. اعترفي بأنك تذهبين إليه بسبب الهيام وليس لكونه طبيبا شاطرا!"

- "للمعلومية، دلال لم تكن تذهب إلى طبيب أسنان في لندن، هذه كانت فقط حجة تستخدمها؛ لكي يسمح لها عمو سمير بالسفر عدة مرات، في أثناء العام، إلى لندن."

- "ولكن والد دلال أكد لي بأن لديها..." لم يكمل جمال الجملة، وأخذ يتأمل ما سمعه من ميار.

- "عفوا جمال، ولكني حسبت أن دلال قد أخبرتك."

- "وما، ياترى، هذا الذي كان يجعل دلال تذهب إلى لندن عدة مرات في أثناء السنة؟" سألت خلود بخبث تنبهت له ميار.

- "لندن كانت المدينة المفضلة لدى دلال، ثم إن أعز صديقاتها كانت تدرس هناك."

- "من تقصدين؟ إبنة السفير التونسي؟" تساءلت نسرين.

- "نعـم، دلـيلة بورحيب. لم يكن هناك سبب آخر لذهابها إلى لـندن." قالـت ميار، موجهة حديثها نحو جمال الذي بدأت الهواجس تطرق رأسه، كقطع بَرَد متساقط...

"إن لـم تكـن دلال تذهب إلى طبيب أسنان في لندن، فمن أين حـصلت السكوتلاند يارد على صور أشعة أسنانها التي تم مطابقتها مـع فـك الجثة التي عثر عليها في الهايد بارك؟... لا، غالبا ميار مخطـئة، فدلال حتما كانت تذهب إلى طبيب أسنان في لندن، وحتى إسمه وينستن برايس، كما أخبرني سمير رحال، وكما جاء في تقرير السكوتلاند يارد الذي إطلعت على صورته!"

- "دولـي! كم كانت فتاة لطيفة... أذكرها جيدا. عرفتنا عليها دلال فـي الحفـل الذي أقامته بشقة أبيها في لندن منذ أكثر من ثلاثة أعـوام." قاطـع مهند... "أعتقد أن هذا كان قبل خطبتها من جمال. أذكـر أنـي تعجـبت من شدة الشبه بينها وبين دلال!" قال ضاحكا، مسترجعا تلك الذكرى.

- "أذكر تلك الحفلة جيدا، كما أذكر ذلك الشاب الأمريكي الذي حضر مع دليلة." أضافت نسرين ثم سألت..." ماذا يا ترى حل بها؟"

- "لا أدري... انقطعـت أخبارها عني فجأة، منذ غياب دلال." أجابت ميار.

- "مهند، لماذا قلت دولي؟" سأل جمال بشغف بدا واضحا.

- "هكذا كانت تناديها دلال."

- "ومـاذا عن ذلك الشاب الذي كان معها، هل تذكرين إسمه؟" وجه سؤاله هذه المرة إلى نسرين.

- "أعـتقد كان اسمه..." ظلت تحاول أن تتذكر الاسم، إلى أن أسعفها جمال.

- "فرانك؟"

- "نعـم فرانك! ولكن كيف عرفت؟" سألت نسرين باستعجاب، وهـي تنظر نحو جمال الذي وقف فجأة، ثم دون أن يبدي أي سبب، أخذ يتوجه نحو باب المقهى...

- "جمـال! جمال!" نادى سعيد في محاولة للحاق بصديقه الذي كان على وشك ركوب سيارته...

- "جمال مهلا... ماذا دهاك؟ لماذا قمت هكذا فجأة؟!"

- "أنا ذاهب إلى المطار! يجب أن أغادر اليوم إلى بوسطن!"

- "مـا هـذا الجـنون! لماذ؟! ثم إنه لا توجد رحلة اليوم إلى أمريكا. أخبرني بصراحة، هل آلمك الحديث عن دلال؛ ألهذا مشيت، أم أن هناك سببا آخر؟"

- "سعيد، لن تفهم... الأمر يصعب شرحه!"

- "جربني، فلعلي أخيب ظنك، وأفهم."

صمت جمال قليلا، وهو في حيرة من أمره، لا يعلم كيف يخبر سعيد بشكوكه، دون أن يبدو مهووسا!

- "الجثة التي تم العثور عليها في لندن..."

- "ما بها؟"

- "هي ليست لدلال! لا تنظر إلي هكذا! قلت لك إنك لن تفهم."

- "جمال، لماذا لا تهدأ، وتخرج من السيارة. دعنا نناقش الأمر بشيء من التعقل."

- "الأمـر لا يحـتمل المناقـشات! أنا متأكد مما أقول! هناك مؤامرة قد حيكت لأخذ دلال مني، ولا بد من إستعادة ما هو لي!"

41

ركب نعيم سيارة جعفر، وترك سيارته المستأجرة في مرآب الفندق، من باب الحيطة، فلعل الرجل الذي كان يراقبه قد قرر انتظاره بجوار سيارته، بعدما فقد أثره. أدرك بأن عليه الآن أن يفكر عدة خطوات إلى الأمام، مع المحافظة على الحذر، فالأمر أصبح أكثر تعقيدا من ذي قبل، خاصة مع وجود احتمال كبير بأن أبناء حَدَّاد قد فطنوا إلى ما توصل إليه من معرفته لخططهم، ولكونه مراقبا من قبلهم... لهذا أخذ نعيم يحسب حسابه بتأنٍ مع كل قرار يتخذه.

- "ألن تخبرني إلى أين نحن ذاهبون؟" سأل جعفر بعد أن اجتازت السيارة بوابة الفندق.

- "إلى 420 شارع الشرق." رد نعيم، وهو ينظر إلى خارطة مدينة بوسطن على جواله.

- "وماذا يوجد في هذا العنوان؟"

- "المكتب الرئيس لخدمات "الدي إتش إل"... سنحصل منهم على رقم الهاتف الذي استخدموه للاتصال على الشخص الذي استلم الطرد."

- "كيف، ولايوجد رقم هاتف أصلا على الايصال؟! عفوا نعيم، ولكن يبدو أنك مرهق، وقد فقدت تركيزك بعض الشيء."

ابتسم نعيم، ثم أخرج من جيبه إيصال الطرد.

- "هذا الإيصال هو نسخة المُرسِل، ولكن لا تنس أن هناك أكثر من نسخة: النسخة التي تذهب مع الطرد، والنسخة التي تحتفَظ بها شركة الشحن... تأمل معي هذا السيناريو: موشي جولد أراد أن

يرسل طردا مهما إلى شخص ببوسطن. يحتوي هذا الطرد على أوراق فيها نتائج أبحاثه التي توصل إليها فيما يخص رسالة نجم الدين غول؛ وبما أن هذا الأمر كان هو الشغل الشاغل لجماعة الحسيني في ذلك الوقت الذي علم فيه موشي على الأرجح بأن أمره قد انكشف، فقد قرر أن يبعث بتلك النتائج إلى ذلك الشخص ولكن بطريقة تضمن ألاّ يتم اكتشاف أمره هو الآخر، فيتم القضاء عليه. ماذا يفعل موشي في هذه الحالة؟" صمت نعيم قليلا معطيا فرصة لجعفر للتفكير فيما قال، ثم استطرد..." الحل يكمن في أن يضع عنوانا خاطئا على الإيصال، ولا يضع رقم هاتف المرسَل إليه، ثم يقوم بانتزاع نسخته وإعطاء باقي النسخ إلى مندوب "الدي إتش إل" الذي حتما انتبه لعدم وجود رقم الهاتف، كما هو مطلوب. المندوب ينبه موشي إلى هذا السهو، فيقوم موشي بكتابة الرقم فقط على النسخة الخاصة بالطرد، فلا تنطبع على باقي النسخ؛ لأنه سبق وقد قام بانتزاعها!... عملية تمويه بسيطة، ولكن فعالة، من أجل الحيطة؛ حتى ما إذا وقعت النسخة التي تركها في خزنته، والتي أراد لها أن تصل إلى طلعت نجاتي (ولذلك وضع اسمه على الإيصال)، في أيدي الأعداء."

- "يا لك من داهية! أدركت الآن لماذا كان الشيخ عمر الحسيني يصر عليك!"...

توقفت السيارة أمام مكتب "الدي إتش إل" الذي كان على وشك أن يغلق. أتجه نعيم إلى الداخل، وخلفه جعفر، ثم أخذ يسأل عن مدير الفرع...

- "فرع بوسطن هذا هو من أفضل فروع "الدي إتش إل" في شمال شرق الولايات المتحدة. نحن لم نضيع طردا واحدا في العشر سنوات الأخيرة على الأقل." قال مدير الفرع، وهو يراجع رقم المتابعة في حاسبه الآلي.

- "ولكنـــي مـــتأكد مـــن أن طلعت نجاتي لم يستلم الطرد الذي أرســلته لـــه منذ ثلاثة أعوام. تخيل كل هذه الأعوام، وأنا أحسبه قد اســتلم الملفات المهمة التي أرسلتها له من تورونتو، ثم أكتشف فجأة أن هذا لم يحدث!"

- "هاهوذا يا سيد جولد، لقد تم استلام الطرد بهذا الفرع، بعدما قمنا بالإتصال به. يبدو أن العنوان الذي أوردته لم يكن صحيحا." قال مدير الفرع، مخاطبا نعيم.

- "هـــل أنـــت مـــتأكد من أن الموظف قام بالاتصال بالشخص الصحيح."

- "بكـــل تأكـــيد، كما هو واضح في خزينة المعلومات الخاصة بـــتلك العملية، فقد قام الموظف بالاتصال بالرقم الذي وفرته أنت لنا على إيصال الطرد." أصر مدير الفرع، مبديا ثقته بعملية التسليم التي تمت منذ ثلاث سنوات من خلال الفرع الذي يديره، منذ ذلك الوقت.

- "هل بالإمكان، فقط من أجل التأكد، أن تعيد علي الرقم الذي تم الاتصال به، وهذا ليس تشكيكا فيكم، ولكن ربما أكون قد أخطأت في كتابة الرقم."

- "بكل سرور."

شـــكر نعـــيم مدير الفرع، بعدما تظاهر له بأنه قد تعرف على الرقم.

- "كل شيء يبدو على ما يرام. أغلب الظن أن طلعت قد استلم الطـــرد، ولكنه نسي الأمر... من حسن الحظ أن أجهزة الحاسب لا تنسى!" قال نعيم ضاحكا في أثناء خروجه.

- "نحـــن سعداء بخدمتك سيد جولد." ابتسم المدير، وهو يودع العميل الذي تم حل مشكلته بنجاح!

* * *

- "ماذا سنفعل الآن؟" سأل جعفر، متأملا نعيم الذي كان مشغولا في كتابة رسالة نصية عبر هاتفه الجوال.

- "سنذهب إلى ذلك المقهى المجاور وننتظر في أثناء تناولنا الكاباتشينو." جاء رد نعيم بنبرة واثقة تتسم بالهدوء.

- "ننتظر ماذا؟" سأل جعفر، وقد بدأ ينتابه الغيظ لشعوره بأنه قد أصبح بمنزلة الراكب الخلفي في عربة تسير إلى مكان مجهول!

- "ننتظر العنوان المسجل لصاحب رقم الهاتف الذي حصلنا عليه للتو. بعد قليل ستأتيني رسالة على الجوال من صديق لي في مدينة بانجلور الهندية، يترأس إحدى شركات الاتصالات هناك. هذه الرسالة ستحتوي على العنوان الذي نريده."

نظر جعفر إلى نعيم بتعجب، غير مدرك سر هذه اللفة الطويلة للحصول على العنوان.

- "شركات الهاتف الأمريكية، منذ سنوات قامت، من أجل تخفيض التكاليف، بإرجاء الكثير من أعمالها التشغيلية إلى شركات هندية مثل تلك التي يترأسها سنديب مهتا، صديقي الذي أرسلت له رسالة برقم الهاتف الذي أريد أن أحصل على عنوان صاحبه... لا تستغرب، فصدقني هذا أسرع بكثير من أن نحاول الحصول على العنوان عبر الطرق العادية من خلال الاتصال بشركة الهاتف هنا." قال نعيم، وهو يدخل من باب المقهى، متلمسا علامات الاستغراب التي أخذت تظهر على ملامح رفيقه.

لم تمض دقائق على جلوسهما، حتى جاء صوت من جوال نعيم، منبها إياه بقدوم رسالة نصية.

- "ماذا قلت لك..." ما كاد نعيم يتحدث حتى ذابت الابتسامة التي كانت مرسومة على وجهه، وهو يقرأ ما قد جاء في الرسالة.

- "ما الخطب؟ ألم يستطع صديقك الحصول على عنوان صاحب الهاتف؟" سأل جعفر، وقد شعر بالقلق من جراء تعبير وجه نعيم.

- "لا، بل حصل على العنوان، وعلى اسم صاحب العنوان!"

ناول نعيم جواله لجعفر الذي ما إن قرأ المكتوب على شاشته، حتى وقف، وكأنه رأى شبحا للتو!

- "يا إلهي! مستحيل!... كيف؟!"

- "جعفر، لا بد من إخبار الشيخ عمر الآن!"

أخرج جعفر على الفور جواله من جيبه، ثم ضغط على زر الاتصال برقم الشيخ عمر المسجل لديه.

- "تبا! جواله مغلق!... ولكني أعلم أين هو متواجد الآن."

- "إذا الحق أنت به... أما أنا، فسأذهب إلى هذا العنوان!"

تحرك نعيم إلى أقرب سيارة أجرة، بعدما ودع جعفر الذي انطلق بسيارته، متجها إلى حيث يتواجد الشيخ عمر الحسيني.

بالرغم من إدراكه لخطورة المواجهة، إلا أن نعيم كان قد اتخذ القرار، منذ زمن على أن يواجه المتسبب في قتل أستاذه الدكتور عبد القادر بنوزّاني، وإن كلفه هذا حياته!

42

نظـر مـن نافذة غرفة النوم في الطابق الثاني، المطلة على المنـزل المقابل. لم يكترث بأن يلمحه أحد، فقد كان يعلم أن زوج عـشيقته علـى بعد مئات الأميال في مدينة واشنطن. ابتسم، وهو يتذكـر ذلـك اليوم منذ ثلاث سنوات، عندما التقى بصديق فرانك روكفلـر العربي في ذات المنزل الذي كان يختلس النظر إليه من وراء ستار النافذة. أخذ كمال أغلو يتذكر الصفقة التي دارت بينه، وبـين فرانك، وبين صديقه العربي. لم يكن قد رأى دولي في ذلك الـوقت، ولكن شيء ما بداخله جعله يرغب في التعرف على تلك المرأة وصديقتها اللتين جعلتا فرانك وصديقه يقدمان على مغامرة غير محسوبة العواقب، مغامرة كان ثمنها، إن وافق على المشاركة فـيها، كـشف أمـر خيانة عبد القادر بنوزّاني له وكشف علاقته بجماعة الحسيني...

نفـخ فـي سيجارته، وهو يتأمل المدى الذي غيَّر فيه ذلك اليوم مـن مجـرى حـياته، فعلى إثره استطاع أن يتخلص من تهديد كاد يكـشف أمر أبناء حدَاد، وتحالف بولدربرج، ومن جهة أخرى، أكثر خصوصية، كان على إثر ذلك اليوم أن تعرف لاحقا على دولي التي رغـبها مـنذ أن وقعـت عيناه عليها... كان تحديا عصيبا، بل شبه مستحيل. فكيف يحصل على امرأة ليست له على وشك أن يساعد هو في تسهيل عملية هروبها مع الرجل الذي كانت تعشقه، والذي هو في الـوقت ذاته ابن أحد أهم حلفاء أبناء حدَاد. شكل ذلك الأمر معضلة بالنسبة لكمال، ولكن بصفته رجل المهمات المستحيلة، أصر على أن يجـد حـلا، وبالفعل استطاع أن يضع يده على بداية الطريق عندما

علـــم، بعـــد مراقبة قام بها رجله المخلص رحيم، بأمر خيانة فرانك لدولـــي، بعـــد سنة واحدة فقط من زواجه منها. كانت تلك المعلومة المدعـــومة بالدليل هي كل ما احتاجه؛ لكي يحصل على المرأة التي أرادت أن تـــرد الـــصاع صـــاعين للرجل الذي تركت كل شيء من أجله!...

- "كمال، ناولني المنشفة لو سمحت." جاء صوت دولي، مناديا من داخل الحمام، بعد فراغها من الاستحمام.

ما كاد كمال يعطي ظهره للنافذة، حتى عاد، والتفت مرة أخرى للتأكد مما لمحه للتو من طرف عينه اليسرى.

- "مستحيل!" صرخ، ثم توجه على الفور إلى جواله.

- "كمال! ماذا حدث هل عاد فرانك؟!" خرجت دولي، مسرعة من الحمام على إثر الصراخ.

- "لا.. كـــل شـــيء علـــى ما يرام، لا تقلقي. يجب أن أجري اتـــصالا ســـريعا... ســـأنتظرك تحت في المجلس." رد، في محاولة للتظاهر بالتماسك، ثم انطلق إلى الطابق الأرضي من المنزل، بحيث لا تستطيع سماعه دولي، وهو يحدث رحيم...

- "أيـــن أنـــت؟! وماذا يفعل نعيم هنا؟!" بدا الغضب واضحا علـــى صوت كمال الذي حاول جاهدا ألاّ يجعله يعلو فتسمع دولي حديثه.

- "قلـــت لـــك فقـــدت أثـــره فـــي الفـــندق. هل جاء لمنزل فرانك؟"

- "لا! لم يأتِ لمنزل فرانك، بل للمنزل المقابل! ماذا كنت تفعل طـــوال هـــذا الوقت، منذ بدأت مراقبته في دبي؟! كيف إستطاع أن يصل إلى هنا دون أن تدري؟! هذا إهمال!"

- "أنا في الطريق الآن."

- "أريـــدك أن تنهي كل شيء! أتفهمني، كل شيء! الفشل هذه المرة سيعني نهايتك أنت!"

رمى كمال بجواله على الأرض منهيا المكالمة.

* * *

كمال في منزلك الآن.

نـــص بـــسيط لرسالة أرسلها رجب غول، فورما دخل كمال أغلو إلى منزل فرانك روكفلر. كانت هذه الرسالة مكملة لتلك التي أرسـلها مـنذ عدة ليال، مخبرا فيها الزوج المخدوع عن مغامرة زوجته...

الموت البطيء، الضربة تلو الأخرى، هذا ما كان يريده رجب لكمال، وما كانت هذه سوى البداية! فهو الآن يعلم عن غريمه ما قد لا يعلمه عنه أقرب المقربين له. ثلاث سنوات من التربص، والترقب ها قد أتت بثمارها!

- "وهـــذه فقط الضربة الأولى، والباقيات لاحقات!" قال رجب جملـــته، وقد لمح كمال من خلف ستارة نافذة غرفة النوم، وهو ينظر إلى الرجل الذي خرج للتو من سيارة الأجرة التي توقفت أمام المنزل المقابل.

* * *

شـــعر نعـــيم بأن لحظة الحسم قد اقتربت، وهو يتجه إلى باب المنـــزل رقم 13 بشارع الشمس. ما إن وصل حتى، من دون تردد، رفع سبابته اليمنى، وضغط على الجرس...

بعـــد أقل من دقيقة، فُتح الباب ليظهر من خلفه رجل في العقد الـــرابع يحمـــل ملامـــح عربية، وقد بدا عليه شيء من الدهشة لهذه الزيارة المسائية من رجل لا يعرفه.

- "نعم؟"

نظر نعيم إلى وجه الرجل جيدا، وأخذ يتأمل عينيه. كان يدرك أن الإنسان مهما حاول أن يخفي حقيقته تبقى عيناه كفيلتين بفضحه، تبقى كتابا مفتوحا، لمن يحسن القراءة، تبقى المدخل الحقيقي لروحه، لمن لديه الرغبة الحقيقية على ثبر الأغوار؛ وكانت عينا ذلك الرجل الذي فتح الباب تخبران نعيم الكثير!

- "مساء الخير، كيف حالك يا صفاء الدين؟"

نظر صفاء الدين إسماعيل إلى ذلك الزائر الغريب، الذي لم يسبق له أن رآه من قبل، بشيء من الريبة. لوهلة ظن أنه قد يكون من طرف كمال أغلو، جاء لكي يبلغه رسالة هامة، ولكن سرعان ما تبخر هذا الخاطر.

- "سلامات يا رجل، سمعنا أنك قتلت مع باقي أفراد جماعة الحسيني، ولكن من الواضح أنها مجرد إشاعات، فها أنت ذا حي ترزق على خلاف الدكتور عبد القادر، وباقي زملائه الذين ائتمنوك على حياتهم!"

اعتقد نعيم بأنه سيرى، عند مواجهته لصفاء الدين، نظرات حسرة وندم، أو ربما نظرات حيرة وخوف، ولكن مالم يتوقعه هي تلك النظرة المتحدية التي ظهرت فجأة على الرجل الواقف أمامه.

- "ومن تكون أنت يا ترى؟ ألن تعرفني بنفسك؟ فأنا لا يروق لي التحدث مع أناس مجهولين."

- "اسمي نعيم الوزان..."

- "آه... نعيم الوزان! سمعت عنك... نعم، نعم، كثيرا ما حدثني عنك عبد القادر. أنت إذاً أحب تلاميذه إليه، ومن الواضح أيضا أنجبهم." رد صفاء الدين غير عابئ بوجود نعيم أمامه، وعثوره عليه... "تفضل، فمن غير اللائق أن تظل واقفا هكذا بالخارج، أنا صحيح أحمل الجنسية الأمريكية، ولكني لم أنس أصول كرم الضيافة

العــربية. تفضل، فأنا واثق بأن لديك أسئلة وإستفسارات كثيرة، وأنا لن أبخل عليك بالإجابة."

* * *

تلقـــى فرانك رسالة أخرى من ذلك الشخص المجهول بعد تلك الرسالة التي تلقاها في مرآب مستشفى بوسطن. شيء ما بداخله كان يوســوس لـــه بما جاء في الرسالة الأولى، حتى من قبل أن يتلقاها، ولكن كبرياءه كان يمنعه من التصديق. فكيف يمكن لدولي أن تخونه هــو، ومع شخص مثل كمال أغلو! ولكنه قرر أخيرا أن يقطع الشك باليقين. كان يجب التأكد!

تظاهــر بالــسفر؛ لكي يعطي دولي وكمال فرصة للتراخي من أخــذ الحــيطة، ثم ظل يراقب زوجته. لم يكن فرانك بحاجة إلى تلك الرســالة الثانية لكي يعلم بأن دولي استغلت غيابه، ودعت كمال إلى منــزله. فقد تيقن من شكه، ولم تعد خيانتهما بذلك الأمر الخفي، بل أصــبحت واضــحة أمامه كوضوح الشمس في يوم صحو لا تشوبه السحب...

* * *

- "نعــيم الوزان!" ضحك صفاء الدين، وهو ينطق الإسم فور دخــوله إلــى قاعة الجلوس، وخلفه زائره غير المنتظر..." أصدقك القول بأني كنت سأكون أكثر اندهاشا لرؤيتك الليلة، لولا أني سمعت الكثيــر عن ذكائك وفطنتك. أهنئك على هذا الإنجاز، ولو أني أعتقد بأنـــه كان من الأجدى لك أن تستغل وقتك الثمين في عمل آخر غير البحث عني."

- "صــدقني، أنت لم تكن المقصود، ولكنك أتيت "فوق البيعة" كما يقولون."

- "وها أنت ذا قد وجدتني... أخبرني، ما الذي تريده؟"

- "أريدك أن تخبرني لماذا فعلت ما فعلت؟ ومن غيرك متواطئ من داخل العروة الوثقى؟"

مرة أخرى ضحك صفاء الدين، ولكن هذه المرة بصوت أعلى.

- "عزيــزي نعيم، من أنت حتى تعتقد بأنه باستطاعتك المجيء إلى منزلي، وسؤالي مثل هذه الأسئلة؟ هل تعلم أنه بمجيئك إلى هنا، قد حكمت على نفسك بالدمار؟"

- "مثل هذا التهديد لا يهز شعرة في جسدي؛ وللمعلومية، أمرك قــد انكشف، وأنا لست الوحيد الذي على دراية بك. بعد قليل سوف يعلم جميع قادة العروة الوثقى."

- "العروة الوثقى! عن أي عروة وثقى تتحدث؟ عن تلك التي لا تــزال تعــيش في زمن قد تجاوزه العالم، وتعتقد بأنها تستطيع الإنتــصار على ذلك الشبح الذي تسميه حكومة الظل؟ أم عن تلك التــي طــردتك أنت، وغيرك من ذوي الكفاءات، لا لشيء سوى لأنكــم تفكــرون خــارج صندوقها الضيق؟ لا تستغرب، فلازالت تصلني الأخبار."

- "من أبيك الدكتور إسماعيل أليس كذلك؟"

- "أبي لا علاقة له بقراراتي. ذنبه الوحيد، إن كان له ذنب، أنه يعلــم بوجــودي، وبمــا قمت به، ولم يخبر أحدا؛ خوفا علي وعلى منــصبه. صــدقني لو أني أردت، لكان باستطاعتي أن أقضي على العــروة الوثقى بأكملها، ولكني اكتفيت فقط بجماعة الحسيني، الفرقة الــصغيرة التــي كــان يرغب عدد من القادة في حلها لعدم إيمانهم بجــدواها. مــا قمت به، عزيزي نعيم، هو التضحية بعدد بسيط من الأشــخاص ممن لا قيمة لهم عند غالبية القادة، من أجل إنقاذ العروة الوثقــى من خطر محدق كان سيلم بها إن استمرت جماعة الحسيني في السعي فيما كانت تسعى إليه."

- "قصدك كشف سر حكومة الظل... أبناء حَدَاد!"

نظـــر صـــفاء الدين إلى نعيم هذه المرة بدهشة تفوق تلك التي سبقتها عند رؤيته له بعد فتحه لباب منزله.

- "ذكـــاؤك حتما سوف يقضي عليك! كيف استطعت التوصل إليهم؟"

- "توصـــلت إلـــى الحقيقة عبر تتبع ما جاء في رسالة نجم الدين غول، كما طلبت مني العروة الوثقى. يبدو أن أباك أراد أن يعلم السر الذي كنت أنت تعلمه، وعلى ما يبدو لم تخبره إياه. كان يـــريد هو الآخر أن يصل إلى الحقيقة بأي ثمن، حتى وإن اضطر للاســـتعانة بـــي، بعدما فصلت من العروة الوثقى، ولكن يبدو أنه عـــندما شـــعر بأن بحثي كاد يوصلني إليك من خلال تتبع الطرد الـــذي أرسله موشي إلى بوسطن، قرر أن يوقفني بحجة أني أسير فـــي طـــريق مسدود... غريب أمر هذه الدنيا، المنعطفات التي قد يأخـــذها الإنسان في أثناء سيره على الدرب والتي قد توصله إلى محطات غير مرتقبة."

- "ولكنك قد وصلت إلى محطة أخشى ألاّ تكون لها خط عودة، محطة ستغيب فيها إلى الأبد!"

- "مـــا يجب أن تهتم به هو خط عودتك أنت، وأبيك الذَي ستر علـــى فعلتك المشينة والجبانة. لقد خنت أناسا إئتمنوك على حياتهم؛ ظـــنوك واحـــدا منهم، وسوف تحمي ظهورهم! لكن ما لا أفهمه هو كـــيف يـــصل الامـــر بأن تأتي الطعنة من ابن أحد أهم قادة العروة الوثقـــى؟ لـــو أن الخيانة جاءت من قبل موشي جولد لربما فهمتها، ولكن أن تأتي من قبلك أنت!"

- "ولـــن تفهم أبدا! فأمثالك ممن لا قلوب لهم غير قادرين على فهم هذه الأمور!"

لـــم تأتِ الإجابة هذه المرة من صفاء الدين، ولكنها جاءت من صوت أنثوي، كان يحمل ذكريات قديمة لنعيم لم ينسها قط!

جـــاء الـــصوت الـــناعم، والذي يحمل في نبراته روح التحدي الممزوج بالشجن، والغضب في آن واحد، من خارج القاعة، وقبل أن تـدخل صـاحبة الـصوت إلـى حيث كان يتواجد نعيم، أدرك هو المـنعطف الجديـد الذي كان دربه قد أخذه إليه... أدرك أن إحدى غوائب ماضيه قد عادت!

* * *

تـوقفت السيارة الفورد السوداء أمام المنزل رقم 13 بشارع الـشمس، وخرج منها رحيم على مرأى من رجب غول الذي ظن أن الحـياة قـد عادت به إلى الوراء، إلى اللحظة التي شاهد فيها زوجته وطفله الصغير يتلاشيان تحت عجلات الشاحنة التي خرج منها ذات الرجل الذي كان يخرج أمامه من السيارة السوداء. ذلك الرجل الذي ظلت ملامحه الساكنة محفورة في عقله طوال الثلاث سـنوات التـي مضت... "هل ساقه القدر إليّ في اليوم ذاته الذي سـوف يـشهد بداية نهاية كمال أغلو، حتى أنفذ فيه عدالة السماء التي ظللت أحلم بها إلى أن كاد اليأس يصيبني؟" أخذ يفكر رجب، "أم أن للقدر غرضاً آخر؟!"

* * *

- "مـا الذي أتى بك إلى هنا؟!" قال صفاء الدين، بصوت كان خليطا بين الغضب والارتباك، وهو يشاهد زوجته تدخل عليه، وعلى نعـيم الـوزان الذي لم تضاه دهشته لرؤية دلال رحال حية ترزق، سوى دهشته لرؤيتها في منزل صفاء الدين إسماعيل!

- "دعـه يعلم الحقيقة يا صفاء بكاملها، أليس هذا ما يبحث عنه نعـيم الـوزان صـاحب العقل الرزين، الباحث عن الحقيقة الغائبة! صـاحب القلب المتحجر!" قالت دلال، وهي تنظر بعينين قد ملأهما الغضب إلى الرجل الذي كانت تعشقه في يوم من الأيام.

- "كفى!" صرخ صفاء الدين لدلال التي ظلت تنظر إلى نعيم.

- "أول مـــرة أراك مندهشا إلى هذا الحد. هل أربكتك رؤيتي. ظننتني قد مت، مثلما ظن الجميع؟"

- "بالنـــسبة لـــي أنـــت مت منذ زمن بعيد." رد نعيم، محاولا استعادة توازنه من بعد هول المفاجأة.

ضحكت دلال بصوت مرتفع.

- "هـــذا هـــو نعـــيم الوزان الذي عرفته، قاموس قلبه خالٍ من المفردات."

- "وهـــل الخـــيانة والهروب من مفردات لغة القلوب؟ صحيح، الطيور على أشكالها تقع، والخائنون للخائنات."

- "اخـــرس! إيـــاك وأن تخطئ في حق زوجتي!" كان صراخ صـــفاء الـــدين هذه المرة موجها إلى نعيم... "أنت لا تعلم أي شيء! تتـــصور أن الدنـــيا مليئة بالمُثل، وهي أبعد ما تكون عن ذلك. دلال ضحت بكل شيء من أجلي، بكل شيء!"

- "صـــفاء حبيبـــــي، مثل نعيم لا يفهم هذه المفردات." قالت دلال، ثم وجهت باقي حديثها لنعيم.." مثلك لن يفهم أبدا بأنني هربت مـــن أب وأم رفضاني قبل أن أرفضهما، ومن زوج اكتشفت أن حبه لنفـــسه يفـــوق حبه لأي شخص آخر، بل إن حبه لي كان حب صياد استطاع الحصول على فريسة أراد تحنيطها من أجل التباهي بها أمام الأصدقاء. نعم أنا هربت من مجتمع رفضته، كما رفضني!"

- "يا لها من كلمات مؤثرة. لا أدري لماذا تذكرني بالمسلسلات الرماضانية! هل تعتقدين أنك الوحيدة التي عانت، إن كان ما وصفتيه يندرج تحت بند المعاناة. فمثلك ممن يعيشون في عوالمهم المخملية لا يدركون معنى المعاناة، مثل ملكة فرنسا التي عندما سألت عن سبب غضب الفرنسيين فقيل لها إنهم غاضبون لأنهم لا يجدون الخبز لكي يأكلوه، ردت متسائلة: لماذا لا يأكلون "الجاتوه"!... أنا لا أفهم سوى

لغة الحق والباطل، وما قمتما به أنت وصفاء الدين ليس له سوى وصف واحد، مهما حاولتما التبرير له!"

ما إن أنهى نعيم حديثه، حتى تنبه، من نظرات الدهشة التي بدت على دلال، إلى وجود شخص آخر قد تسحب من خلفه، دون أن يشعر، هو ذاته الرجل الذي كان يلاحقه، ولكن هذه المرة قد حمل في يده اليسرى مسدسا مصوبا نحو رأسه!

* * *

أخرج رحيم من جيبه أصفادا بلاستيكية، ورماها إلى صفاء الدين.

- "كمال أغلو أرسلني؛ لكي أحل المشكلة البسيطة التي تواجهها... قيد يدي ضيفك خلف ظهره."

- "صفاء، ما هذا الذي يحدث؟" تساءلت دلال، وقد هالها منظر رجل غريب يحمل سلاحا في منزلها، موجها نحو رأس نعيم.

- "اذهبي إلى حجرتك." قال صفاء الدين، آمرا دلال التي ظلت في مكانها، ثم أخذ يتوجه نحو نعيم؛ لكي يقيد يديه، وقد رسم على وجهه ابتسامة انتصار صفراء..." نعيم، نعيم، نعيم. كان يجب أن تبحث فيما لا يعنيك. تماما مثل ما فعل عبد القادر، وها هو مصير الأستاذ يلحق بتلميذه. ألم يكن من الأجدى لك لو أنك حصرت جهدك في أعمالك التجارية، بدلا من الخوض في أمور فوق رأسك، لا طاقة لك أنت بها وبتبعاتها."

- "لا تفرح كثيرا، فقد ينقلب الحال ما بين غمضة عين."

أطلق صفاء الدين ضحكة مدوية، وهو يغمض عينيه ثم يفتحهما:

- "هاهي ذي غمضة العين قد مضت، وما زلت أراك على وشك أن تصبح مجرد ذكرى مزعجة! نعيم كل شيء قد انتهى، أنت

خسرت ومن قبلك جماعة الحسيني قد خسرت. أبناء حَدَّاد، وكل من حالفهم هم المنتصرون؛ وعما قريب ستنضم العروة الوثقى إلى تحالف بولدر..."

لم يكمل صفاء الدين جملته، إذ وقع صريعا على الأرض، إثر طلقة رصاص أصابته في الرأس من مسدس رحيم، وسط ذهول دلال التي ظلت متسمرة، غير مصدقة ما قد جرى للتو، وقد لاحظت أن القاتل قد صوب مسدسه هذه المرة نحو رأسها!

كاد رحيم يضغط على الزناد، لولا أنه شعر بارتطام قوي في مؤخرة رأسه أودعه على الأرض. لوهلة ظن أنه قد فقد الوعي، ولكن سرعان ما أخذ يتماسك، ويحاول الوقوف على قدميه، حتى جاءته ضربة جديدة على جبهته أوقعته مرة أخرى على الأرض، هذه المرة على ظهره... أصابته حيرة شديدة، فكيف استطاع نعيم أن يتمكن منه هكذا، وهو مقيد اليدين، ولكن سرعان ما أدرك أن الرجل الذي كان يحمل القضيب الحديدي لم يكن بنعيم، ولكن شخص آخر! ظل ينظر إلى وجهه المألوف. لقد رآه من قبل، ولكن أين؟ هذا الوجه كان يعرفه جيدا، فهوا لا ينسى أبدا وجها قد رآه، وخاصة إن كان وجه أحد الذين...

- "مستحيل! أنا قتلتك!" نطق رحيم بصوت مضطرب يكاد يخرج من حنجرته.

- "وها هو ذا رجب غول قد عاد إلى الحياة!" رد رجب، وهو يرفع القضيب؛ لكي يهوي به على رأس رحيم.

- "لا تفعل!" صرخ نعيم..." دعه، وإلا أصبحت مثله... لا تلطخ يديك بدمائه، فهو لا يسوى!"

لم يهو رجب بالقضيب، بل ظلت يده معلقة في السماء، مستعدة في أي لحظة؛ لكي تنهي ما قد عزم عليه قبل أن يتحدث نعيم.

- "مثل هذا الكلب، لا يستحق أية رحمة!"

- "صدقني، قتلك له سيريحه، ولن يريحك أنت."

نظـر رجب إلى نعيم الذي لم يكن قد رآه من قبل، وإن كان قد تعرف على الإسم عندما سمع صفاء الدين ينطقه قبيل مقتله. تأمل ما قاله، وكأنه لمس وترا حساسا... هل سيريح القتل ذلك الشيطان؟ أخذ يتساءل. لم يكن بحاجة للإجابة على السؤال، فسرعان ما وجد يده بكل ما أوتي من قوة تهوي بالقضيب على الأريكة المجاورة، وكأنه بهذا الفعل كان ينفس عن غضب ظل يحرق أحشاءه ببطء... أخذ زفرة عميقة، ثم توجه إلى نعيم؛ لكي يفك قيده. ما إن اقترب منه، حتى رأى عينيه شاخصتين، وهو يصرخ:

- "لا تفعلي!" ولكن هذه المرة لم يستطع نعيم الوزان أن ينجح في منع ما لم يرغب في حدوثه. لقد أطلقت دلال الرصاص على رحيم بعد أن استحوذت على مسدسه الملقى على الأرض. ثم صوبته نحو رأسها، وهي تخاطب نعيم:

- "انتهى كل شيء!"...

سقطت دلال رحال على الأرض جثة هامدة، بعد أن أنهت حياتها بالرصاصة المتبقية!

43

كعادتها كل صباح، أنهت لينا جولتها على المرضى، ثم إتجهت إلى فؤاد شوكت؛ لتطمئن عليه. كانت حالته تزداد سوءاً، ومما فاقم من وضعه الصحي أن طبيب العناية المركزة اكتشف من خلال الأشعة المقطعية التي أجريت له في ذلك اليوم أن ورم الرئة قد انتشر إلى العظام والكبد.

- "بيرسون لم يعد هو المسؤول عن حالة فؤاد." قالت منال للينا، ثم أضافت..." اليوم تم استبداله بطبيب آخر بناء على طلبي."

- "خير ما فعلت... ولكن، أنت تعلمين أن الوضع الآن أصبح..."

- "نعم... أخبرني طبيب العناية المركزة. هذا أمر الله، وكل شيء بأجره. لعل هناك حكمة فيما جرى له." قالت منال، محاولة أن تمنع الدموع من التساقط، وإن باءت محاولتها بالفشل.

- "يجب أن أذهب. هل تأمرينني بأي شيء؟"

- "شكرا، لقد فعلت من أجل فؤاد الكثير. لا أدري كيف أرد لك..."

- "أنا لم أفعل سوى واجبي، بل أشعر، وكأني قد قصرت." قاطعت لينا، غير راغبة في أن تكمل منال جملتها، ثم اتجهت إلى خارج العناية المركزة. وقفت قليلا في الممر، تفكر في الاتجاه الذي يجب عليها أن تسلكه. كانت تدرك جيدا أن مكانة الدكتور بيرسون الطبية ستجعله يفلت من أي عقاب. سيقال إن طبيب الأنسجة هو الذي بدل العينات بالخطأ، أو أي شيء من هذا القبيل؛ فمنذ متى وكبار الأطباء يُسألون عما يفعلون، وبالأخص، عندما يكون في مكانة

اجتماعــية كتلك التي يتمتع بها تيري بيرسون. لكن هذا لم يمنع لينا مــن أن تتخذ قرارا بالذهاب إلى مكتبه؛ لكي تواجهه بعلمها بما فعل؛ لكي تخبره بأنه أحقر إنسان صادفته في حياتها! بأنه عار على مهنة الطب، وإن كان الجميع ينظرون إليه نظرة إجلال!...

طــرقت ليــنا بــاب مكتب تيري بيرسون. كانت تعلم أنه في الداخل، فقد أخبرتها سكرتيرته. طرقت مرة ثانية وثالثة، ولكن دون أن يأتــي أي رد. ذهبت مرة أخرى إلى مكتب السكرتيرة التي أبدت هــي الأخرى دهشتها، ثم قالت، وهي تدق على جهاز النداء الخاص به عبر هاتفها.

- "لعله خرج من مكتبه، دون أن أنتبه..."

مــا إن أنهت جملتها، حتى جاء صوت خافت من اتجاه مكتب الدكتور بيرسون.

- "ما هذا؟" سألت لينا، وكانت قد بدأت تدرك الإجابة... "أليس هذا صوت جهاز النداء؟!"

- "نعم... كأنه قادم من..."

لــم تكمل السكرتيرة جملتها، حيث شعرت هي ولينا أن شيئا ما لــيس على ما يرام، فاتجهتا على الفور إلى مكتب الدكتور بيرسون، الذي كان بالفعل ينبعث منه صوت جهاز النداء...

فتحت لينا الباب دون أن تطرق عليه هذه المرة، وما إن فعلت، حتــى أطلقت السكرتيرة التي كانت بجوارها صرخة أسمعت أرجاء المستشفى!

كــان تيري بيرسون معلقا أمامهما في الثريا بحبل في رقبته... جثة هامدة!

44

خـــرج من الطائرة إلى صالة الوصول بمطار بوسطن الدولي، وقـــد أدرك مـــا علـــيه أن يفعل. كل شيء أصبح في غاية الوضوح بالنـــسبة له. حديقة الهايدبارك... ذلك الكلب الذي توقف أمامهما... حتـــى صاحبه الذي ناداه. كل شيء بدأ يتضح، ويأخذ موقعه في هذه الحـــيلة الكبرى، في عملية الخداع التي تمت منذ ثلاث سنوات! لكن بقـــي السؤال الذي كان يحتاج إلى الإجابة عليه، من هو الذي هربت مـــن أجله دلال رحال؟ في أي شيء يتميز عليه؟ أهو أكثر ثراء؟ أم أكثر وسامة؟ أم أنها أرادت فقط الحياة في أمريكا مثل صديقتها دليلة بورحيب، دولي، التي هربت هي الأخرى مع فرانك روكفلر صاحب الكلب؟!

- "الـــسيد جمال جداوي؟" سأل رجل طويل القامة يرتدي بدلة داكنة وبجواره رجلان في مثل قامته.

- "نعم، أنا **الدكتور** جمال جداوي."

- "تفضل معنا لو سمحت."

استغرب جمال من هؤلاء الرجال الذين كانوا في استقباله خارج الطائرة... من هم؟ وكيف علموا بوصوله؟

- "عفوا، ولكن ما الخطب؟"

- "نحـــن أمـــن المطار. رجاء، تفضل معنا، دون أية شوشرة، وسوف نخبرك بكل شيء... لا تجعل الأمر صعبا عليك، وعلينا!"

- "أمـــن المطـــار! وهـــل فعلـــت أنـــا أي شيء يستدعي أمن المطار؟!"

- "يبدو أنك لا تريد أن تأتي معنا بهدوء!"

شـــعر جمـــال باضطراب شديد، وبالأخص عندما بدأ الرجال، ثلاثتهم، يقتربون منه إلى درجة الالتصاق.

- "لا أريد المشاكل، سأذهب معكم حيث تشاؤون!"

* * *

انتظـــر جمال قرابة الساعة في غرفة صغيرة دون نوافذ، حتى جاءه رجل آخر، لا يقل طولا عن سابقيه، عرّف نفسه بالعميل لاري موييناهان من مكتب الأمن الداخلي، ثم قام باستجوابه لمدة زادت عن الساعة...

- "وهل سبق لك زيارة سورية؟"
- "نعم."
- "لماذا؟"
- "من أجل السياحة."
- "فقط من أجل السياحة؟"
- "نعم!"
- "ماذا عن العراق؟"
- "ماذا تقصد؟"
- "لا تجب على سؤالي بسؤال!"
- "أنا فقط كنت أستفسر عن معنى السؤال."
- "هل زرت العراق؟"
- "لا."
- "وماذا عن البوسنة والهرسك؟"
- "لا."
- "أفغانستان؟"
- "لا! لا! أريد أن أعرف لمَ كل هذه الأسئلة؟ هل أنا متهم بشيء؟"

- "أخبرتك من قبل، أنا فقط الذي أسأل!"

- "أنا أعلم حقوقي جيدا، فليس من حقك أن تحتجزني هنا من دون تهمة!"

- "عن أية حقوق تتحدث؟ فمثلك لا حقوق له. تأتي إلى بلادنا، وتستغل كرم الشعب الأمريكي، وترحابه والحرية الممنوحة لكل وافد إلينا من أجل التخطيط لعمليات إرهابية!"

- "ماذا!؟"

- "اخبرني! من هم باقي أفراد الخلية النائمة؟"

- "أية خلية!! لا يوجد خلية!" صرخ جمال مذعورا، وقد بدأ يدرك خطورة موقفه.

- "إذاً، أنت تعمل بمفردك! هل هذا ما تريد قوله؟"

- "لا! أنا لست إرهابيا! أنا لا علاقة لي بهذه الأمور! أنا، أنا أحب أمريكا ولا يمكن أن أقوم بمثل هذا العمل... هناك... هناك خطأ ما، لا بد و... وأنك... تقصد... ش.. ش.. شخصا آخر!"

أخذ جمال يبكي، وينحب غير مصدق المأزق الذي وجد نفسه فيه.

- "أرجوك، صدقني... أنا، أنا... لا... لا علم لي ب... بأي مخطط إر... إرهابي!"

- "إذاً، لماذا تهجمت قبل سفرك إلى السعودية على منزل أحد مرشحي الكونجرس؟"

- "ماذا؟"

أقبل العميل لاري موينهان على جمال جداوي ببطء، ثم حنى جسده حتى أصبح فمه بمقابل أذنه اليسرى، فهمس:

- "أنت شخص غير مرغوب فيه هنا في أمريكا... فهمت؟ غير مرغوب فيه. أمامك حلان. إما أن تعود إلى بلادك من حيث أتيت في

أول طائرة مغادرة... وإما أن يتم احتجازك ومحاكمتك بتهمة الإعداد لمخطـــط إرهابـــي كبير... الخيار لك. أمامك خمس دقائق من أجل التفكير!"

* * *

اقتربت المضيفة من جمال جداوي، وبإبتسامة خجولة طلبت منه أن يـــربط حزام المقعد استعدادا لإقلاع الطائرة، ثم نظرت إلى جاره الذي كان منهمكا في قراءة كتاب لفت عنوانه انتباهها.

- "**الدولة الفاطمية وفن تتفيه العقول**... يبدو عليه كتابا مثيرا."

- "هـــو بالفعـــل كـــذلك." أجابها نعيم الوزان وهو يطوي آخر صفحة في الكتاب الذي بدأ قراءته، عندما غادر ماليزيا، ثم استطرد، وهـــو يناولها إياه..." تفضلي، لقد فرغت منه. أظنك ستجدينه مثيرا للاهتمام، كما وجدته أنا."

1 يناير 2010

بعلبك

انتهى الإحتفال الكبير قبيل الفجر، دون أية أحداث مثيرة، بعد أن تم تأجيله عن الموعد السابق له من أجل التحقق فيما جاء على الموقـــع الذي ظهر فجأة على الشبكة العنكبوتية، ثم انتشر انتشار النار في الهشيم، قبل أن يتم إغلاقه. تحدث الموقع عن رسالة يقال إنها كتبت منذ قرن من قبل رجل يدعى نجم الدين غول قام باكتشاف (من قبيل المصادفة!) مؤامرة كانت تخطط لها جماعة سرية، عرف بعد ذلك(على حد زعم الموقع) أنها تدعى أبناء حَدَاد، وكيف أن هذه الجماعة(قبل مئة عام!) كانت تخطط لنسف الاحتفال الذي كان مقررا أن يحـــضره عـــدد كبيـــر من أبرز قادة العالم، ثم القاء اللوم على المسلمين، مما كان سينتج عنه فوضى عارمة تستدعي تدخل قوات دولـــية مـــن أجل السيطرة على الأوضاع؛ ولم يكن هذا هو فقط ما جاءعلى الموقع، بل مما أثار دهشة العديد من المتصفحين، هو ذلك التـــسجيل الصوتي غير الواضح الذي زعم أنه حديث دار بين كمال أغلو واللورد ماير، رجل الأعمال البريطاني الشهير!... أدت البلبلة التي نتجت عما جاء في الموقع إلى تأجيل الحفل، بعد أن اعتذر عن عـــدم حضوره لأسباب أمنية العديد من رؤساء الدول، ومن ضمنهم الرئيس الأمريكي. لكن الجهة المنظمة للحفل قامت بنفي ما جاء في الموقـــع، بعـــد التحقق بنفسها في الأمر، مستعينة بأفضل الشركات الأمنية الخاصة، وعلى رأسها شركة بلاكواتر الأمريكية... يبدو أن العرب والمسلمين لا يزالون مغرمين بنظريات المؤامرة!

طــوى الرجل الصحيفة التي كان يقرأ منها الخبر، ثم اتجه إلى مسلة "أبولو" في معبد بعلبك، حيث كان ينتظره رجل آخر.

- "هل حضر الحفل؟"

- "نعم... حضره اللورد ماير، كما أمرتم."

- "جيد، أخبره بأن المعلم الأكبر قد قرر الاكتفاء بعزله، بعدما تبــين لــه عــدم علــم اللــورد بمخطط كمال أغلو وفرانك روكفلر بخـصوص المرأتين اللتين تم تهريبهما إلى أمريكا، بعد الإتفاق مع صفاء الدين إسماعيل. أخبر اللورد ماير أيضا أنه من حسن حظه أنه لــم يكن على دراية باستغلال كمال لرجالنا في السكوتلاند يارد من أجــل حــبك لعبته البلهاء... ما قام بفعله ذلك الأبله هو وفرانك منذ ثــلاث ســنوات، أدى إلى اكتشاف أمر مخطط الحدث الأكبر بمدينة حَدّاد! لقد كلفنا الكثير!"

اكتفى الرجل الثاني بهز رأسه بالموافقة دون أن ينطق.

- "أخبر أيضا اللورد ماير بأن كرمنا له حدود، وأنه إذا نطق بحــرف واحد، ولوعلى سبيل الخطأ، عما يعلم، فسيكون الحساب عــسيرا؛ ولــن نــبدأ به هو، بل سنبدأ بأفراد أسرته، الواحد تلو الآخر!"

هــز الرجل الثاني رأسه مرة أخرى بالموافقة، ولكن هذه المرة أخذ يتصبب العرق من جبينه، وقد قرر النطق:

- "وماذا عني أنا؟"

- "سنرشحك لكي تحل بدلا من اللورد ماير كأمين عام تحالف بولدربــرج... لا يزال هناك الكثير مما يجب فعله؛ وإن كنا خسرنا المعركة، فالحرب لم تنتهِ بعد!"

* * *

المدينة المنورة

في بستان الشيخ عمر الحسيني بمنطقة قباء، تلقى نعيم الوزان الخبر الذي أسعده كثيرا، وهو إنشاء فرقة بحثية تابعة للعروة الوثقى تحت مسمى جماعة عبد القادر بنوزّاني، تخليدا لذكرى الرجل الذي كرس حياته من أجل البحث عن الحقيقة. كان هذا ثالث قرار اتخذته العروة الوثقى في اجتماعهم الطارئ الذي عقد قبل أيام على إثر آخر المستجدات، والتي نتج عنها القرار الأول بطرد كل من الدكتور إسماعيل، وجاسم الفراج، وعدد آخر من كبار أعضاء الجماعة، ثم القرار الثاني بتعيين الشيخ عمر الحسيني أمينا عاما لقيادة الجماعة، وإعادة عضوية كل من جعفر الأشعري ونعيم الوزان...

- "آفة الرجال، عندما يتغلب الولاء للصديق أو القريب على الولاء للمبدأ أو المعتقد." قال الشيخ عمر، مخاطبا نعيم وجعفر ورجب في أول اجتماع لهم بعد مغادرة أمريكا..." هذا ما أودى بجاسم وإسماعيل، وهو ما سيودي بنا جميعا إن تناسينا في يوم أن الحق يعلو فوق الجميع."

- "من كان ليتخيل أن صفاء الدين إسماعيل يبيع رفاقه بهذا الشكل؟ ومن أجل ماذا!... على العموم لقد لقي الجزاء الذي يستحقه." قال جعفر، مسترجعا الأحداث.

- "الخير والشر... ذلك الصراع الأزلي. من منا لم يفقد شيئا؟ هناك من فقد حياته، وهناك من فقد أسرته، وهناك من فقد نفسه." قال رجب الذي كان قد اتخذ قرارا بالعودة إلى إستانبول من أجل لملمة جراح الماضي، بعد رحلة طويلة في البحث عن الثأر.

نظر الجميع إلى نعيم الذي ظل صامتا متأملا كل ما سمعه من رفاقه. لم يكن لديه ما يقوله في تلك اللحظة، فقد شعر بأن الأحداث كانت أعظم من أي قول يقال...

استأذن الجميع، ثم خرج من البستان، وقد قرر التوجه إلى المكان الذي افتقده أكثر من غيره طوال السنوات الثلاث الماضية...

ذهب إلى الروضة الشريفة بالمسجد النبوي. صلى هناك صلاة الظهر ثم أتبعها بصلاة الشكر. لقد استطاع أخيرا أن يوفي بذكرى أستاذه عبد القادر بنوزّاني. كما شعر بأنه أخيرا يستحق أن يكون حفيد خليل الوزان، وأن لحظة العودة من المنفى الاختياري قد حانت... توقف فجأة بعد خروجه من بوابة المسجد، وقد شعر بالكلمات التي فارقته في بستان الشيخ عمر الحسيني. أخرج هاتفه الجوال، ثم أخذ يكتب رسالة قرر أن يبعثها إلى جميع معارفه من داخل العروة الوثقى وخارجها. كان نص الرسالة:

قد يعود الغائب وقد لا يعود، ولكن تبقى حقيقة ثابتة

أن الأمة العظيمة لا تهزم من الخارج،

قبل أن يقضي عليها أبناؤها من الداخل!